フェイバリット・ワン

林　真理子

集英社文庫

フェイバリット・ワン

Favorite One

1

本当は披露宴などしなくてもよかったのだ。

美莉《みり》のお母さんも、親戚を招《よ》びたくないと言ったらしい。両家が集まり、食事会だけになるはずだったのに、今度は七十四歳になるお祖母《ばあ》ちゃんが異を唱えた。どうしても孫のウェディングドレスを見たいと言ったらしい。それならばと、ほんのわずかな友人と親戚だけが招ばれ、小さなパーティーが行われた。

住宅街の中にあるレストランは、披露宴もすれば法事もするという、郊外によくあるタイプの店だ。しかし一応フルコースのフランス料理が出た。ワインも出され、驚いたことに美莉はグラス一杯飲み干したのだ。しかもその後、カメラを向ける人たちにVサインをした。妊娠五ヶ月だというのに。

「何だかんだ言っても、結構幸せそうだったじゃん」

帰り道に、俊《しゅん》がおかしそうに言い、夏帆《なつほ》と愛《あい》も頷《うなず》く。

「そう、そう。あんなにピイピイ泣いたりしたくせにさ」

「披露宴したいって言ったのは、お祖母さんじゃなくて本当は美莉だったんじゃないの」

私鉄の駅が近づくにつれ、次第に口がほぐれていく。たった二十人ほどのパーティーでも緊張していたのかもしれない。三人とも披露宴というものに出るのは初めてであった。子どもの頃、親戚の誰かの宴席に出ることはあったけれども、こんなに早く友人代表として出るとは思わなかった。

あたり前だ。まだ三人とも二十三歳なのだから。

美莉には、一年ぐらい前からつき合っている恋人がいた。相手はフリーターだし結婚など考えていないと言っていたのに、夏が終わった頃、妊娠が発覚したのだ。ひとり娘だったので、かなりの騒ぎになったらしい。しかし父親に激しく叱られたことで、かえって美莉の決心が固まった。どんなことがあっても産むと言い張ったのだ。

この二ヶ月、夏帆はどれだけ美莉に振りまわされただろう。

「カケオチしてやる」

と、とんでもないことを言い出す親友をなだめるのに本当に苦労した。結局、相手のフリーターは美莉の父親が経営する工務店に勤めることになり、一件落着して今日の披露宴となったのである。

「だけどさー、美莉の彼って、そんなことしてまで結婚したい相手かな」

愛が言う。私鉄の駅前にはスタバはなく、ドトールがあるだけであったが、テーブルは空いていて三人はゆったりと座ることができた。喫煙コーナーの方だ。愛は当然のようにそちらに座り、メビウスに火をつけた。今どき煙草《たばこ》を吸う女の子は珍しい。本人も努力しているのだが、どうにも禁煙できないとこぼしながら吸う。

「ね、ね、美莉の彼さ、前から思ってたけど、外見だってそんなにイケてるわけでもないしさ、職もなかったんだし。幸せになれるのかなー」

「でも、すんごく優しいんじゃない。子どもができたのがわかった時も、二人で頑張ろうとか言ったらしいよ」

「だけどさ、フリーターだったんだよ。フリーターの男がさ、二人で頑張ろうなんてよく言うよ。どうやって育てるつもりだったんだろ」

辛らつなことばかり言うが、愛はとても可愛《かわい》い。今日は特におしゃれをしているからなおさらだ。黒いシンプルなサテンのドレスに、ラビットファーのショールを巻き、コットンパールを幾重にも垂らしている。このドレスは有名なデザイナーのものなのであるが、前にタレントが汚してしまったため買い取りとなった。それをうんと安く譲ってもらったという。

愛はスタイリストのアシスタントをしている。師匠は雑誌でよく名前を見る有名人だ。愛は彼女に憧れ、何通も手紙を出して就職に成功したのだ。

前についていた師匠は、カタログやチラシ、あるいは素人《しろうと》同然の女の子を集めた水着の写真集が仕事だった。しかし今の師匠はファッション雑誌のトップページを飾る服のスタイリストをしていて、会う人も一流モデルやタレント、女優さんだ。だから毎日が楽しくて仕方ないという。

「美莉だってさ、せっかくチーフになれたんでしょ。それなのにもったいないよ」

美莉は、いつか自分の雑貨の店を持つのが夢であった。そのために有名な生活雑貨店に勤めていたのに、今度の妊娠で退職した。とりあえずは実家に戻り、出産、育児ということになるのだ。

「まだ二十三だよ。ヤンキーじゃあるまいしさ、そんなに早く結婚して、自分の人生決めることないのにね」

夏帆もそう思う。けれども口にしてはいけないような気がしていた。友だちの幸せにケチをつけるみたいだ。それに披露宴の帰りに、あれこれ難くせをつけるというのは、もっとトウのたった女たちがすることではないだろうか。時々、引出物を手にした女たちが、披露宴や新郎の品定めをしている光景を目にすることがある。ああいうのって、あまりいい感じではない。

「ま、できちゃった婚なら仕方ないか。ねっ」

と、さっきから二人の話を黙って聞いている俊の方を見た。今日、花嫁のヘアメイクを担当した彼は、スーツを着ている。彼のスーツ姿を見るのも初めてかもしれない。といってもグレイのスーツは、光沢があって体にぴっちりしている。両耳にピアスをしているし、絶対に普通のサラリーマンには見えないだろう。

三人と花嫁の美莉は、専門学校の同級生であった。といっても、美莉は工芸科、愛はスタイリスト科、俊はメイキャップ科、夏帆は服飾科とすべて専攻が違う。四人が出会ったのは、学園祭のファッションショーだ。七人でチームを組み、一人のモデルを担当する。夏帆がデザイン画を描き、皆でディスカッションし、生地探しから始めた。授業が終わってからの作業だったから、最後は徹夜となったけれども、ショーは本当に楽しかった。しかも夏帆たちのグループが手がけたコスチューム「夏への飛翔」は、準グランプリを受賞したのだ。

あれから三年。友情などという言葉は恥ずかしくて使いたくないが、気の合った四人でしょっちゅう会って、飲んだり食べたりしていた。

「デザイナー」というのは名ばかりで、ダンボール箱の整理ばかりさせられていた夏帆に、転職を勧めてくれたのもこの三人だった。

「ナッチ、ダメだよ。ぐずぐず悩んでる時間がもったいないじゃん。ナッチはさ、デザイナーになるっていう目標がちゃんとあるんだからさ。それにちゃんと向かっていかなきゃダメだよ。諦めるとかさ、ザセツってさ、三十過ぎの人がすることじゃん」

そう言って励ましてくれた美莉が、妊娠という突然の出来事で、自分の夢を中断したのだから皮肉な話だ。

「まあね……。赤ちゃんができるっていうのは、おめでたいことだからさ……。いいんじゃない」

俊はとても形のよい薄い唇をしていて、ここから汚らしい言葉は出てこない。人の非難めいたことや悪口を言わず、穏やかな雰囲気であたりをつつむ俊は誰からも好かれている。彼が異性に興味を持たない類《たぐい》の男の子だということは、在校中から皆が知っていた。

「でもさ、私、できちゃった婚ってあんまり好きじゃないな。うちの両親がそうだったから」

愛は思いっきりグロスをつけたベビーピンクの唇をすぼめ、ぷーっと煙を吐き出す。そうすると、とても蓮っ葉な女の子に見えた。

「私のせいで結婚したワケ。昔は珍しかったみたい。それでね、まあ勢いで結婚しちゃったからさ、別れることになるんだもの。子どもは迷惑よね。いくら流行《はや》りだからって、できちゃった婚なんかしない方がいいと思うな、私。だってさ、ちゃんと避妊すれば済むことじゃん」

ヒニンという言葉に、隣のテーブルでスポーツ紙を読んでいたおじさんがこちらを見た。そうだ、とても刺激的な鋭い響きだ。ヒニン。否認と同じ音。これを怠ったばかりに、人生が変わってしまうこともある。とても大切なこと。

夏帆はふと、自分が今まで何十回としてきたヒニンのことを思い出した。女の子というのは、それをきっちりこなしてこそ、夢へ向かって歩くことができると夏帆は思う。


今の会社に移ってから、まだ八ヶ月だけれども、早くもここでヒニンをしている。

営業の坂本《さかもと》さんは、三十二歳のバツイチだ。やや長めにカットした髪が彫りの深い顔立ちに合って、とても若く見える。入社してすぐの飲み会の帰り、ついそんなことになってしまった。この頃は、週末に坂本さんの部屋に泊まることがあるけれど、他に女の人がいるのはすぐにわかる。彼にはどうやら夏帆とつき合っている、という気はないらしい。それが悲しいか、と言われればそんなこともなかった。夏帆にももう一人相手がいる。専門学校時代、バイト先で知り合った譲一《じょういち》だ。彼もまた専門学校でデザイナーをめざしていたのだが、大学の建築科を卒業後に入学した変わりダネだ。その大学の名前を聞いて、夏帆はへえーっと驚きの声をあげた記憶がある。誰でも知っている一流校だったからだ。偏差値がものすごく高く、夏帆の卒業した埼玉の私立女子高では、めったに合格者が出ない。

「どうして、あんないい大学を出て、デザイナーになろうと思ったの。珍しいよね」

と夏帆が尋ねたところ、

「そんなことない。外国では建築家がデザイナーになるっていうのは、そんなに珍しいことじゃないよ」

と教えられた。

「イタリアのジャンフランコ・フェレなんか有名だよ。建築で学んだ造形の技術を、布でやったらどうなるかなあ、って考えるのは不思議じゃないだろ。そもそもファッションビジネスっていうのはさ、世界のすべての動向を踏まえて、総合的な知識を使ってやるもんじゃないかなあ。ファッションビジネスっていうのとさ、職人のデザイナーっていうのとはさ、そもそも一致しないものなんだけど、俺はどっちもできる人間になりたいワケ」

譲一の言っていることはよくわからない。しょっちゅうむずかしい用語や英語が出てきて、そのたびに夏帆はとまどってしまうのだ。


子どもの頃から、洋服の絵を描くのが大好きだった。自分の好きな洋服、フリルのついたワンピース、長い花柄のスカートを着せた女の子の絵を、それこそ一日中描いたものだ。

中学生になってからは、いよいよ本格的に服を買い始めた。お年玉やお小遣いを貯めたお金を持ち、渋谷や原宿へ行く日は、嬉《うれ》しくて前の晩から眠れないくらいだった。夏帆の通っていた中学には、やはり「ファッション命」という女の子たちがいて、彼女たちと連れ立って出かけるのだ。

夏休みに髪をブリーチしたり、スカートの長さを変えたりしたから、教師たちには睨《にら》まれ内申書も悪かったらしい。だから本命の高校に落ちてしまったのだが、その時はもう親に宣言していた。

「私、デザイナーになるから。お洋服つくる人になるから」

父親はそれがいいと賛成してくれたのであるが、見栄っぱりの母親だけはこう条件をつけたものだ。

「それならば大学に行きなさいよ。女子大かどこかの家政学部へ行けばいいじゃないの」

そんなのはまっぴらだと思った。今から自分が入れるようなレベルの大学へ行き、やりたくもない語学や一般教養を学ぶというのは全く無意味なことだ。それよりも一流の専門学校へ行き、朝から晩まで好きな洋服の勉強をしてみたい。

夏帆が母親に反抗したのは初めてではないだろうか。

夏帆の通う埼玉の女子高では、学年に何人かヤンキーがかった女の子たちがいて、学校に来なくなったと思ったら、そのまま中退していく。あんな女の子たちになるつもりはまるでなかった。勉強はあまりしなかったけれども、親を泣かすようなことをしてはいけないと心に決めていたからだ。初めての子どもだったから両親には溺愛された。双方の祖父母からは、たっぷりのお菓子とお小遣いをもらい続けたものだ。そんな「いい子のナッちゃん」が、絶対に専門学校に行く、とわめいたのだ。

「私は自分の人生を行くからね。絶対に誰にも邪魔されたくないからね」

と言ったところ、

「そんなテレビドラマみたいなセリフ、いったいどこで憶《おぼ》えたのかしらね」

と母親にせせら笑われた。

「パンフレット見たけど、専門学校の学費って大学よりも高いくらいじゃないの。そういうものを親に出してもらおうっていうのによく言うわよ」

しかしもうその頃は母親も折れていたのかもしれない。やがて夏帆は、憧れていた専門学校の服飾科に入学したのだ。


夏帆にとって、デザイナーになる、洋服をつくる、というのは、あの女の子の洋服を描く延長だ。

夏帆の勧める「ママレード・ガール」のアトリエで、デザイン画を描く。生地見本を見ながら、細かい指定を入れていく。すると次の日には、パタンナーさんが指示どおりのものをつくってくれる。あの時の喜びをどういったらいいのだろうか。

幼い頃、お洋服の絵は、いくら描いてもノートから飛び出してくることはなかった。しかしどうだろう。今ではほぼそのとおりの試作品ができあがってくるのだ。それに細かいピンを入れ、形を直していくときめき。

「ここにビーズを入れてみたらどうだろう」

と考えていく楽しみ。後でチーフにチェックされるというものの、自分のデザインした洋服が、実物となって目の前に現れるのだ。

洋服をデザインするというのは、こういうことではいけないのだろうか。

「だけど、そういう前近代的なことをしているから、君のところは、あの程度の規模なんじゃないか。ここのところ売り上げも落ちてるしさ」

確かに今年になってから、「ママレード・ガール」は三軒あった直営店のうち、名古屋店を閉めた。ジャケットの上代《じょうだい》一万五千円という中途半端さが、かえってファストファッション店と競合してしまうのだ。

「ハイブランドが壊滅状態で、ファストファッションも飽きられ始めている。こういう時こそ戦略が必要となるんだけど、みんなそういうのがわかっていないんだよな」

譲一は専門学校を卒業した後、世界的に有名な日本人デザイナーの会社に入った。二ヶ国語は平気で喋《しゃべ》る人たちがまわりに多いということで、彼はさらに理屈っぽくなった。夏帆は時々ついていけないことがある。

だけど、譲一と会ってお酒を飲み、彼の部屋に行くのは大好きだ。ベッドの上では、譲一は決して饒舌《じょうぜつ》ではなく、それよりも体をフルに使う。

昨年から「ママレード・ガール」は、インナー部門を試験的に始めていて、可愛らしいブラやショーツをつくっている。それを着てファッションショーをしてやると、彼は大喜びだ。

「飛びかかりたくなる」

「噛《か》みつきたくなる」

いろいろな評価を下し、事実そうしてくる。

譲一に組みしかれながら、夏帆はこのあいだできちゃった婚をした親友のことをちらっと考える。

「これからいろんな男の人と、いろんなことができるのに、二十三歳で一人に決めるなんてもったいないなあ……」

そうした時、自分は譲一のことをそう愛している、というわけでもないのだと思い知らされるのであるが、まるっきり悲しくはない。

この世の中には、ひとつのものに決められないほど、たくさんの素敵なものが溢《あふ》れている。本当にそう思うから。

2

夏帆はこのところいい感じが続いている。

日々生きていると、あきらかにいい空気が流れている時とそうでない時とがあって、今は前者の方だ。透明だけれどもバラ色の気配が、ゆっくりと可愛い渦で夏帆をとり囲んでいるような気がする毎日。

夏帆がこのあいだデザインしたワンピースが、ヒットの気配を見せているのだ。流行のノルディック柄をポケットだけに使い、タートルネックを長くうんとぐしゃぐしゃにさせた。素朴さに女らしさを足したかったのだ。

パタンナーからは、

「この生地では、ネックのたるみがうまく出せない」

とクレームがついたが、デザインを少し変えて何とか折り合った。九月はじめから新宿店ではいい動きを見せていたのだが、雑誌の『リンダ』のグラビアを飾ったことで人気が加速した。グラビアといっても、一ページをまるごと使ったメインの写真ではなく、六分割したひとつだ。けれども夏帆にとって、それはどれほど嬉しかっただろう。実家に雑誌を一冊送ったところ、あの口うるさい母親からメールがきた。

『とっても可愛い服ね。お父さんもとっても喜んでたけど、もっと綺麗《きれい》なモデルさんならよかったのにね』

　母親は何もわかっていないと、夏帆はおかしくなってしまった。モデルは古沢《ふるさわ》りらちゃん。『リンダ』では二番手の人気専属モデルだ。口と鼻が大き過ぎて、いわゆる美人じゃないけれど、それをアイメイクでカバーしている。りらちゃんがプロデュースしているつけ睫毛《まつげ》は、このところ通販でものすごい人気だ。もう少したてば、カリスマモデルの肩書きがつきそうなほどの女の子なのだが、両親にはまるっきり理解できていないようだ。しかしこういう喰い違いが夏帆には好ましい。へんにものわかりがよかったり、もともと同じ価値観を持つ親よりも、こうした健全な中年の感覚が子どもとしては嬉しいものだ。

　それはともかく夏帆のワンピースが載った『リンダ』十一月号は、綺麗に切り抜かれ、会社のファイルに入れられた。雑誌に載ってからしばらくは、直営店に毎日数本の問い合わせの電話があったという。

「ナッちゃん、やったじゃん。この分だと発注はもっといけるよ」

　営業の坂本さんが、久しぶりに食事に誘ってくれた。恵比寿の小さなイタリアンは、ワインがほとんどシシリア島のものだ。料理もおいしくて値段が安い。だからなかなか予約が取れないのだが、今夜はキャンセルが出たらしく、あっさりと奥の席に座れた。

まずはグラスで注文したスプマンテで乾杯する。

「おつかれー」

「ありがとうございますー」

グラスを合わせて、いっきに半分飲む。スプマンテの絹色の細かい細かい泡が喉をくすぐっていく。そして冷たい果実の後味がきた。

「わぁー、おいしい」

夏帆はシャンパンが大好きだ。もちろんスプマンテだっていい。勤め始めるまで、自分がこれほどお酒が好きだとは気づかなかった。学生時代も飲むには飲んだけれど、酔うのが目的のようなビールや焼酎だ。お店もたいていが居酒屋だった。だけど今は違う。高いところではないけれど、イタリアンやフレンチ、そしてしゃれた和食屋さんへ行く。そしてゆっくりと食事をしながら、好みのお酒を飲む楽しさ。お酒の次に待っているものも、夏帆はどんどん好きになっている。男の人とベッドに行くことと、お酒はセットになっているらしいのだが、それは何て素敵な組み合わせなんだろう。

酔っていくというのは、心と体を華やかにだらしなくしていくことだ。心の中で、何かがひとつずつすとんと落ちていくのがわかるが、それは少しも嫌な感じじゃない。とても幸福な喪失感がいっきに高まったところで、店を出たとたん暗がりでキスされたりする。手を上げる。タクシーが停まる。二人で乗り込む。手順はなめらかで、くすっと笑ってしまうぐらい。ベッドまで、ベルベットの川が流れていて、そこにすうっと運ばれていけばいいのだ。

夏帆は、これから坂本さんのベッドに流れつく自分を思いうかべ、ふうーっとため息をつく。それはスプマンテの小さなげっぷを誤魔化すためでもあったけれど、

「ああ、なんか、とっても幸せ」

甘えた口調になったのが自分でもわかる。まだ二十三歳なのに、うまくいってる大好きな仕事があり、おいしいスプマンテとしゃれた冷菜が目の前にある。そして恋人もいる。しかも二人も。

「この幸せって、ずっと続くかな」

坂本さんに尋ねた。すると彼は困惑したように口をもごもごと動かす。

「続くよ、って言いたいけどさ、ま、いろいろあるわけよ、人生っていうやつはさ」

「そうだよね。坂本さん、バツイチだもんね」

「ま、そういうことだけどさ、続くかなーって、うっとりグラスを見てるナッちゃん、可愛いよ。ぞくぞくするよ。いいもん見せてもらいました、っていう感じ」

「だって、本当のことじゃん」

「いやいや、今日びの若いコで、私、幸せーって、うっとり本気で言うコってあんまりいないよ」

「そうかな」

「そうだよ。僕がさ、ナッちゃん好きなの、そういうとこなんだろうな」

こういう風に誉《ほ》められると、夏帆は自分がどんどんいい子になっていくのがわかる。仕事もできて性格もいいし、それにものすごく魅力もあるらしい。坂本さんが髪ごと抱き締めてくれるからだ。

結局、幸福って、自分がすごく価値のある人間だって人から教えられることなんだと、夏帆は思う。恋なんてその最たるものだろう。

坂本さんは私に恋をしてるんだろうか。それはちょっと違うような気もするが、二人でベッドまでのベルベットの川を渡るのは大好きに違いない。

今はそれでいいんじゃないだろうか。深く考えたり、理屈をあれこれつけることは、幸福を半減させることだ。若いうちは直感だけを信じればいい。

そう言ったのは、誰だったろうか。


水曜日の午後、愛からメールがあった。

『チケットもらったんだけど、明日7：00ＰＭから、お笑いのライブ観《み》に行かない？』

さっそく返事をうった。

『木曜だと、チーフのチェックやｅｔｃあって、7：00だとむずかしいかも』

『じゃ先に入る。チケット、受付に置いとくから来てみて。9：00までやってるよ』

しかし運のいいことに、チーフの水谷《みずたに》あかねはその日、パーティーがあるとかで早く帰ってしまった。なんでも業界のいろんな人たちが集まる会らしい。

「水谷のオバさん、転職を狙ってるんじゃないかな」

以前、坂本さんから聞いたことがある。水谷さんは四十二歳で、チーフとして入社する前は、自分でブランドを持っていたのだ。そこそこ人気もあったらしい。しかしこの何年かの不況で、売り上げが下がったうえに、スポンサーの会社が倒産してしまったのだ。大阪の通販の化粧品会社だという。

それから五年の歳月がたつのだが、まだ自分のブランドを持っていたことを忘れられないのだと坂本さんは解説する。

「金を出してくれる金持ちが見つかれば、すぐにうちなんかやめるんじゃないかな」

確かに水谷さんはセンスがいい。夏帆のデザインにあれこれアドバイスをしてくれたり、出来上がったパターンに、さっと手を加えるさまは、それこそ惚れ惚れするほどだ。

「ママレード・ガール」が、人気ブランドのひとつとしてそれなりに認知されているのも、水谷さんのおかげということはみんなわかっている。水谷さんの下に、夏帆たち三人の若いデザイナーがいるが、

「ほとんど戦力になっていない」

というのが、社内の評価であろう。それをいいことに、水谷さんはかなりの自由が許されている。忙しくない時は、勤務中によくふらりと外に出て、映画を観たり街を歩いたりしているらしい。いろいろなパーティーに顔を出すのもそのひとつだ。スタイリストや編集者、芸能人も顔を出すパーティーというものに、夏帆は行ったことがない。自分にはまだそういう資格がないとわかっている。招待状がない場所に、ツテを頼って無理やり入り込むなどということは考えたこともなかった。

だからいつでも、愛には感心してしまう。学生時代からそうだった。代々木体育館での海外ブランドのコレクション、それから路面店のオープニングパーティー、有名歌手のコンサートの打ち上げなど、まるで魔法を使うようにするりと入り込んでしまうのだ。

「大丈夫。マネージャーさんに話しといたから。受付、すうーって通れるようにしてもらってるから」

よく誘われたが、夏帆はいつもおじけづいてしまう。

「でもさ、関係ない人ダメって、つまみ出されたらどうするの」

「その時はその時じゃん」

あっけらかんと愛は言う。

「ゴメンナサイ、って帰ってくればいいの。それにそんなこと絶対にないってば。どんなパーティーだってさ、私たちみたいな若くて可愛いコが多い方がいいんだからさ」

本当は若くて可愛いコと、もう一人、と言いたいのかもしれない。愛はすごい。いつでも自信に満ち溢れている。ふつうだったら、嫌いになってもいいのだけれどもそうはならなかった。

アイドル並みの可愛いコと、友情を結ぶのはとてもむずかしいものだ。ヘタをすると「取り巻き」の一人となるか、屈折しながらもつき合うことがやめられない暗いコとなってしまう。

けれどもやはり、あの学園祭での共同作業がよかったのだ。最初はどうにも意見が合わず喧嘩《けんか》ばかりしていた。アイデアを出し合い、徹夜を続けるうちに、最後はお互いに「やるじゃん」という気持ちになったのだ。

この「やるじゃん」さえあれば、女の子同士、男と女にだってちゃんと友情は生まれると夏帆は思っている。ドラマを見たりすると、女の子たちはすぐどろどろの関係に陥ってしまうが、あれは暇な時に食べたり飲んだり、お喋りしたりするだけの絆《きずな》だからだ。その点、一緒に何かを創り上げた自分たちは強い。一見ちゃらんぽらんに見える愛だけれど、コスチュームの色についていっさい妥協をしなかった。いろいろな生地屋さんを必死で探し、それでも気に入ったものがなく、最後は中井の染色屋に飛び込んで行ったのだ。あの時の愛の姿を憶えている限り、ずっと彼女のことを好きでいられると、夏帆は信じている。

だから愛の突然の誘いに振りまわされても、このくらいはどうということもなかった。

夏帆は七時少し前に、新宿の雑居ビルに着いた。ここの地下に小さな劇場があるのを知らなかった。二百席ほどの劇場は、八割ぐらいのお客で埋まっている。指定された席に行くと、愛がもう座っていて、どこかで買ったらしいドーナツを齧《かじ》っていた。

「一個食べなよ。この劇場は飲食自由だからさ」

ドーナツと一緒に、一枚の紙に印刷されたパンフレットもくれた。今日の出演者のところを指さす。

「ほら、見て、見て。TATSUYAも出るんだから」

TATSUYAは、最近テレビでよく見かける、売り出し中のお笑い芸人である。カミナリ小僧のような髪をして、毒舌ネタをだみ声で喋る。

「へえー、結構売れてる人も出てるんだね」

「あのさ、実はこのチケット、TATSUYAからもらったんだ」

先日若い女の子向けの雑誌で、他のお笑い芸人と一緒にTATSUYAもグラビアに出た。その時、スタイリストのアシスタントをしている愛もスタジオにいたのだ。

「『ガーネット』のジャケットが案外似合ってさ、本人もこれ欲しいナァ、とか言うからさ、買い取れるようにプレスの人に電話してあげたの。当然番号も教え合ったらさ、一度ライブ観に来てくれって誘われたワケ」

「それってアヤしくない」

「何が？」

「お笑い芸人って、ものすごく遊んでんでしょ」

「そんなさあ、芸能人の誘いなんか、いちいちのるワケないじゃん。パクッて食べられて終わりだよ。うちの師匠からも、そういうことをきつく言われてる。アシスタント時代に、そういう噂《うわさ》だったらアウトだって」

だけど、ＴＡＴＳＵＹＡのライブは、一度観てみたかったのだと愛は言いわけする。

「バラエティだけじゃなくて、マジにライブやってるオレを見てよー、なんて電話で言うワケ」

とはいうものの、直接芸能人から電話がかかってくることがやはり自慢なのだ。開演前のざわめきの中、ふたりはごく低い声で喋っているのであるが、「ＴＡＴＳＵＹＡ」という単語に隣の席の女の子がちらっと反応する。彼はとても人気があるのだ。拍手も一番多かった。しかし夏帆はどうしても面白いとは思えなかった。ネタの大部分が、下ネタがかっているか、内輪ネタなのだ。

政治の話をしたと思うと、デニムの自分の股間を指さし、

「オレは左寄りだけど」

とつぶやく。すると客はどっと沸くのであるが、夏帆はこんなことに絶対笑うまいと固く唇を閉じる。別に気取っているわけではないけれど、どんなことに笑うか、ということに人間の品位はかかっているのではないだろうか。子どもの頃、バラエティ番組に笑いころげていると、まだ生きていた祖母が時々大きな声で叱ったものだ。

「女の子は、こんなことで笑ってはダメ」

そうだとも。男が人前で股間を指さし、それを見て笑いころげる女の子はいけない。大きな笑い声をたてる愛の横で、夏帆はパンフレットに集中する。次の芸人は「パセリ&クレソン」とある。初めて聞く名前だ。

大きな拍手でTATSUYAが去り、やがて両脇のスクリーンに、アニメが映し出される。背の高い男と四角い顔の男がふたり、マイクの前でしばらく踊り、やがて英語のナレーションが、独特の抑揚で、「パセリ&クレソン」と叫んだ。

「やあ、どうもどうも」

「みなさん、こんばんは」

ふたりの若者が上手《かみて》から走るように登場した。背の高い若者はデニムにボーダーシャツ、四角い顔の方はチノパンツにパーカーというういでたちである。今まで新宿の雑踏を歩いていました、という格好が親近感を持たせるのだろう。いや、それよりも衣装など買う金がないに違いない。

「だけど寒くなりましたね」

「本当」

「お前さ、気づいたこと言ってもいい」

「あ、全然構わないよ。俺とお前の仲じゃないか」

「じゃ、言わせてもらいます」

四角い顔の若者が、背の高い青年のシャツの襟をひっぱった。

「このシャツ、夏の舞台からずっと着てたんじゃね？」

「そんなことはない。色違い、色違い」

「いや、間違いない。紺に赤に黒」

「紺に赤に黒ね」

「そうだ、同じだろ」

「いや、もう一枚は紺に赤に黒」

「同じじゃないか！」

「同じじゃない。二枚でイチキュッパの双子なんじゃい！」

夏帆は吹き出した。「双子なんじゃい」と言った時の青年の顔が、まるで悪戯《いたずら》をしていないと言い張る子どものようだったからだ。

「面白いー」

彼らが去った後、大きな拍手をする夏帆に愛がアクビをわざとらしく出しながら言う。

「どこがァ。ナッチ変わってるう。このコたちなんかまるっきり売れてないよ」

だから何なのよ、と夏帆は、久しぶりに親友にからみたくなった。

3

その噂を耳にしたのは、会社の仲良しで出かけた飲み会であった。原宿のキャットストリートに安くておいしいと評判の豆乳鍋の店があり、前から約束していたのだ。若い女が四人集まれば、話は自然と社内の男の品定めとなる。夏帆は「坂本」という単語が出るたびに、胸の奥がぴくりと波立つ。が、それは不安の感情だけではない。

焼酎を飲みながら、

「坂本さんてばさあ……」

と何の感情も持たずにその名を口にする女は、彼の裸の胸が案外筋肉がついていることと、その最中、彼の指がどれほど優雅に卑猥《ひわい》に動くかということをまるで知らない。胸に起こるざわめきの半分は、その優越感も含まれているのである。

今までの評定を聞いていると、坂本さんの評価は、可もなく不可もなく、ということであろう。

「いい人だけどお調子もん」

という言葉にすべてが表れている。バツイチということもあって、特別な興味を持つ対象外らしい。

しかしその日、飲み会の話題の大半は、坂本さんに関してであった。やはり営業の原《はら》本《もと》絵《え》理《り》が言うには、坂本さんが新宿店の販売員とつき合っているというのだ。

「そのコ誰？　店長の岩切《いわきり》さんはわかるけど」

やはり夏帆と同じようにデザイナーをしている池内《いけうち》三《み》香《か》子《こ》が尋ねた。営業の者たちほど、販売員とのつき合いは密ではない。

「今年入ったコよ。ちょっとギャルっぽいんだけど、背が高くて可愛いコ」

「あー、あのコね」

三香子が大きく頷く前に、夏帆はとうに思い浮かべていた。モデルのように自社製品を見事に着こなし、営業成績もいい。先日、新宿店を訪ねた時も夏帆のデザインしたワンピースを、うまくコーディネイトして前面に飾っていてくれたものだ。

「あのコ、すごく評判いいからさ、早々に坂本さんにつかまっちゃうなんてビックリだよ」

「そうだよ、まだ四ヶ月ぐらいだよねー。なんかソッコウ」

ここで何か言葉をはさまないと、とても不自然になると夏帆は判断した。他の三人が思わぬ組み合わせにはしゃぎ出したのに、夏帆だけがむっつり黙りこくっているように見えるのは避けなければならない。

「でも本当かな。何か証拠あるワケ」

口に出したとたん後悔した。こういう会話の最中に、自分がしんから知りたいことを口に出したりしてはいけない。だからあわててこうつけ加えた。

「だってさ、年も違うし、なんか釣り合わないじゃん」

「それがさー、坂本さんって案外ロリコン入ってんだよ。このあいだまで大学一年生とつき合ってるって自慢してたもん」

「マジーッ」

「そういうのってオヤジっぽい」

もう酔いがまわっている若い女たちは、夏帆の微妙な口調にまるで気づかないようだ。絵理がたっぷりの白菜をすくいながら言った。

「あの二人さ、渋谷でデイトしてるとこ、何回も見られてんの。もっと目立たないところで会えばいいのに。それからさ、決定的なのはさ、朝、東上線に一緒に乗っているとこ見られてんのよね。あのコって、確か横浜のほうの実家だもん。東上線に乗るはずないってこと」

胸が今度はざわざわと不規則に波うつのがわかった。東上線というと坂本さんのアパートがある路線なのだ。自分も何度か東上線に乗り、その場所に向かったものだ。

「でもさ、営業が販売のコに手を出すってどうよ。しかも彼女、勤めたてでしょ」

「わかんないけど、あのコだってよく見るとなんかありそうだよ。これさ、岩切さんに聞いたんだけど、うちに勤める前、ネイルサロンにいたってことなんだけどさ、おミズっぽいバイトに関係してたんじゃないかって。どうもキャバ嬢のにおいするんだって」

「ウッソー」

「ヤダー」

女たちは騒々しく口と箸を動かし始めた。

「道理であのコのネイルと化粧、ハデなわけねー」

「でも男って、ああいうタイプ、好きなんだよねー」

夏帆は機械的によそったものの、小鉢の中の野菜と肉をもて余していた。味がまるでしなくなっていたのだ。

坂本さんの話に、自分がこれほどショックを受けていたことに驚いていた。月に一度か二度会って、ご飯を食べてお酒を飲む。その後どちらかのアパートに行きセックスをする。恋人といってもいい関係だったけれど、そう言い切りたくなかったのは、夏帆の矜持《きょうじ》というものであった。それは男の心が全面的に自分に寄っていないことを感じていたからだ。

完璧に愛してくれていない男を、どうして恋人と呼ぶことができるだろうか。そしてそういう男を完璧に愛して、片思いという形をとるほど、夏帆はお人よしでもうぶでもなかった。だからもう一人の男を配置し、自分の心をセーブし、うまく調整しながら坂本さんとつき合っているはずだった。彼はよく言ったものだ。

「ナッちゃんは本当に可愛いよ。可愛くって可愛くってたまんないな」

保証や誓いではなく、こうした甘い言葉をふんだんにもらえばそれでいいと思う自分を、なんと大人びていて立派なんだろうと夏帆は考えていた。しかしそれは今、小鉢の中のぐったりとした葱《ねぎ》みたいだ。何の価値もないものだったのだ。

どうしたらいいのだろうと、夏帆はうろたえる。とっさに考えたことは、坂本さんを失いたくない、ということだった。正確に言うと、坂本さんがいる今の状況を失いたくないということだ。夏帆の日常を楽しく組み立てているパーツのひとつが、勝手な動きをしているというのは裏切りであった。二十三年間生きてきて、夏帆は人に裏切られたことがなかった。ナッちゃん、可愛い、可愛いを連発しながら、坂本さんは別の女の子にも同じようなことを言っていたのだ。それも手近にいるキャバ嬢上がりとかいう女の子。夏帆のプライドは、それによって血が滲《にじ》むほどになっている。それほどつらいなら、きっぱりと坂本さんと別れればいいのに、夏帆はそのことに考えがいかない。心のどこかで必死に坂本さんを求めている。不思議だった。

二次会に行く皆と別れ、夏帆は駅に向かう歩道橋の上でメールを打った。

『今、どこ』

すぐに返事が来た。

『渋谷。友だちと飲んでるよ』

『今から会えないかな』

『なぜ』

『聞きたいことあるから』

『今、言えば』

『新宿店のコと、つき合ってるってホント?』

それっきりメールは返って来なくなった。スマホの待ち受け画面を見つめながら橋の上に立っていると、コンクリートから伝わってくるものとはまるで違う寒さに、夏帆は思わず身震いする。ああ、これが嫉妬《しっと》というものなんだと思った。これほど寒くて暗い感情。今までだって恋をして男の人とつき合ってきた。三角関係に悩まされたこともある。が、これは今までの子どもじみたものとはまるで違う。自分でももて余してしまうこの黒くどろりとした感情を少しでも減らさないと、夏帆は苦しくて息ができない。夏帆は、今日中にケリをつけようと決心する。相変わらず何の変化もないスマホを「返信」にし、文字を打ち込んだ。

『今から板橋行く。帰るまで近くのあのファミレスで待ってるから』

送信のボタンを押した時、夏帆は頭の中にはっきりと「自爆」という文字が浮かぶのがわかった。

「ふうーん。それでファミレス、午前二時まで待ってたワケ」

騒がしい店だったので、愛の言葉がよく聞こえない。しかし悪戯《いたずら》っぽい表情で、その後、愛はたぶん、

「よっくわかんないなぁ」

と言ったに違いない。

「だってさ、会社の先輩で何となくつき合ってるだけで、恋とか愛とかじゃないって、ナッチ、ずっと言ってたじゃん」

隣の大学生らしいグループが立ち上がり、やっと会話がよく聞き取れるようになった。居酒屋とイタリアンを足して二で割ったようなこの店は、いつも人の熱気でむんむんしている。夏帆と愛は、生ハムのサラダを分けあって食べ、グラスの赤ワインの二杯目を飲んでいる最中だ。もうじきピザが運ばれてくる。

「それなのにさ、他の女のところへ行っちゃったっていうんで、どうしてそんなに追いかけるワケ？　本当は愛してたってことに気づいたとか。まさかね！」

「そんな、ドラマの見過ぎじゃあるまいし」

あの夜、真夜中のファミレスで、ぬるくなったコーヒーを何度もお替わりしながら気づいたことがある。

自分は女としてではなく、人として怒っているんだ。

自分とつき合いながらも、他の女の子と二股をかけるのはわかる。よく考えてみると、夏帆だって同じことをしているのだ。しかしこの場合は、二人の異性がまったく違う場所に立っていることが前提になっている。夏帆さえ黙っていれば済むことだ。

しかし坂本さんは、同じ会社に属し、夏帆がしょっちゅう顔を合わせる相手と交際を始めたのだ。これは人としてまっとうなことではない。

男としてではなく、人として許せないことが世の中にはいっぱいある。同じ職場で、二人の女の子とつき合う、というのはその最たることだろう。

人としての礼儀に反している。一回でもベッドを共にした相手を、いちばん不愉快にさせるようなことをしてはいけない。絶対にいけない。

夏帆はそれで腹を立てているのである。

自分の感情が整理されるにつけ、夏帆は少し冷静さを取り戻した。そして坂本さんのスマホに、

『居留守使うなんて最低。そんなことしなくても、私はもう二度と二人で会うつもりは

ありませんから』

というメッセージを残し、タクシーで帰ってきたのだ。

「車代、六千円したよ。人生でこんなに払ったの初めてだよ。だけど、恨みと怒りがお金にいってよかったかも」

「ふうーん。だけどさ、その先輩っていうの、ふつうの男なんでしょ。そんなののためにさー、ファミレスで待ってたりさ、六千円遣ったりして、バッカみたいじゃん」

「そんなさ、ふつうの男って言ったってさ、私たちのつき合う男なんて、みんなふつうの男じゃん」

「そりゃ、そうだけどさ。どうせ泣いたり怒ったりするんならさ、やっぱりふつうの男じゃないのとしたいと思わない？」

「あっ、その上から目線」

思いあたることがあって、夏帆は声をあげた。

「愛さ、芸能人とかとつき合ってるワケ」

有名スタイリストのアシスタントをしている愛は、タレントや俳優と会う機会が多い。アイドルと間違えられそうな容姿を持つ愛は、仕事先でしょっちゅう連絡先を聞かれると自慢していたことがある。

愛によると、俳優や歌手というのはお高くとまっている場合が多いので、めったに話

しかけてくることはない。それにひきかえ、お笑い芸人やバラエティに出てくるようなタレントは、

「聞かなきゃソン」

というくらいにしつこくスマホの番号を尋ねてくるそうだ。

「だけど、愛っていつも言ってなかったっけ。アシスタント時代にヘンな噂たてられちゃいけないって。おたくの師匠、すっごくうるさいって」

「そりゃ、そうだけど、うまくやればいいことだしさ」

愛は肩をすくめて見せた。髪をくるっとお団子にして、ボーダーシャツに革ジャンという格好の愛は本当に愛らしくおしゃれだ。さっきまで隣で飲んでいた大学生のうち、いちばん端に座っていた男の子は、なんとかきっかけを作ろうと必死だった。しかしそれを完全に無視する愛は、女が見ても見事だった。それは少女の頃からモテまくっていた女の子だけが持つ威厳といってもいい。自分の形のいい愛らしい唇は、そこらの男のためにほころぶことは決してないのだ、という空気が、愛をしっかりとつつんでいたのである。

「で、相手はTATSUYAってこと?」

「あたりィ」

愛はちらっと舌を出す。本当は言いたくてむずむずしていたのかもしれない。彼女に

連れられて、お笑いのライブに行ってから、何とはなしに予想できていたことだ。

「でもさ、TATSUYAってさ、モデルの金平ニーナとつき合ってたんじゃない。確かさ、写真週刊誌にも出てたよ。私、ワイドショーで見たことあるし」

「そんなのって、昔のことだってば」

愛はふんと生ハムをすくう。短めだけれど、いつも綺麗にネイルされている、ラメでピンクとカーキが二分されている爪を見ていると、夏帆はあの新宿店の女の子を思い出した。

彼女のことで悪い印象になっているのかもしれないが、ネイルに凝り過ぎているコっていうのは、どうして軽そうなのだろうか。自分ももちろんネイルは欠かさないけれど、単色かごくあっさりしたフレンチだ。自分ではあまりうまくできないから、いちばんシンプルなものにしている。

ネイルサロンに行ったり、自分でもものすごく勉強し、それこそネイル専門誌に出てくるような爪をしている女の子は、夏帆とは違う思想を持っているような気がして仕方ない。男の人に対する考え方がそうだ。彼女たちはネイルにかける長い時間に、策略を練っているような気がして仕方ない。

策略。そう、それは絶対に自分が持っていないものだと夏帆は思う。「知恵をめぐらす」ことはしょっちゅうだが、策略というものは自分にはない。それはもう資質の違いとしか言いようがないだろう。

「あのニーナってさ、性格きつくって、あれじゃ男はたまらないって、TATSUYAは言ってるもん」

そうかなぁと夏帆は思い出す。ついこのあいだのバラエティ番組で、ひな壇に座っていた彼は、芸人仲間たちにからかわれていた。

「お前、いつかああいう美人には逃げられるぞ」

「いい気になるのも今のうちだけだ」

が、TATSUYAは反論するでもなく、ニヤニヤ笑っていたではないか。あのことをしゃべろうと思ったが、愛が傷つきそうでやめた。

「でもさ、前に言ってなかったっけ。お笑い系は、調子いいばっかりだって。パクッて食べたら、それでおしまい、っていうのがミエミエだって」

「だけどさ、大峰《おおみね》ケンや内山涼太《うちやまりようた》なんかがさ、私に声をかけるワケないじゃん。あの人たちってさ、後ろからジャケット着せてあげても、ありがとうのひとつもないもん」

大峰ケンや内山涼太は若手俳優の中でもめきめき売り出し中で、最近は主演の映画も撮る。サインがほしいと冗談半分で頼み、愛に断られたことがある。

「そこいくとさ、お笑い系はやっぱりいいよ。面白いし、やらしいし、何かしてあげればすぐお礼言ってくれてさ。今度メシをおごるよ、とか言っちゃってさァ」

「だけどさ、そういうのに、すぐうかうかのることはないじゃん」

「うかうかのってません。選んでるもん」

「選んでＴＡＴＳＵＹＡか。ふうーん」

夏帆は彼の歯並びの悪い四角い顔を思い出した。そこいらを歩いていたら、まったく目立たない青年だ。

「ひどいじゃん。彼って優しいしさ、面白いし」

「面白くない芸人っているかな」

「ふん、ひどいじゃん」

「それに遊んでるよ、きっと。愛、まさか〝思い出づくり〟なんて子どもっぽいこと言ったりしないよね。パクッてやられて終わりでも、思い出になればいいなんて、そこらの頭の悪いコみたいなこと、考えてないよね」

「私、そんなに頭弱くないわよ。ナメられないようにしてるもん」

愛はバッグからスマホを取り出す。そしてすばやく操作して、目の前につき出す。

「ジャーン」

それはＴＡＴＳＵＹＡの眠っている写真だった。上半身裸で、タオルケットがかかっている。口を半開きにして無防備に寝ている姿は、醜い深海魚のようだった。

「私、ナメられないように手はうってるもん」

このコも同じだ。「自爆」しようとしている、と夏帆は背筋がすうっと寒くなった。

4

ここのオムレツが夏帆は大好きだ。

まっ黄色の卵の上に、高価なトリュフが三枚、まるで何かの印のように並べられている。そしてナイフでそおっと切って口に入れるとほんのりとした甘みが拡《ひろ》がる。ハチミツに漬け込んだ白トリュフが中にかくされているからだ。このオムレツとシャンパンがとても合うというのを教えてくれたのは譲一だった。

今、二人は代々木公園近くのビストロにいる。広大な公園の道をはさんだ向かいに、とても小さな公園があり、小さなレストランはその傍らにあった。隠れ家のような風情がおしゃれな人たちの好みに合うらしく、時々タレントやモデルとおぼしき人たちが食事をしていることもある。

いつだったか金髪のショートカットの女の子が、「ジョー」と親しげに話しかけてきたことがある。譲一は大げさにハグしたかと思うと、自分よりずっと背の高い彼女の頬にキスをした。そしてしばらく英語で何やら喋っていたものだ。

「このあいだのコレクションに使ったモデルだよ。ドイツ人」

まったく遠い世界の話を聞くようだ。夏帆の勤める「ママレード・ガール」では、コレクションを開いたことなど一度もない。

「あんなものは金がかかるだけだ。それよりプレスルームをおいてマスコミの人たちに来てもらった方がずっと効率的だ」

という社長の信念に基づいているからである。

「町の洋服屋さんならそれでいいけどさ、うちの先生は一応芸術家としての社会的責任というものがあるからさ」

譲一は夏帆の勤める会社のことを「町の洋服屋」と呼ぶ。規模も規模だが、洋服というものに対し、何の哲学も志も持たない人のことを言うんだそうだ。

「このあいだ女性誌を見ていてびっくりしちゃったよ。ふつうの女の子が立ち上げた会社が、年商三億だか四億だかあげてるそうだ。そのコはデザイン画なんかまったく描けやしない。布の知識もない。流通のしくみもわからない。ない、ないづくしなんだ。ただ、こんなの欲しい、着たいって言って、少女漫画みたいな絵を描くんだよ。それをベテランのパタンナーが、ちゃんと服におこしてやるんだけど、まあ、こんな甘ちゃんのシロウトのやり方が通用する、日本のアパレル業界って、いったいどうなってるんだろうって思っちゃうよね」

業界にいる者なら誰でも知っている話だけれど、最初に耳にした時、夏帆の胸の中にわき上がったのは、ひたすら羨望《せんぼう》だった。

「いいなぁ……、そんなの」

自分がやっていることも、少女の頃からやっていたお絵描きの延長だ。お絵描き帳だけでは足りず、チラシの裏までも絵を描き続けた。バラの花を裾にいっぱいつけたワンピース。ミニスカートとブーツの組み合わせの女の子と、彼女が連れているトイプードル。頭の中で思いうかべたものが、そのまま出てきたらどんなにいいだろうかとずっと考えて、そして夏帆はデザイナーになったのだ。専門学校でみっちり製図から習っているから、ちゃんとデザイン画は描ける。しかし本当に少女の頃の絵がそのまま洋服になったらどんなに素敵だろう。これは素材的に無理、などと言わないパタンナーがいて、何でもとおしてくれるチーフデザイナーがいる。そしてその後ろに、寛大なスポンサーがついていたら、自分もそんな夢のようなことがかなうに違いない。

が、夏帆は譲一にそんなことを言わなかった。おそらく、

「ナッツは、ちょっと意識が低いよ」

と言われるに違いないからだ。

譲一は先生デザインの、アバンギャルドな洋服はほとんど着ることはなく、今は上等なフラノのジャケットを着ている。わざと古めかしい眼鏡《めがね》をかけた譲一は、デザイナーというよりも、本を一冊出したばかりの若い小説家のようだ。世界を目指しているわり

には、ちょっと背が低いが、それは本人も気にしているらしい。そのつもりになっても、先生の作品はたぶん似合わないだろう。

　この頃、譲一と会うことが多くなった。坂本さんと駄目になったからだと、夏帆は思いたくない。あっちとうまくいかなくなったから、こっちの方にせっせと精を出す、そんな不埒《ふらち》な女ではないつもりだ。しかし一人のひとに心のすべてを預けていなくて、本当によかったと思う。坂本さんが別の女子社員とつき合っていると聞いた時、自分でも意外なほどの衝撃があった。そちらの方に驚いたくらいだ。もし坂本さんのことを本当に愛していたら、自分はどんなに傷ついたことだろう。危ういところだった。この譲一だって油断はできない。

　彼は坂本さんほど見栄えもよくなく、理屈っぽいところがあるので、たぶんそれほどモテないだろう。自分以外に女の子がいるとは思えない。

　けれども彼もまた、心のすべてを自分に向けているわけではない。それはわかる。百パーセントが本当の恋とか、夢中になるということだとしたら、多めに見積もって七十パーセントというところだろう。偏差値ではないけれど、ふつうの友だちなら五十パーセント、二十パーセントの分はセックスをしているからはね上がっている。そうかといって、夏帆をそういう相手として見ているわけではないようだ。二人で食事をし、お酒を飲んでとりとめもない話をする。たいていは夏帆が彼の話を聞いてやる形であるが、わりと長いこと二人で喋り続ける。そしてそのまま別れることが多い。坂本さんの方が、ずっと貪欲だった。お酒とセックスは、ちゃんとセットのようになっていた。

譲一はそちらの方はさらっとしている。この頃は帰り際、小さな公園の暗がりでキスをするくらいだ。だから二人の関係はやや下がって、六十パーセントを上下しているところかもしれなかった。

他につき合っているコはいないけれども、恋愛の数字が上がることはないのは、いったいどうしてなんだろう。夏帆は別に深く考えるわけではない。ちょっと気にかかる程度だ。おそらく譲一も、夏帆のそんな気持ちを察しているのかもしれない。こんな風に会っているのも、低ければ低いまま、二人の心のバランスが取れていて心地いいのだ。

譲一はクールを気取っているわけではないけれど、自分に興味があり過ぎる、というタイプの男だろうと夏帆は思う。ハンサムでもないのに時々こういう男はいるものだ。自分の頭のよさや、建築を勉強していながらデザイナーを目指す自分の経歴に、いちばんうっとりしているのは譲一かもしれない。つまりナルシストということなのであるが、外見がそれを受けとめられるだけのレベルではない。だからちょっと屈折している。

が、夏帆は彼のそういうところが嫌いではなかった。時折口にする皮肉や意地の悪さも慣れてしまえば案外面白い。そしてこれは重要なことであるが、セックスの最中に譲一はガラッと変わる。むずかしい話はいっさいやめて、ひたすら頑張る。それに眼鏡をはずした譲一の顔というのは、可愛い、というよりも間が抜けてみえて、それだけで何だかおかしい。

そんな時、夏帆は、

「セックスってうまくできているなあ」

と考えてしまう。そういうことをしていない時は、六十パーセントぐらいだった二人の関係が、いったんベッドに入ったとたん、針がぐっとはね上がる。いろんな秘密を共有し合う特別な人になる。同時に、

「ちょっとズルしてるかも……」

という気持ちになるのも本当だ。何がズルしているのかよくわからないけれど、ほんのちょっと釈然としていないところもある。

とはいうものの、とりあえず今は譲一がいてくれて本当によかった。そして今夜は、このまま彼の部屋に行ってもいいのにと夏帆はシャンパンにちょっと酔って考える。

水曜日に愛からメールが入った。

『金曜にカレとお友だちと飲むよーん。9時だったらOK？』

カレというのは、今売り出し中のお笑い芸人TATSUYAのことに違いない。有名スタイリストのアシスタントをしている愛は、芸能人とはつき合わないと宣言していた

が、このところ彼とは週に何度も会う仲になっている。驚いたことに、あの「寝顔コレクション」はまだ続けているのだ。今も彼が眠りにつく頃を見はからって、寝顔をスマホで撮っていると聞いて夏帆は心底ぞっとした。

「何か、そういうのって趣味が悪いよ」

「別にィ、いいじゃん。思い出になるんだし……」

相手が有名人だと、思い出などという綺麗な言葉では済まされないと夏帆は思う。愛は自分でも気づかないうちに〝証拠〟を固めているに違いない。テレビによく出ている人気者と寝たという証《あかし》。愛された証ではない。愛も実はそれを手に入れたいと考えているからこそ、半裸の口を半開きにした男の顔を撮影しているのだろう。夏帆はその写真を見たことがあるから、本物のＴＡＴＳＵＹＡに会うのが気が進まない。どんなに気がきいたことを彼が口にしても、

「寝姿をいつも撮られているアホな男」

という視線で、自分は彼のことを見てしまいそうだ。

『なんかハデそう。私、行かないかも』

とメールをうったところ、瞬時に電話がかかってきた。

「えー、来ないなんて！　若手芸人さんたちも来るよ。ほら、前にナッチがいいって言ってたパセリ＆クレソンの、背の高いコも来るって」

夏帆はお笑いライブで見た二人組を思い出した。

「じゃ、行く行く。パセリの方だかクレソンの方だかわかんないけど、背の高い方が来るなら、私、行く」

「ナッチったら、あんまりがっつかない方がいいよー」

電話の向こう側で愛がクスリと笑った。

「あのさ、TATSUYAが言ってたけど、芸人好きの女の子ってドン引きされるみたいだよ。この頃多いんだって、お笑い芸人の追っかけの女の子って。そういうコたちが合コンに入り込んでくると、みんなうんざりするみたい。あのね、芸人さんに好かれようと思ったら、私、芸人なんて知りません、テレビなんか見ませんもの、っていう顔をしてることなの」

「私、そうだよ。テレビのバラエティだってあんまり見ないもん。パセリ&クレソンだってさ、愛がたまたまライブに連れていってくれたから見たんだもん」

「わかったたったら。そんなにむきになんないでよ」

はい、わかりましたよと愛は言った。

「じゃーさ、場所、あとでメールするよ。あ、メールするほどでもないか。東急ハンズの横の牛丼屋さんの地下のカラオケ。じゃ、九時にね」

しかし電話を切ったとたんに夏帆は後悔した。前から合コンはあまり好きではない。

いや、好きでなくなっている、といった方が正しいかもしれない。

男たちの、こちらを笑わせながらもしっかりと品定めしている視線も嫌。時にははっきりと失望をあらわにするあの口元も嫌。そうかといって「隙あらば」という感じで、帰りのタクシーの中で身を寄せてくる態度もたまらなく嫌。もっと我慢できないのは、そうした男たちをしっかりと格付けしたり、より分けたり、女たちと小さな作戦をたてたりする自分自身だ。男たちを〝いなす〟ということは、女をとても疲れさせることだ。そもそも男を〝いなす〟というのは、ものすごい美女がやることなのだ。それを自分レベルの女がやり始めるから無理があるのではないかと夏帆は考えるようになった。

だから芸人さんたちが集まる合コンなどに行きたくない。しかしあの背の高い男の子にはもう一度会いたかった。自分に言い聞かせる。

「そうだよ、意識し過ぎ。どうせさ、芸人なんか遊んでるに違いないんだからさ、合コンやってても軽く流されるにきまってるしさ」

とはいうものの、金曜日の夜はいったん家に帰り、髪もブロウし直した。袖をとおしたのは自分がデザインした〝梅春《うめはる》もの〟の中でも、いちばん気に入っているワンピースだ。ネルシャツを長くしたような形だが、スカート部を切り替えてタータンチェックの色を変えている。ピンクを基調としているから愛らしい。これにネイビーのジャケットを合わせた。メイクもやり直したので、鏡の中の自分はとてもいい感じだ。みんなに騒

がれるほどの美人ではないが、男の子が五人いたら、二人ぐらいは、

「あのコ、可愛いじゃん」

と言ってくれるぐらいのレベル、それが私だ、と夏帆は確認する。事実、今までもそのくらいの確率でモテてきた。今夜はその確率が少しでも上がりますようにと、夏帆は合コンに行く前の女の子が誰でも考えるようなことを心の中でつぶやいた。

しかし約束の時間に、渋谷のカラオケ屋のドアを開けた夏帆は、しまったと後悔にさいなまれる。

「私の友だちが三人くる」

と愛は言ったが、どうやらその三人はモデルかタレントらしい。一人はＣＭでも見たことのある女の子だ。組んだデニムの脚は、信じられないぐらい長い。

愛の背中をこっそりとつっつく。

「ひどいじゃん。モデルなんか連れてきてさ。一般人の私はどうなるの！」

「だってさ、たまたま仕事で会ったら、みんな連れてってくれってうるさいんだもん。やっぱり芸人さんって、すっごい人気なんだよね。みんないっぺんは飲みたいって思ってるワケ」

時間から少し遅れて、男性たちが登場した。

「ごっめん、収録長びいちゃってさ」

兄貴分らしく先頭に立ってやってきたのはＴＡＴＳＵＹＡだ。キャップをかぶり、革ジャンというどうということのない格好であるが、売れている芸能人らしい華やかさと不遜《ふそん》さに包まれていた。夏帆は目を伏せる。前歯を見せて寝ている顔を思い出したからだ。後ろに男たちを四人従えている。パセリ＆クレソンの男の子以外、夏帆は誰も知らなかったが、もしかするとみんなそこそこ売れているのかもしれない。

みんなでビールで乾杯した後、ＴＡＴＳＵＹＡが言った。

「それじゃ、これからしばらくは自己紹介タイムっていうことで。これは新ネタ披露のつもりで心してやるように」

夏帆以外の女たちがどっと笑った。夏帆はまだここの空気になじんでいない。

そして彼がまっ先に立った。

「『パセリ＆クレソン』っていうコンビやらせてもらってる、市田智行《いちだともゆき》です。お前、パセリか、クレソンかってよく聞かれますが、ひょろっとしてるので、クレソンっていうことで。実はここに来るのも大変でした。タクシーは四人しか乗れません。他の三人はさっさとＴＡＴＳＵＹＡさんと乗り込みます。お前あとから来いって言われても、僕に渋谷までのタクシー代があるわけないじゃないですか。タクシーの後ろ、走ってきました」

女たちがまた笑う。

「知ってます？　今はお笑い冬の時代。皆さんよくご存知のバラエティが二本終わりました。僕、これからホストして食べてこうと思ってます。源氏名はクレソン・トモでいこうと思っています。どうぞ皆さん方、ご指名お願いします」

女たちが意味なく笑いころげる中、智行の視線が夏帆に向かう。

「どうして笑わないのか」

とその目は訝《いぶか》しげに問うてくる。そしてごく自然に、ゆっくりと夏帆は頷いていた。

「私、わかったよ。あなたがどういう人か」

5

合コンはそこそこ楽しかった。あたり前だろう、若手の芸人が四人もいたのだ。彼らはそこにいた女の子たちよりも、ＴＡＴＳＵＹＡの歓心を買おうと必死になっているのがわかる。

次々と泥くさい演歌を選んで歌い、ふりをつけ、その合間にジョークといおうかぼやきを入れて、彼を笑わせる。

「何で僕がこんなせな、あきまへんの。僕、知ってまっか、この道十年ですよ、十年。ほんまやったら灘高から東大行って、エリートコース一直線のはずですよッ。それが今じゃ売れないお笑い芸人で、こんなことしてます。この頃営業もできなくなって、結婚もできません！」

　そして、かん高い声で〝包丁い〜っぽん〟と替え歌を始めるのでみなは笑いころげる。パセリ&クレソンの市田智行は、有名な演歌歌手のものまねをしたかと思うと、K－POPをメドレーで器用に歌った。よほど練習しているらしく、ステップもなかなかのものので女の子たちは大きな拍手をする。

「トモはさ……」

　部屋の中でもキャップをかぶったままのTATSUYAが、焼酎がまわったのか大きな声で言う。

「もうちょっと頑張ればアイドルいけたかもな」

「TATSUYAさん、実は僕もそう思ってるんです」

　最後は今人気絶頂の歌手の声色を使って答えたので、座がふたたび沸いた。

「篠原淳太なんかさー、めちゃくちゃ整形してんだから、今からトモだってなれるさー」

　やだー、ウソーッと女の子たちから声が上がる。

「ジュンタ、めちゃくちゃファンなんだもの、ショック！」

「あいつ、別人みたいに顔直してんのなんてさ、常識じゃん。ネットでだって出回ってるもん。このあいだバラエティ一緒だったから、鼻んとこよーく見たらやっぱりヘンだもん。日本人であんなカッコいい鼻のはずないいじゃんね」

「やっぱりね、カノジョの初島ゆうもお直ししてんのかな」

「それも常識だよ。ゆうってさ、目を大きく切開し過ぎて、寝てる時も目がバッチリ開いてんだって。それで前の男の井上俊は別れたんだって」

「マジーッ」

「でもさ、わかる。ゆうって絶対やったと思ってたもん」

TATSUYAと女の子たちのやりとりを、智行は黙って聞いている。もうこれ以上、口を出すのをやめようと思っているようだ。TATSUYAのように、テレビ局に出入りしていないので情報が無いこともあるだろう。けれども彼の静かな微笑《ほほえ》みは、人の噂話を口にすまいという姿勢に見えた。

そうなのだ。初対面から夏帆がTATSUYAにあまり好意を抱けないのは、彼の傲《ごう》慢《まん》な態度や写真で見ている寝顔のせいだけではない。先ほどから彼が口にしている芸能人の噂話が嫌いなのだ。

夏帆は決して高潔な人間というわけではなかった。朝のワイドショーも、カットサロンの週刊誌もよく見る。会社の仲間と芸能人の話題をよく口にする。けれども自分たちのように、何も知らない者たちが勝手に話をするのと、よく知っている人間がそれを人に伝えるのとはまるで違うような気がする。女の子たちをいっとき笑わせるために、一緒に仕事をしている人たちの秘密を明かす、しかも有名人のこういう行為というのは、「卑しい」というのではないだろうか。同じようにTATSUYAの寝顔をこっそりスマホで撮る愛の心も卑しい。卑しいことをする人は、人からも卑しいことをされるんだ……。

夏帆はそんな思いを込めて智行の方を見る。するとその視線を感じたのか、智行が夏帆の方をゆっくりと見た。二人の間にはモデルとおぼしき女の子が座っている。まだ寒い季節だというのに、お約束のようにノースリーブを着ていた。

モデルの腕はすぐにわかる。余分なぜい肉は一グラムもなく、筋肉も一グラムもない。ただ綺麗にまっすぐに伸びている腕。

モデルというのは努力の跡を見せてはいけないのだ、と言ったのは確か専門学校の教師だった。どれほどウォーキングの練習をしていようと、どれほどダイエットやストレッチに励んでいようと、その片鱗《へんりん》をちらりとでも悟られてはいけない。彼女たちの腕や脚は、どれほど恵まれた生まれだったかと言いたげに、自然に美しい線を描いていなくてはいけないのだ……。

夏帆は自分の鼻先にある、その完璧な形の腕を見た。これを見たら、どんな女の子だって負けたと思うに違いない。しかしすごすごと立ち去る前に、伝えたいことがあった。

芸人の一人が、ふりをつけて『夢芝居』を歌い始めた。すぐ近くにいるのに声は届きそうにもない。だから夏帆は口を大きく開け、唇の形で「トモさん」と言った。「何?」

と彼が首をかしげる。その顔を見て、あらためていいなあと思う。男の人がこちらの話を集中して聞こうとする時、何とも言えぬ優しげな大人びた表情になる。夏帆はそれを見るのが大好きだ。

両手をメガホンのようにして、さらに大きく口を開けた。

「ライブ、観ました」

「サンキュー」

彼も口の形だけで返してきた。

「すーごく面白かったです」

「また来てね」

「もちろん」

その最中、智行がモデルの腕をまったく見ないことに夏帆は満足した。

まだ十一時を過ぎたばかりだったが、明日収録があるからとTATSUYAが立ち上がった。

「ほら、緑山で遠いからさ」

「すっごいすねー、緑山ですか。カッコいいですね」

芸人の一人が叫んだ。どうやらスタジオのことらしいが、何がカッコいいのか、夏帆にはまるでわからない。

「お前ら今日はお持ち帰りＯＫ。ただし一人一個ずつ」

ＴＡＴＳＵＹＡはそう言ってみんなを沸かせた後、愛と一緒に出ていった。愛がいなくなれば夏帆は帰るしかない。

「よかったら二次会、どっか行きますか。ＴＡＴＳＵＹＡさんが、この後の軍資金置いてってくれたんですけど」

誘ってくれたが夏帆は、終電がなくなるからと断った。自分がいない方が、ずっとおさまりがいいような気がしたからだ。出口の階段でぐずぐずしている一行を置いて、夏帆は早足で渋谷駅まで歩き始めた。智行がもしかしたら引き留めてくれるかと思ったが、そんなことはなかった。これから彼はあのノースリーブのモデルとどこかに行くに違いない。まあ、こんなものだろうなあと思う。

家を出る時、鏡の前でブロウしながら考えたことを思い出した。今日カラオケに来ていたのは、男の子が五人いたら五人とも「可愛い！」と叫ぶような女の子たちばかりであった。張り合うつもりなどまるでない。ただ場違いなところへ行ってしまった、という恥ずかしさが残る。

二人レベルの女の子が、五人レベルの女の子たちに交じってカラオケをした、これはかなり恥ずかしいことではないだろうか。しかしそれを差し引いても、智行と出会えてよかったと夏帆は思う。それは実物の智行がとても感じがよかったからだ。

「ま、いい思い出かも」

明日あさってになったら誰かに自慢しよう。

「お笑い芸人さんたちと飲んじゃったよ。あのＴＡＴＳＵＹＡがいたよ。後は知らない人ばっかりだったけど、すっごく面白かったよ。将来はきっとＴＡＴＳＵＹＡよりも売れっ子になるんじゃない、きっと。私、そう思うよ」

その時、夏帆のスマホが鳴った。着信を見る。まさかと思った。そこには「トモ」とはっきり表示されていたからだ。

カラオケに全員が集まり乾杯をした後、ＴＡＴＳＵＹＡの命令でみなが番号を交換した。しかし芸人たちのほとんどは、あのノースリーブのモデルか、テレビで見たことはないけれどタレントっぽいにおいをぷんぷんさせていた巻き髪の女の子が目当てだと思っていた。それなのにはっきりと表示されている。「トモ」と。

「もし、もし……」

「あ、今まで一緒だった市田です。トモです」

「あ、どうも……」

この時、向こうから来た酔ったカップルとぶつかりそうになり、夏帆はあわててシャッターがおりた金券ショップの軒先に入る。

「今日は楽しかったね」

「本当。すごく盛り上がった……」

夏帆は自分が先ほどからとても間の抜けた返事をしているのではないかと思い、あわてててこんな質問をつけ加えた。

「あれ、みんなとどこか行ったんじゃないの」

「みんなはまたどこかで飲み直すとか言ってたけど、オレ、明日仕事があるから自転車で帰るところ」

「えー、自転車」

やっと会話にとっかかりができ、夏帆は大きな声をあげる。

「自転車って……トモさん」

市田さんもおかしいし、この場合はやはりトモさんだろう。

「トモさん、それって酔っ払い運転になるんじゃないの」

「そんなに飲んでないもん」

「飲んでたよ。アルコール一滴でも飲んでたら自転車でも逮捕だよ」

「残念でした。自転車の場合はまっすぐ走れたらいいんです」

「ウソだよ、そんなの」

いきいきした会話が始まり、夏帆は嬉しくて仕方がない。

「それにさ、さっきみんなのタクシーの後、走って追いかけた、って言ってなかった?」

「ウソに決まってんじゃん。早めに自転車で着いてパチンコしてた」

「パチンコなんて、すっごく芸人っぽいね」

「それも売れない!」

二人同時に笑う。

「あのさ、来週またライブやるから来てくれないかな。木曜日、七時から。このあいだと同じとこ」

「うん、必ず行く」

ふつうだったらスマホのカレンダーを見るわ、などと言うところであるが、夏帆にもうそんな気取りも余裕もなかった。

「行く、絶対行く。必ず行くから」

「それじゃ受付に招待券置いとくよ」

「いいよ、招待なんて。自分で買うから」

「いいってばさ。それくらいさせてよ。じゃ、待ってるから」

電話を切った後、夏帆は顔を上げ、あたりの風景がまるで違っていることに気づく。

夜のセンター街は、ちょうどみんなが駅に向かって歩き始める時間だ。地下の居酒屋から、ビルの中のカラオケから、若者たちは地上に出てきて道路にたむろしている。駅に向かって歩き出したら、今の楽しさが壊れるとでも思っているのかぐずぐずと立ちつくしている。いつもの盛り場の風景。それなのにふわふわとした水色の空気がゆっくり漂っているように思えるのはどうしてなのだろうか。酔っ払って恋人に甘え、しくしく泣いている女の子も、階段にどっかり座り込んだ男の子もみんないとおしい。なんていい人たちばかり。一生懸命今日という日を生きている。

このどこかを漂っている感覚には記憶があった。そう、高校時代、初めて本物の恋をした時。そして専門学校の時にも二回、こんな風に空気が変わったっけ。懐かしい優しいこの感覚。

坂本さんの時にはなかった。それはお酒を飲んだ日にすぐセックスをしてしまったからだ。譲一の時には多少この感じがあったかもしれない。しかしこんなに強烈ではなかった。

「でもこれって、ファン心理がまじっているかも」

それでもいいと夏帆は思った。もう二十三歳になって、ふわふわ感とは無縁だと思っていた。それなのに神さまは、奇跡のように空気をさっと変えてしまったのだ。駅前のスクランブル交差点で、信号が変わるまでの間、夏帆は決心する。

木曜日までに十グラムでも痩せる。

二回パックをする。

社販でもう一枚服を買う。

そう決めたとたん、ふわふわした空気は一層濃くなった。

受付で渡されたチケットは、前から五列目、通路側の席であった。

「どうぞごゆっくりお楽しみください」

ぽっちゃりした受付の女の子が、なぜかにっこりと手渡してくれたが、これは関係者席のチケットだからだろうか。

小さなホールは満席だ。若い女の子のグループやカップルが大半だが、驚いたことに今夜は修学旅行の高校生たちが大挙してやってきていた。彼らは旅行会社の社員とおぼしき人間から、折り詰め弁当とペットボトルのお茶を受け取っていた。

「中は飲食自由ですよ。前説《マエセツ》の時はスマホで撮ってもいいんですよ」

前説というのはもはや全国レベルでわかる言葉らしい。このライブでは、新人の漫才師がお喋りを始めた。

「さぁ、みなさん、それでは拍手の練習をしましょう。まずは僕たちに……。地味ですねえ」

「やる気がないでしょ。はっきり言って。売れてないと思って、バカにしてんでしょッ」

初めて客席から笑いが起こった。

「今日もたくさんのお客さまにいらしていただいてますね」

「そうですね」

「山形県天童市からの修学旅行生の方々もいらしてます。拍手ー」

おざなりではない温かい拍手が起こった。東京での修学旅行の行き先に、お笑いライブを選んだ地方の高校生たちにみんな好感を抱いたのだ。

「そして今日も、はい、この席、5の22に座ったお客さんに拍手ー」

何が起こったのかよくわからない。前説をしていた漫才師の片方が夏帆を指し、そして盛大な拍手がわいたのだ。

「この席は、愛の席、通称ナンパ席と呼ばれています」

「そうです。去年のこと、『郵便やさん』のマーク石川さんが、この席に座っていたお客さんにひと目惚れして、それがきっかけで二人は結婚したんですよ」

ウソーッ、すごーい、という若い女の声がいくつもあがった。

「それ以来、芸人の間で狙った女の子を、そこの席に招待することが多くなったんですね。このあいだは、カンタさんの彼女が座るらしいっていう噂があって、僕たちもつい見ちゃいました」

「見ちゃいました」

「そしたらどうです、こんないかついおっさんが座ってるんですよ」

「僕ら、カンタさんにそういう趣味があるんだなと疑っちゃいましたが」

「女の子は行けなくなって、お父さんにチケット渡したみたいですねー」

　こうしたかけ合いをほとんど夏帆は聞いていない。カーッと頬が熱くなり、早く席を立ちたいとそのことばかり考えていた。しかし休憩まで一時間近くある。ライブが始まってからも、次々とステージにあがる芸人たちさえ、みんな自分を見ているようで顔が上げられなかった。

　ようやく第一部が終わり廊下に出た。案の定スマホにメールが入っていた。

『というわけでよろしく』

　ウサギのデコメがぴょこんとお辞儀をしている。

『めちゃくちゃ恥ずかしかったよ。冗談はやめて』

　瞬時に返事がきた。

『冗談じゃないよ。第二部の出番が終わったら待ってて』

　指が勝手に動いて、ＯＫのマークを押していた。

6

　ルミネの中のコーヒーショップで智行と待ち合わせた。九時半までには必ず行くと言ったが、実際にやってきたのは十時過ぎだ。

キャップにスタジャンというありきたりの格好だが、上背《うわぜい》があるからキマっている。デニムの形も折り返しの分量もとてもいいと夏帆は思った。

もうじき自分のものになるはずの男が、なかなかの容姿だというのはなんと幸福なんだろう。みんなが欲しがるもの、当然自分が欲しいものが与えられる喜び。しかも彼はとても優しい。

「遅くなってごめん。腹減っただろ」

と顔をのぞき込む。

「何食べようか」

「何でもいいよ」

ガードをくぐりヴィクトリアの裏手を歩く。この近くに智行がよく行く中華料理屋があるという。小さな店で、夕飯どきはとうに過ぎているというのに満席だった。サラリーマンがビールを飲みながら餃子をつついている。

「この店は餃子がすっごくうまいんだ」

「ふーん。私も餃子好き」

「オレも大好物。いろんなところで食べるけどさ、やっぱりここのがいちばんだな」

自分も智行もとても照れていることを感じた。面と向かって話すことがまだ恥ずかしくてできないのだ。だから二人で同じ方向を向き、さっきからどうでもいいことばかり話している。

「オレさ、でっかい餃子ってあんまり好きじゃない。ほらジャンボ餃子とかあるじゃん。あれって見るだけでげんなりするよな」

「でもさ、ミニ餃子っていうのも食べた気しないと思わない？」

「そ、そ、あれも何だかなー。オレ、餃子ぐらい見た目大切なものはないと思ってんだ。ちょうどいい大きさっていうのがちゃんとあんだよなー」

そんなことをしゃべり合っている間に席が空き、二人は小さなテーブルに向かい合って座った。智行は餃子の他にビールを注文した。

「今日は自転車じゃないの」

「来る時はバスにした。ナッちゃんとデイトするかもしれないと思ってさ」

このあいだの合コンの最中から、彼は夏帆のことをそう呼ぶようになっている。夏帆のほうも、自然とトモさんと呼びかけている。

「トモさん、すっごい自信じゃん」

「だって勝負かけてるもん。あの席に招待したってことはさ」

「私、すっごく恥ずかしかった。あの席、ナンパ席って言われてるんだってね」

「みんながふざけてそう呼んでんだよ。本当は大切な人を招待する席だよ」

餃子が運ばれてきた。智行が言うとおり、形の綺麗さも大きさも申し分ない。濃いキツネ色の焦げ目と模様の加減も抜群だ。

「大切な人に餃子ってわけね。ちょっと安上がり」

「あったり前じゃん。大切な人に大切な餃子。オレの大好物」

二人は見つめ合い、そして同時に吹き出した。芝居をしているようなもどかしさは、そこでいっきに取り払われた。

「ナッちゃん、もろタイプ」

「ありがと」

「マジストライクだよ」

「本気で言ってんのかな」

「あたり前だよ」

「芸人さんって遊んでるっていうし、なんか信用できない」

いっきにビールの酔いがまわって、夏帆の口も軽くなる。探り合いの時間をもたず、相手がいきなり正攻法できたので、こちらも応戦していく。ビールはもう二本目となった。

「芸人っていうだけで一緒くたにされたくないな。オレ、TATSUYAさんなんかと違うもん」

「あ、いけないんだ、先輩の悪口言ってる」

「いや、先輩としてはいい人なんだけどさ、あの人、ちょっとさ、女に関してはだらしないもん。ほら、今はナッちゃんの友だちの……」

「愛？」

「そう、あのコとラブラブだけどさ、前のカノジョともちゃんと切れてないんだよな」

「じゃ二股かけてるわけ」

「二股どころか三股かな」

「ふうーん」

「でもオレはああいう人とは違うから安心して」

「何を安心していいのかわかんない」

「結構ヤなやつ」

また笑い合い、餃子を食べ終わった。その後、智行はラーメン、夏帆はタンメンをすすり、満ち足りた思いで店を出た。勘定は智行が払ってくれた。

店を出ると、さっきまでの人の流れは消え、違うページをめくったような静かな街角があった。いつのまにか智行は夏帆の手をしっかりと握っている。そしていきなり言った。

「ナツホさん、五千円貸してください」

「えっ」

「今、すっごくすっごくラブホ行きたいです。でも金が足りません。お願いします。一生のお願いです。僕の恋のためにお金貸してください」

「やだぁ、マジー」

笑い出していいものか、怒り出していいものか、夏帆は一瞬迷い前者をとることにした。その方があきらかに楽しそうだったからだ。しかし何かひとこと言うことにした。それがはからずもユーモアになったことに夏帆は自分でも驚く。

「それでいつ返してくれるの」

「次に会った時に決まってるじゃん」

そして肩をぐっと引き寄せられた。

男の人とそういうことになる時、夏帆はよく心の中でつぶやいている。

「ま、いいか」

知り合ったばっかりだけど。あるいは会社の先輩だけど。そんなつもりはなかったけど。そんなに好きでもないけど。

「ま、いいか」

ことのなりゆきだし、相手がこんなに熱心になってくれているし。今さら拒否するのもめんどうだし。

「ま、いいか」

しかし智行の時は違っていた。

「嬉しい」

それだけしか感じない。裸になると智行は、服を着ている時よりも五倍優しかった。性急になってしまう若さと、うんと大切に扱おうとする心とのバランスがとれていてとてもいい。

余裕がないあまり、無言になってしまう男の子がたまにいるものだが、智行は始終「ナッちゃん、好きだよ」とささやくのを忘れなかった。

そして家に着いた夏帆にたくさんのメールを浴びせた。メールの文字の多さは、愛情と比例すると思っているかのようだ。彼の指はいったいどれほど動くのだろうかと感心してしまうぐらい、ひっきりなしにメールは届けられる。

『ダメだー。これから千葉の健康ランドで営業なのに、ナッちゃんのこと考えてて、とても仕事にならん』

『今、電車の中。ナッちゃんに会いたい、会いたい。そればっかり考えてる』

『ナツー、本当に好きだー。叫んじゃうぞお』

夏帆は幸福なあまり、こういう時に若い女がよくするように誰かに打ち明け、自慢したくなる。いつもだったら当然愛ということになるのだが、彼女はいつしか絶対に二人の秘密を漏らしてはならない相手となっていた。

「カレってさ、今度レギュラー決まりそうなんだ」

電話でまずそんなことを言う。

「へえー、すごいじゃん。あれ、今までも何か出てなかった」

「あれはさ、深夜だもん。今度はゴールデンに決まったワケ。小宮コージが司会する新番組」

「へえー、私、絶対に見るよ。よかったねぇ」

電話ならいくらでも演技することができる。つき合い始めたことを、愛やTATSUYAには内緒にしておこうというのは、二人で決めていた。もし知られたら、さんざんからかわれたり、いじられたりするに違いないと智行は言った。それにひきかえ夏帆の方はもっと複雑だ。どう考えても、芸人としてはTATSUYAの方がずっと売れている。智行の方が頭もセンスもはるかにいいと思うが、とにかく芸能人としての格はあちらの方が上なのだ。智行も、

「TATSUYAさん、TATSUYAさん」

とおもねるような態度をとる。

ということは、TATSUYAの恋人である愛との関係は非常に微妙になるということ

とだ。

「これって、前にテレビで見た、極道のナントカみたいじゃん」

確か、あの世界は連れ合いの地位によって女たちのヒエラルキーが違う。親分の奥さんがいちばんエラくて、みんなから、

「姐《あね》さん、姐さん」

とあがめたてまつられるのだ。

愛との関係がそんなことになるのはまっぴらだと思う。智行とのことは絶対に秘密にするつもりだ。今後、智行が売れてきて、レギュラーの番組を三つ、四つ持つようになったら打ち明けてもいいかもしれないが。

しかし自分の恋の話を、一人胸の中に匿《かく》しておくのは夏帆のような女の子にとって本当につらいことだ。会社の同僚に打ち明けたら、たちまち噂になって坂本さんの耳に届くに違いない。それは夏帆にとってあまり嬉しいことではなかった。

大層うぬぼれの強い彼のことだ。「自分にフラれて、売れないお笑い芸人とつき合っている」ととられたりしたら、これは本当に口惜《くや》しい。

こういう時、専門学校からの親友のひとり、俊は最適の相手だった。本当に優しく思いやりに溢れ、余計なことをいっさい口にしない。そしてやがてこちらが欲している言葉を処方箋のように静かに与えてくれる。夏帆は俊のことが大好きだ。夏帆だけではな

い。愛も美莉も、あの専門学校の女の子たちはみんな俊のことが好きに違いない。それは彼がゲイだからだということもある。女の子に友情以上のものは求めず、これほど優しくしてくれる男というのは、同性愛者以外にはありえないと夏帆は思う。

俊はほっそりとした体つき、そしてやわらかな曲線でつくり上げられた綺麗な顔立ちをしていた。特に閉じられた時の唇の、スフレをひと匙《さじ》すくった後のようなぷるぷるとした形がたまらないと、よく飲み会の時、酔っぱらった女の子が俊にキスしたものだ。夏帆も時々した。温かくてやわらかくて、何の欲情も返ってこない唇は本当に気持ちよかった。

西麻布のピッツェリアで、生ハムのピザを頰ばりながら夏帆は尋ねてみる。

「ねえ、シュンみたいな男の子って、私ら女を見て、アホらしいって思ってるんじゃないの」

「どうして」

俊はまるでハーフのようなとび色の虹彩の目でこちらを見る。

「何かそんな気がしてさ。いつもくだらない男の子とくっついたり離れたりして、ピイピイやってるのって、端《はた》から見ていてバカらしいと思っててんじゃないかなあって思って」

「そんなことあるワケないじゃん。僕だっていつも誰かを好きになって、ピイピイやってるよ。ナッチたちとまるっきり変わらないよ」

「ねえ、シュンって、どういう人を好きになるの？　シュンって自分のことあんまり言わないからわかんないよ」

「そんなことないよ。ケイのことは結構みんな知っていたはずだよ」

「ああ、慶ちゃんのことね」

上海からの留学生、慶文徳と俊とは公認の恋人同士だった。よく中庭のベンチで二人が寄り添う光景を見たものだ。眼鏡をかけ背が高い慶は、とりたてて美男子というわけではなかったけれど、俊は夢中になったようだ。夏休みには彼と二人で中国のあちこちを旅行していた。俊の卒業制作のデザインが、あきらかに中国に影響されていたのは誰もが認めるところだ。二人のつき合いは、慶が帰国してからも続いているらしい。

「あのさ、シュンだから言うけどさ、今度のカレって規格はずれで大変。とにかく信じられないぐらい貧乏なの」

智行の会社からもらうお給料が、月に十万円前後と知った時は驚いた。夏帆の半分ぐらいだ。しかもボーナスもない。住んでいるところはワンルームで、後輩の芸人と一緒だ。いつもお金に困っているから夏帆がおごってやることになる。それどころか着ているものがすり切れたり、生地が薄くなっているのを、仕事柄目ざとく見つけてしまう夏帆は、友だちに頼んでメンズものを社販で買ってきてもらう。

「誰かが言ってたけど、売れない芸人とつき合うっていうのは、ヒモを持つのと同じことなんだって。私さ、お金持ちでもおばさんでもないのにさ、ヒモを持つなんて思わなかったよ」

夏帆はため息をつく。この〃誰か〃というのは愛のことだ。しばらくは隠しておこうと思っていたが、〃ナンパ席〃の一件で、とうに智行とのことは知っていたらしい。

「ナッチ、苦労しているんだね」

俊はとても感じのいい笑顔で言った。

「でもさ、今さ、苦労する恋愛ってめったにないからさ。その分スリリングで、ますます相手に惹《ひ》かれていくんだよ。苦労する恋、いいじゃないか。めったなことじゃ味わえないよ。苦労する分、楽しめばいいのさ」

「なんかこの頃、自分が演歌の主人公みたいな気分。ほら、大塚さんがよくカラオケで歌ってた、ものすごく古くさい歌あるじゃん。何だっけ、芸のためなら女房も泣かすとか、ハルダンジとか」

「『浪花恋しぐれ』っていうんだよ。僕もよく知らないけど、ハルダンジって、昔の有名な落語家みたいだよ」

「そう、そう、あの世界だよ。もおー、あの歌、私の持ち歌にしたい」

あっはっはと俊は小さな笑い声をたてる。

ビールのグラスを持つ指はとても長くて綺麗で、シュンちゃんがゲイじゃなかったら、私は絶対にモノにしちゃったのにと、多くの女の子たちは言う。

「あのさ、僕が小学五年生の時だった。僕は私立の付属校に行ってたから、幼稚園から同級生の子が何人もいる。その中でもユウキ君のことが本当に好きになっていったんだ。ある日の放課後、二人で鉄棒をしていた。夕陽がものすごく綺麗な時で、ユウキ君は僕にずっと逆上がりを教えてくれてたんだ。そのうち、僕は泣きたいぐらいユウキ君のことが好きになり、どうしようもないぐらいになった。そして言ったんだ。

『ユウ君、好きだよ』

って。

そうしたら彼はきょとんとした顔になって、ボクも好きだけどそれがどうした、って言うわけ。そしてお前、気味悪いな、もしかしたらオカマかよー、とか言ってどこかへ行ってしまったんだ。僕は家に帰って、悲しくて泣き続けた。前から思っていたことが現実になったという悲しさもあったと思う。そうしたら母親がやってきて、僕をしっかり抱き締めてこう言ったんだ。

『シュンちゃんはこれから、他の人よりも少し苦労が多いことになるかもしれない。だけどね、人を好きになるっていうことは、この世でいちばん素晴らしいことなんだから、ためらってはダメよ。自分の心に鍵をかけたりしないで、一生懸命、人を好きになるのよ。それにシュンちゃんが大きくなる頃には、その苦労もたいしたもんじゃなくなる時代になっているかもしれないんだから』」

「へえー、やっぱりシュンのお母さんってすごいよねぇ」

俊の母親は有名なデザイナー、岡村優子だ。クラシカルで美しい服をつくることに定評がある。俊や夏帆たちの出た専門学校の誇る卒業生でもあった。ヘアメイクの道をいったんやめ、俊は今、母親の会社に勤めている。

「確かに母親の言うとおり、そういう時代になったみたい。心配していたようなイヤなことはそんなに起こらなかったよ。だけどね、やっぱりつらいことは多い。僕が好きになる人は、僕をそういう風に好きになってくれることはめったにないんだ」

「シュン、かわいそうかも」

「でもさ、相手が僕を好きになってくれた時の喜びはさ、ふつうの人よりも大きいと思うよ。僕もさ、ケイもさ、男と女のただの恋人だったら、こんな風に深く愛し合えなかったっていつも言ってたもの。それは僕の誇りだよ」

「誇り……」

「そう、苦労した恋ってさ、誇りってものが出てくると思うんだ。他の人にこんなこと言うと引かれちゃうけど、ナッチならわかるよね」

「うん、わかる」

夏帆は大きく頷き、そんな自分がとても好きだと感じる。その相手を愛して尽くす自分がとても好き。こういうのが誇りというんじゃないだろうか。そしてこんな気持ちをもつのは初めてだ。

7

売れない若手芸人というのは、月十万円の給料で暮らしている。それでもなんとか生きていけるのは、時々営業をするからだと智行は言う。営業というのは、アトラクションや各地のイベントに出て、司会や短いコントをすることだ。

といっても名がない彼の仕事というのは、本当に小さな集まりばかりだ。夏になると町内カラオケ大会や、盆踊りの司会をすることもある。

明日の智行の仕事は、四国のある街での「平貝まつり」出演であった。

「平貝まつりなんて本当にあるの」

「あるよ。帆立貝まつりだってあるくらいだもん」

「なんかジョークみたいなお祭りだね」

「その時にさ、ミス平貝っていうのだって決まるんだ」

ウッソーと夏帆は大きな声をあげた。

「そんなのに出る人がいるなんて、信じられない」

「オレもさ、去年司会した時に結構引いちゃったけど、全国のミスコン荒らしみたいなのも参加して、わりかしレベル高いよ」

「それにしたってさ、ミス平貝なんてタイトル、何の役にもたたないんじゃない」

「そんなことない。オレたち、どういう時にも絶対にガッつくから」

智行がいつになく、静かな強い口調で言った。

「ローカルだってさ、優勝すれば、地元のテレビ局や新聞は取材してくれる。そうすればどんなチャンスがあるかわかんないじゃん。オレはさ、どんな小さいのだって、ミスコン出ようとする女の子の気持ちわかるな。ガンバレって思うよ」

「ふうーん」

夏帆は少々面白くない。これではまるで、自分が大層意地の悪い女のようではないか。ラリーにならない言葉が出る。

「私もさ、もっとチャンスがあればいいと思うよ。大きな仕事できるチャンス。思う存分、好きなデザインで好きな生地使ってさ、メインのライン作らせてもらいたいなっていつも考えてるけど、ま、身のほど知ってるから、パリコレやりたいなんて考えたこと一度もないけどさ」

「ま、ナッチのそういうとこがさ、オレたちと違うかもな。オレたちってさ、やっぱり身のほど知らなくってさ、とことんガッつく人種だと思うよな」

困ったことに、こういうことをつぶやく時の智行が、夏帆は好きで好きでたまらなくなる。そしてもはや自分のテーマソングになっているあの歌のフレーズが、頭の中で流れ出すのだ。

(芸のためなら女房も泣かす。それがどうした文句があるか……)

野心というものを持った男に、生まれて初めて出会った。〝ガッつく〟なんていう言葉を、これほどさらりとカッコよく言える男が他にいるだろうか。この男の前にいると、洋服を作れるだけで幸せ、と思う自分が、なんだかミミっちく小さな存在に見えてしまう。

あぁ、トモ、と夏帆は言った。

「ねぇ、行く先々でそういうミス帆立貝と仲良くしないでね」

「ミス平貝だよ」

「どっちだって同じだよ。私、そういうミスコンに出るコ嫌いだよ。そういう気持ちになれるだけで、私はとてもかなわないって思っちゃう」

「そんなことないってば……」

智行は夏帆を引き寄せる。夏が近づいてTシャツを着ているので、袖口から、ほっそりした体には似合わない、ちゃんと筋肉がついた腕がむき出しになっている。夏帆はそれを見るたびに、なんだか損をしているような気分になるのだ。冬の間は自分だけが見ることができた智行の強靭《きょうじん》なものが、今はとても無防備になっている。

「ナッチだって、どこかのミスコン絶対行けるってば……」

両手が頬をはさみ、すばやくキスしながら智行がささやく。

「たとえばさ、ミスしじみ貝とかさ……」

オチがヘタ、と笑おうとしたが、結局智行に押し倒されて、彼の胸の中に埋まってしまった。


「ねえ、オレのスマホ、そのへんにない？」

次の日の日曜日、四国に行っているはずの智行から困惑しきった声で電話があった。

「えーと、スマホ……、ちょっと待って」

ベッドの下はもちろん、枕の間も手を入れて探した。

「私のとこにはないよ」

「じゃ、やっぱりうちかな。この間も充電した後忘れちゃったから」

「そんならいいけど」

と電話を切ったのだが、やはり心配になった夏帆は、洗濯と掃除を済ませた後、一応、智行のスマホを鳴らしてみた。

ちゃんと呼び出し音がする。ということは、やはり自分の部屋に忘れてきたに違いない。その時、突然女の声がした。

「もし、もし」

しかしまだ夏帆は安心していた。智行は八畳のワンルームに、自分よりももっと若く売れない後輩と暮らしているのだ。この女性はおそらく彼の恋人なのだろう。

「あの、これって市田智行さんのスマホですよね」

「そうだけど」

相手はおそろしくぞんざいな声を出した。

「あの、さっき、スマホをどこかに忘れたって電話があって、それで心配してかけてみたんです」

「忘れたも何も、自分の部屋にあったわよ」

「だったらいいんですけど……」

しばらく沈黙があった。

「あの、失礼ですけど、あなたはトモと一緒に住んでる会沢クンって人の、お友だちですか」

「何、それ、会沢クンって」

「だから、トモと一緒に住んでる……」

「トモと一緒に住んでるのは私だけど」

「何ですって」

驚きのあまり声が出ない。ワンルームに男二人で暮らしているので息苦しいぐらいだ。だから夏帆を招くこともできないといつも言っていたではないか。それなのに、トモは女の人と暮らしていたというのか。

「あなた、本当にトモと暮らしているんですか」

「あたり前よ。だって妻ですもの」

「そんなの嘘《うそ》だわ」

大きな声をあげていた。トモは言った。確かに言った。芸人は遊んでいるように言われているが、絶対に自分はそんなことはない。ナッチとのことは真剣なんだ。そりゃ、今までつき合った女は何人もいたけれど、ナッチぐらい好きになったことはないよ。自分の仕事をちゃんと持ってて、一生懸命にやっているところも好きだし、とにかく可愛い。可愛くって、可愛くってたまらない……。

智行が今まで自分にくれたたくさんの賞賛や愛の言葉を、そっくりスマホの向こうの女に聞かせたい。女の言っていることなどみんな嘘だ。そうだ、嘘に決まっている。

「私はずうっとトモとつき合っている者ですけど、あなたのことなんか聞いたことがないわ」

「あーねー……」

女はわざとらしく大きなため息をついた。

「もうトモユキは、女には見さかいないからね。私も自分の亭主ながら、ほとほと愛想つきるもん」

「亭主だなんて」

夏帆は叫んだ。

「本当に結婚してるわけじゃないんでしょ。つき合っているだけなんでしょ。それなのに妻とか亭主とかバッカみたい」

智行が事実上結婚していないことには自信があった。もし一度でもしていたら、まわりから耳に入ってこないはずはない。同棲というのも嘘だろう。そうだ、嘘に違いない。

「勝手に妻だとか言うのやめなさいよ」

「え、嘘じゃないですよー」

女は急に丁寧な口調になった。

「だって子どももいますから……。あ、嘘だと思うなら出しましょうか……。はい、ユータ。おばちゃんとお話ししてごらん」

しばらくがさがさしていたと思うと、たどたどしい子どもの声がした。

「マンマー。マンマー」

また音がしたかと思うと、声が遠ざかる。そして女の声がした。

「ほら、わかったでしょう。私もね、前からトモユキの女についてはさんざんヤな思いしてきたから、あんたの話聞いてましたか、って思ったわ。もうあの人の女好きは、ビョーキみたいなもんだから許してあげて。じゃ、切るわよ。ま、あの男の正体が早くわかってよかったでしょう」

このまま切るものかと夏帆は思った。これほどの屈辱を受けて、どうして引き下がることができるだろう。自分のことをせせら笑い「おばちゃん」と呼んだ。たった二十三歳の自分に〝おばちゃん〟だなんて、なんて底意地の悪い女なんだろう。この女を痛めつけてやりたい。言葉で、いったいどうやったら、いちばん相手を驚かせ、悲鳴をあげさせることができるのか。

頭が一瞬冷たく停止したとたん、言葉が出た。

「どうしたらいいんでしょう。私も妊娠してるんですよ」

「何ですって」

「今、六ヶ月になるところなんです。トモも元気な子ども産んでくれって喜んでたんですけど」

「あんた、嘘ついてるでしょ！」

女が怒鳴ったので、夏帆は喜びのあまり大きく深呼吸する。そしてもっとなめらかに嘘が出てきた。

「本当ですよ。何だったら、お医者さんの診断書を送りましょうか。トモは子どもが生まれる前に籍を入れようって言っていて、うちの親とも会ってるの」

「あんたさー、そんな嘘つくと承知しないわよ」

「嘘じゃありませんよ。だから診断書を送りますから。あなたの名前教えてください」

スマホはそれで切れた。相当のショックを与えたのだろうと夏帆は快哉《かいさい》を叫ぶ。しかしこの後どうしたらいいのか。

決まっている。智行にことの真偽を確かめるのだ。電話をかけようとして、肝心なことに気づいた。彼は今スマホを忘れて四国にいるのだ。そしてそれには別の女が出て、今のこの騒ぎになっている。だから彼に何も尋ねることはできない。こんなことってあるだろうか。今までの人生で起こったいちばん大きな出来事。それを確かめることができずにこれから一日を過ごすなんて。今、〝真実〟というものがこの日本の空をふわふわ漂っているのに、それをつかまえることはできない。

このままでいくと、夏帆の信じる心は時間に負けてしまいそうだ。一秒でも早く智行の言いわけを聞きたい。もしそれが本当だとしても、夏帆は言いわけを聞きたいのだ。恋人の言いわけは謝罪であり、愛の囁《ささや》きだ。それを耳にしたら、泣きながらも自分は許すかもしれない。

そう、許す……自分の心をつきつめていけば、あの子どもの声を聞いた時、女の言うことは本当だと直感した。子どものあのあどけない声には、真実だけが百パーセント詰まっている。でも今、どうしても言いわけが聞きたい……。嘘でもいいから、たくさんの甘い言いわけが聞きたい。

緊張がほどけた夏帆は、スマホをぽとりと床に落とし、そこに座り込む。涙が出てきそうになったが、あわてて指で押さえた。こんな時に一人で泣くもんかと思う。涙は智行の前で盛大に泣くためにとっておこうと考えたら、ほんの少しだけ元気が出た。

その智行から電話があったのは、次の日の昼過ぎだ。しかしその第一声は、夏帆の想像していたどれでもなかった。嘆願でも謝罪でも脅しでも怒りでも、ジョークでもなく切羽詰まった声であった。

「今すぐオレんとこ来てくれないか。タクシーで頼むわ」

「ちょっと待ってよ、私、今、仕事中だよ」

「そんなことわかってる。だけど頼む。オレ、二時半からテレビ入ってる。絶対にはずすわけにはいかないんだッ」

「だったら早くそっちに行けばいいじゃん」

「お前のせいだっていうのに！」

智行は大声で怒鳴った。その後は早口で聞き取れないほどだ。

「お前があんな嘘つくから、女が子ども置いて出てったんだよ。今、子どもがここにいる」

「ちょっと待ってよ」

夏帆はスマホを持って廊下に出た。意味がよくわからないのだが、あの男の子のたどしい声が甦《よみがえ》る。子どもというのはあのコに違いない。だけどどうして自分があの子どもの責任をとらなきゃいけないのだろう。

「あ、ヤバッ」

智行が叫んだ。

「もう出なきゃホントに間に合わない。今日、フジなんだ。フジなんてめったにないんだから、オレはもう出る。詳しいことはメールする。それから鍵は郵便受けの中に入れとく。オレんち、何度も送ってくれてるからわかってんだろ。部屋は２０２号室だからな。おーい、ユータ、ちょっとこい」

ややあって子どもの声がした。

「モシ、モシ……」

すぐ近くで智行の声。

「いいか、ユータ。三十分以内にこのおねえちゃんがやってくる。そうしたらめんどうみてもらえ。わかったな」

「ちょっと待ってよ。意味がわからない」

「お前がいけないんだからな。この子の母親怒らせて、あいつ今、出てっちゃった。三十分以内に必ず来てくれよな。そうでなきゃ児童虐待ってことで近所に通報されるぞ」

そのまま通話は切れた。夏帆は時計を見る。タクシーを使わなければ、練馬の彼のワンルームマンションに行くことなど無理だろう。

幸いパタンナーと打ち合わせを済ませたばかりだ。チーフも外出している。隣の席の同僚に、

「ちょっと新宿店に行ってくるから」

と声をかけた。

オフィスを出たところへちょうど空車のタクシーがやってきた。練馬までと口に出して後悔する。いったい幾らかかるんだろう。五千円ぐらいか。まったくどうして自分がそんなお金を払ってまで行かなきゃならないんだろう。

「児童虐待」という言葉が頭にうかんだ。母親に置き去りにされ、父親も出ていって、可哀想に子どもはひとりで泣いているに違いない。

何とかしなきゃ。もっといそいでくださいと夏帆は運転手に頼んだ。そうしている間にも、電車に乗ったであろう智行からメールが入る。

『ちゃんと着いたか』

『まだ10分だよ、タクシーの中。大散財』

『とにかく早く行け』

『早く行けとは何よ。自分の子どもでしょ。あなたがちゃんとめんどうをみなさいよ』

『詳しい話はあとでするけど、本当にオレの子かわからない』

『そういうこと言うの、卑怯《ひきょう》。サイテー』

『相手はとにかく変わってる。劇団入ってお笑いめざしてる女』

『それとどういう関係あるの』

『とにかくあとで。お前も悪い』

そのあとでもう一回メールがあった。

『でも愛してるぜ』

『バカ』

と打ったのだが、その後は返事がなかった。

結局、四千七百円のタクシー代を払い、鍵をとって中に入る。安っぽいワンルームマンションだ。

部屋の前まで早足で行く。鍵を開けながらドアに耳をあてた。よかった。子どもの泣き声はしない。いや、もっと悪いことが起こっていたりして。

八畳のワンルームというのは本当であった。部屋の中にロープがはられ、洗濯物が干してある。その下で小さな子どもが一人、ぬいぐるみの犬を歩かせている。

「よかった……」

夏帆はその場にぺたりと座った。二歳だろうか、三歳だろうか。子どもがいない夏帆にはまるで見当がつかない。

「もう来たから大丈夫よ」

子どもは不思議そうにこちらを眺める。

「とにかく来たから」

その髪に触れた。たよりないくらいのやわらかさで、そしてとても温かかった。

8

子どもはとても愛らしい顔をしていた。何かの果実を思わせるようなつぶらな大きな瞳は、ほとんどが黒目で占められている。これほど真っ黒な目を見るのは夏帆は初めてであった。

「ユータ君だよね」

子どもは頷く。

「いくつ？」

ユータという子どもはピースサインをした。

「あのさ、ママ、いつ帰ってくるかわかるかなー」

首を横に振る。

「じゃーさー、ちょっとの間だけ、おねえちゃんと遊んでいようか」

自分でも気持ち悪いほどの、ねっとりとした甘い声を出す。夏帆は決して子どもが苦手というわけではない。あまり接したことがないけれど、多分嫌いではないと思う。若い女なら本能的に持つやさしさもあるつもりだ。しかし突然見知らぬ子どもを押しつけられたら、いったいどうしたらいいのだろう。とにかく泣かすまい、怯《おび》えさせるまいと猫なで声を出し、そんな自分に次第に疲れてきた。

「ユータ君、何して遊びまちょーかね。わー、かわいいワンワンでちゅねー」

いつの間にか幼児言葉にさえなっている。女というのは誰に教えられなくてもこういうすべを知っているらしい。

夏帆は犬のぬいぐるみを持ち上げ、軽く動かしてみせる。

「さぁー、ワンワンのお散歩でしゅよー」

こんなんでいいんだろうか。自分はまるっきり楽しくないけれど。男の子の方を見る。子どもは黒く大きく吸い込まれそうな目でじっとこちらを見た。

「チッチ」

「えっ」

「チッチ」

自分の股間をおさえた。

「あ、オシッコのこと」

あわててトイレへ走った。自分の部屋とよく似たユニット型のバスルームだ。前の方を見ないようにして、灰色のジャージの半ズボンを下ろした。そしてすぐに気づく。ユータの股間と便座の位置が合っていないことに。そもそも夏帆は便座を上げることを忘れていた。

「ちょっと待ってて」

便座を上げ、後ろから彼を持ち上げようとしたが間に合わなかった。ユータの股間から勢いよく液体が噴出する。

「ちょっと、ヤダーッ、ウソでしょー」

夏帆は叫んだが、温かい液体はみるみるうちに床に溜《た》まっていく。

「ヤダーッ！」

夏帆はあわてて子どもを傍におろし、トイレットペーパーを手に巻きつけた。床はびしょびしょのうえ、なんと液体は夏帆のつま先まで濡《ぬ》らしている。あわてて靴下を脱いで、それから床を拭くこととなった。

「ちょっとォ……、どうして私が知らない子のオシッコの後始末しなきゃいけないのよッ」

もう幼児語などは使わず、夏帆は子どもに向かって怒鳴った。

「ねぇ、キミさぁ、オシッコひとりで出来ないの」

ユータはゆっくりと頷く。

「まいったなぁ、もう……」

ペーパーでいったん拭《ぬぐ》った後、シャワーでよく流した。幸い部屋の隅に紙おむつが積んであったので、それをはかせる。もう遊んでやろう、などという気はまったく失《う》せていた。

「勝手に、お好きなように遊んでてね。おねえちゃんは、ちょっと休ませてもらいますよ」

オレンジ色のソファベッドに横になった。もしかするとあの女が寝ていたかもしれないという思いがふとわいたが気にしないことにした。手をひらひらと振り声をかけた。

「ま、そっちは適当にやってね」

ユータはじっとこちらを見ている。小さな子どもにじっと見つめられるというのは、とても照れるものだと初めて知った。しかし、なんて可愛い顔をしているのだろう。目の大きさもさることながら、ぷっくりと波型をした唇も見飽きないほどだ。そのどちらも智行に似ていないと夏帆は思った。まだよく事実をつかめていないのだが、ユータは智行の妻という女が産んだ、いわば恋敵の子どもということになる。だがまるで嫌悪感もなければ厭《いと》わしさもない。ただ厄介なものを押しつけられたという困惑があるだけだ。

ユータはぬいぐるみを手にしたまま動こうとしない。ただこちらを見ているだけだ。

「何？」

やさしく言ったつもりだが、ついぶっきら棒な口調になった。

「オナカ、スイタ……」

「やだー、そんな……」

夏帆は飛び起きる。

「あのさ、お昼ごはん食べなかったの？」

「タベタヨ」

「だったらどうしてお腹が空くのよ……。ま、子ども相手にそんなこと言っても仕方ないか」

夏帆はキッチンともいえないほどのコーナーに立ち、冷蔵庫を開けた。他人の家で勝手に冷蔵庫を開けるというのは、見てはいけないものを見てしまうようなためらいがある。想像していたとおり、中はあんまりものが入っていなかった。卵と牛乳、バターのほかに、何かが入っているタッパーが四つ、そしてオレンジジュースのペットボトルがあった。冷凍庫を開け食パンを取り出す。それをトースターで焼いている間、夏帆はフライパンにバターを溶かし、スクランブルエッグを作った。こんがりと焼けたトーストに卵を載せ、その上にたっぷりとケチャップをかける。これにさらに刻みキャベツを載せるのが夏帆の好物であるが、幼い子どもがこんなものを食べるだろうか。食べやすく半分に切ってサンドウィッチ風にし、さらに二つにして耳も切ってやる。

ユータはひと切れつかみ、ゆっくりと咀嚼《そしやく》する。おいしい、と尋ねたら大きく頷いた。横から見ると、子どもの頬っぺたはふくらんでいて、前にせり出しているのだなあとわかる。口もとが見えない。しかし、頬が動いているので食べているのがわかるのだ。なんて愛らしいんだろうと夏帆は一瞬見惚《みと》れ、そして大変なことに気づいた。時計はもう五時を大きくまわっている。スマホを取り出して会社に電話をかけた。

「すみません。新宿店に行こうとしたら気分が悪くなったんで直帰します……」

相手の反応はあまりよくなかったが、今さらどうなるわけでもない。あーあと、夏帆はまたソファに身を横たえる。今まで夢中でオシッコの後始末をしたり食事を作ってやったりしたが、会社に電話したとたん、現実が甦ってどっと疲れが出たのだ。

「そうだよ、私ってもっと怒ってもいいんだよ」

どうして気づかなかったのだろうか。智行には〝妻〟なる女がいて、ユータはその子どもなのだ。智行はそのことを隠していた。自分はそのことで彼に釈明を求めようとしたのであるが、その前に子どもを預かってくれという緊急の電話がかかってきて、大きなことがうやむやになっているのだ。そして今も、この子どものぷっくりした頬で、夏帆は大切なことを忘れそうになった。

「事と次第によったら、私、許さないからねー」

夏帆は目を閉じて深呼吸する。


収録が長引いたとかで、智行が帰ってきたのは十時過ぎだった。ユータはベッドにしてやったソファの上で、すやすやと眠っている。

「オレさ、本当に隠すつもりはなかったんだぜ。だって奈子《なこ》がやってきたのは二週間前なんだから」

奈々子ではなくて奈子というらしい。芸名ではなく本名だそうだ。三年前、ふたりはしばらく一緒に住んでいたけれど、その間は喧嘩ばかりしていたと智行は言う。

「かなり変わってるんだ。昔は小さい劇団で女優やってて、その後お笑い始めたんだけど、シュールっていうの？　見ている人が笑うどころか、引いちゃうみたいなネタばっかり。家でも変わっててさ、ある日突然でっかい殿様ガエルを買ってきてペットにしたりするようなコだったからさ、さすがのオレもさ、ちょっとやってけないかなあと思ってたんだ」

とはいうものの、この話も百パーセントは信用できない。やっていけない、と言いながら智行はするべきことはしていたようだ。ある日、彼は妊娠を告げられる。

「マジかよーって思ってさ。だってあいつ、わりとゆるいとこがあってさ、昔の恋人とも平気で会ったりしてたんだ。それも喧嘩の原因だったんだけど。突然オレの子どもって言われたって、マジかよーっていう気持ちばっかりで少しも嬉しくない。それに仕事もないし、金もないって状況で子どもなんか産めるわけないじゃん。費用は工面するから、今回はゴメンって言ったらさ、ギャーギャー泣きわめいて、そのまま出てっちゃったんだ」

その後、ぽつんと智行は言う。

「でっかい殿様ガエルだけ置いてさー」

「えー、そのカエル、どうしたの？」

「オレ、飼えるわけないから、近くの公園に捨てに行ったよ。真夜中にさ、そいつ、いつまでもゲロゲロ鳴いてさー、まいったよ」

ふたり同時に、軽い寝息をたてているユータに目をやった。子どもは置いていかれても、まさか公園に捨てるわけにはいかない。

「そりゃさ、気にもなってたけど、元カレのところにでも戻ったのかなーってお気楽に考えてたら、二週間前、ユータを連れて突然現れたんだ」

沖縄の友だちのところで、アルバイトやガラス工芸をやりながら暮らしていたというが定かではない。とにかく三年間、ひとりで生きてきて、ひとりであんたの子どもを育ててきたと彼女は言い張り、他に行こうとはしなかった。狭いワンルームに、大人三人と子ども一人が住めるわけもなく、後輩の方は早々に逃げ出したというのである。

「だからさ、オレはさ、ナッチに何にも嘘はついてないワケ。確かに言いそびれちゃったのは悪いけどさ、ナッチだって悪いじゃん」

「私が？」

「そうだよ。どうしてあんな嘘をつくワケ」

夏帆はうつむいてしまう。あの時は夢中だったのと腹が立ったのとで、口からでまかせがいくらでも言えたが、妊娠してるなどと、どうして言ったりしたんだろう。そしてその本人から問い質《ただ》されるのはやっぱり恥ずかしい。

「奈子がものすごく怒ってさ、怒る権利なんかないと思うんだけど、私という者がいながらとかめんどうくさいことを言い出して、出てっちゃったんだよな」

「そうか、ゴメン……」

あ、謝ってしまった、と夏帆は口惜しい。自分はそんな卑怯な古典的嘘をつく女ではないとずっと思っていた。それなのにそんなことをさせてしまったのは、智行ではないか。どうしてゴメンなんて口に出してしまったのか。自分をものすごく嫉妬深く、嫌な女にしてしまったのは彼だ。妊娠だって……妊娠したなんて、よくもまあ……。いったいどういう脳ミソと心の構造で、あんなことを口走ってしまったのか。

「オレさ、ナッチのこと、本気だから」

「うん……」

「だけどさ、わかってると思うけど、本当に金ないしさ、将来のことだってわかんないじゃん。だから今すぐ、結婚とかなんてムリなワケ」

　あの女とはそれらしいことをしてたじゃない、と叫びたいところをぐっと抑えた。ここで相手を責めるのは決して得策ではないことぐらいわかる。

「だけどさ、やっとさ、ちょっといい感じになってきたかも」

「ホント!?」

「うん。だってオレ、今日さ、フジに行ったじゃん。フジだぜ、フジ」

　智行は誇らしげにテレビ局の名を口にした。

「オレたちのこと、えらく気に入ってくれてるプロデューサーがいてさ、もしかすると深夜だけどレギュラーもらえるかもしれないんだ」

「えー、ホント!!　すごい。やったね」

「まだ本決まりじゃないけどさ。そんで日テレもさ、この頃オレたちのこと可愛がってくれてる人いてさ、明日は通販番組だけど、ちょびっとレポーターすることになってるんだ。昨日も四国、それで行ってたわけ。それで明日は北海道、帯広」

「ふうーん。帯広か。いいねえ……」

　言いかけて重大なことに気づいた。

「ちょっと、じゃ、明日どうするのよ。このコ、誰がめんどうみるのよ」

「そういうわけで、明日も、ナッチ、よろしく」

　智行は信じられないほどの速さで正座になり、目の前で手を合わせた。その身軽さと、体のしなやかさはやはり芸人のものであった。

「明日ももう一回、よろしく」

「冗談はやめてよ」

　思わず大声をあげた。

「今日だって途中で帰ったから、ヒンシュクものだったのよ」

「そうはいったって、有休ぐらい取れるだろ。バアちゃんが死んだってことにすればいいじゃん」

「縁起の悪いこと言わないでよ。ねえ、このコどこか保育園とか幼稚園に通ってなかったの」

「ずっと沖縄にいたって言うからな……」

「本当に冗談じゃないわよ。どうして私が、あなたのお子さんのめんどうをみてあげなきゃいけないの」

「だから、オレの子じゃないかもしれない、って言ったじゃん」

「かもしれない、とかそういう言い方よくないよ。そこまで疑うなら、ちゃんとＤＮＡ検査受けてよ」

「受けるよ。綿棒で口の中をグリグリでも何でもしますよ。だからナッチ、明日だけお願い。オレの、いや、オレとナッチの未来がかかってるワケ。だからお願い！」

結局、次の日は有休をとることにし、朝早く智行のワンルームマンションへ行った。帯広へ行く智行と入れ替わりで中に入り、簡単な掃除をした後、ユータを起こし、朝ご飯を食べさせた。その後はふたりでドラッグストアに行き、替えのおむつを買った。昼間こそコンビニのお弁当をふたりで分け合ったが、夜はウィンナーいっぱいのスパゲッティを作ってやった。あまり気がすすまなかったが、お風呂にも入れ体を洗ってやった。子どもを洗うのが、これほど疲れるものとは思わなかった。あまりにも白くすべすべしていて、荒く扱ったらどこかがポキッと音をたてそうだ。

ようやくユータが眠ってから、愛に電話をした。もちろんこの一件は話さない。この頃、愛と話すとき、もはや夏帆のテーマソングとなったあの歌のフレーズが聞こえてくる。

（芸のためなら、女房も泣かすぅー）

愛の恋人TATSUYAは、智行の先輩芸人で売れっ子だ。どんな噂が立つか目に見えている。言いふらされて、智行はからかわれるだろう。

「こういうのを〝妻〟の配慮というのかもしれないわ……」

しかしわけのわからぬ女が〝妻〟と言い張っていたのを思い出し、夏帆は暗い気持ちになる。

「ねぇ、どうしてひどいことをされてもさ、嘘つかれても、好きな人のことは嫌いになれないのかしら」

「それはね、私にとっても重要課題よね……」

愛の深いため息が聞こえる。

「それはさ、やっぱりセックスするからじゃない」

「愛ってば、そんなミもフタもないことを……」

「ううん、セックスが気持ちいいとか感じる、とかそういうこと以前にさ、丸裸で抱き合うなんて、私たち赤ん坊の時以来したことないじゃん。たぶん赤ちゃんの時はさ、お風呂にお母さんと一緒に入ったかもしれないけど、大人になってから、アカの他人とそういうことしてるんだよ。そうしたら、もう普通の関係じゃなくなるよ。肉親みたいな感情持つのあたり前じゃん。だからさ、私たち、ちょっとやそっとのことで別れられないと思うよ」

「そうだよねー」

夏帆はさっき裸にして、ユニットバスの中に入れたユータのことを思い出す。なんか普通じゃないほど温かい気持ちになったのはそのせいかもしれない。

9

四日後、智行からスマホに電話があった。

「あのさ、ユータのことなんだけど……」

「はい、何でしょう。何ですか」

「そんな言い方するなってば。あのさー、毎日ピイピイ泣いてるらしいんだ」

進退きわまった智行が、ユータを後輩の夫婦のところへ預けたのは知っている。子どもがいない夫婦で、妻の方はセレクトショップに勤めていたのだが、その店が潰れて今は家にいるという。まわりを見ても、売れない芸人の配偶者で、優雅な専業主婦をしているのはここだけだったから、智行は頭を下げて頼んだらしい。すぐに母親と連絡をして引き取らせると約束もしたという。

しかし、ユータの母親はそのまま行方をくらましている。スマホも通話不能になっているそうだ。

「あなたの奥さんだったた人なんだから、実家と連絡とったらどうですか」

「そう言うなってば……」

奈子の両親は昔に離婚している。そもそも彼女は母親ととても仲が悪く、まったく連絡をしていないそうだ。父親の方は老齢のうえに、二度目の奥さんとも別れてひとり暮らしをしている。とても小さな子どもを預けられる状態ではないという。

「だったら、あなたの実家に連れていくしかないですね」

「だから、それが問題なんだってーの」

熊本の母親にユータのことを話した時、開口一番に出たのが、

「本当にお前の子どもなのかー」

だったというので、智行も驚いたらしい。

「うちのお袋、前から奈子のこと嫌ってたしなぁ。一度東京に来た時、奈子に会ったことがあるんだ。そうしたら、あんな女は信用できない。お前は騙《だま》されてるって、ずうっと言ってたからなぁ」

「ふうーん。いろいろ大変なんですねぇ……」

奈子という女、俄《が》然《ぜん》興味がわいてきた。相当に面白い女のようだ。以前は小さな劇団の女優をしていて、その後お笑い芸人になったが、まるでウケなかったという。

「シュールっていうか、不気味っていうか」

とにかく変わったことをやっていたと智行は言う。たぶん絶対に友だちにはなれないけれども、遠くで見ている分には楽しいかもしれない。

「それでさぁ、ピイピイ泣いてるって言うんだよなぁ」

「誰がですか」

「ユータだって言ったじゃん。おねえちゃんとこ行きたい、おねえちゃん、どこォって……」

「おねえちゃんって、私のこと?」

「そうだよ、ナッチのことに決まってるじゃんか」

反射的にウソだと思った。小さな子どもが自分の母親でなく、二日間だけ一緒にいた人のことを、それほど慕う、なんてことがあるだろうか。

「本当だってば。ナッチ、寝る時に歌、歌ってくれて、いろいろお話ししてやったんだろ。奈子ってきつい女だからさぁ、子どもも子ども扱いしないっていうか、とにかく変わってんだ。そういえばさ、あいつの舞台、人形を赤ん坊に見たてて、泣いて媚《こ》びるな、一人の人間として生きろ、とか言って、ぽかすか殴るのあったな。客、みんな引いちゃったけどさ……」

「ふうーん……」

何か想像するだにおぞましい。

「まあ、本当にいざとなったらさぁ、熊本のお袋に泣きつくしかないけどさぁ。会沢も部屋出てっちゃったし。それまでまた、ちょっと、ユータのめんどうみてくれないかなあ……」

「ご冗談でしょ。また私に有休とれって言うの？」

「だからさ、オレ、ユータを預かってくれる保育園とか託児所探すからさ、夕方ひきとって、オレが仕事から帰るまでめんどうみてくれないかな。ほら、共働きの夫婦だと思えばいいじゃないか」

「それって、一緒に暮らすっていうこと？」

「なんかさ、ユータ、可哀想だし、あっちになついてないし。そうするのがいちばんいいかなあと思って」

「ちょっと待ってよ」

あまりの驚きで、つんけんする演技どころでなく、思わず地の声が出た。

「私がなんでそんなことしなきゃいけないのよッ。私がどうして一緒に暮らして、トモと他の女の人の子どもをみなきゃいけないのッ」

「だってさ、可哀想じゃん。毎日泣いてんだぜ。オレ、やっぱひきとってやりたいよ」

「じゃ、ひきとって、ベビーシッターでもやとえばいいじゃん」

「オレの給料知ってんだろ。たぶんベビーシッター代の二分の一ぐらいだよ」

「だったら養護施設にひきとってもらうしかないわねッ」

そう言って通話を切った後、夏帆はちょっと言い過ぎたかなと思った。

ユータは、おねえちゃんに会いたい、と言ったらしい。絶対に嘘だと思っていたけれども、もしかすると本当かもしれない。だが、どうしたらいいんだろうか。このままずるずると智行と一緒に暮らし、ユータのめんどうをみるなんて絶対にイヤだ。もし奈子が帰ってきたらどんなことになるんだろうか。自分がいなくなった場所に、居座ったと思われるに違いない。

「だけど、このままじゃ、ユータが可哀想過ぎるかも……」

夏帆の頭の中では、ひとつの光景が浮かび上がる。一度も会ったことがないけれども、元木という智行の後輩と、そしてその妻が住むというアパート。狭くて西日のさす部屋。そこで慣れない育児にいらだっている妻が叫ぶ。

「どうして、私がこのコのめんどうをみなきゃいけないのッ」

そして足蹴にされるユータ。ユータが泣いている。ゲロゲロゲロ……、カエルの声になっている。いつのまにか、ユータは大きな殿様ガエルになっている。奈子が置いていったカエル。そして、公園に捨てられたカエル……。でも、カエルを捨てるように命じたのは自分なんだ……。

いつのまにか、ソファでうたた寝をしていたらしい。頬が濡れている。ヨダレなんか出るはずはないと思ったら涙だった……。

時計を見る。夜の十一時十分過ぎだ。夏帆は心を決めた。連絡先の1番という番号を押していた。どんな恋人ができても、この1番は変わらない。呼び出し音が鳴っている。

「お母さん……一生のお願い……」


夏帆はこの頃眠くてたまらない。埼玉の実家から千駄ヶ谷のアトリエに通うために、一時間早く起きなくてはならなくなったからだ。

よその子どもを連れて、実家に帰る、と告げた時、当然のことながら両親は驚き呆《あき》れた。が、話し合いには智行も同行させ、こんな風に説明したのだ。

自分たちは結婚の約束をしていて、一生を誓い合っている。が、それを知った前の彼女が、嫌がらせに子どもを置いていったのだ。不規則な生活をしている貧乏な芸人に、子どものめんどうなどみられないことを充分知ってのことだ。

とはいえ母親なのだから子どもをひきとりにくるだろう。それまでの間でいいから、ユータを預かってほしい。

「私もその間、ちゃんと家から通って、子どものことも、うちのこともちゃんとするからお願い」

「こんな話、聞いたことありません。非常識きわまりない話よね」

想像していたとおり、母はかん高い声をあげた。

「ねえ、どうしてうちの娘が、あなたのお子さんのめんどうみなきゃいけないんですか。そんなこと、奥さんの実家か、あなたの実家がする話でしょ」

「それが、彼女とは籍も入れてませんし、あっちの家庭は複雑で……」

智行は夏帆に説明したのと同じことを繰り返したが、いくつか脚色を加えることを忘れなかった。

「僕のうちは熊本なんですけど、去年お袋が癌《がん》の手術をしたばっかりで、とてもじゃないけど、小さな子どものめんどうをみることはできないんですよ。本当に体がつらくてごめんなさいって、電話で何度も泣かれちゃって……」

「まあ、それはお気の毒な……」

人のいい母はすっかり同情してしまったのだが、父は別のことで待ったをかけた。

「市田君はお笑い芸人をしているらしいけれども、それで将来もやっていくつもりなのかな。芸能界なんていうのは、うちのようなふつうの家庭から見ると、途方もなく変わった世界なんですよね。そんな人のところへ嫁にやるだけでも心配なのに、結婚前に他の女との子どもを預かれとは、いったいどういう了見なんだろうか……」

「本当にそのとおりです……」

智行はがっくりと肩を落とした。

「だけど夏帆さんとのことは真剣で、なんとか一緒になりたいから、今、頑張っているんです。でも、今、子どものめんどうをみるってことになったら、オレ、マジに仕事できないです……。子ども連れてホームレスやるしかないです……」

その姿を見ていたら、夏帆も涙があふれた。そして黙っていようと思っていた、あのことをつい口走ってしまったのだ。

「あのね、卑怯って言われるかもしれないけど、ユータは本当に彼の子かわかんないの。相手の女の人は変わってて、妊娠したって言って家を出てったかと思ったら、ある日突然、姿を現して、あんたの子だって押しつけたんだよ。それで私のことを知って、怒ってどこかへ行っちゃったわけ。このままじゃトモは仕事できないよ。せっかくテレビのレギュラーとれそうなのにさぁ。それは私が相手を怒らせたことが原因なの。私にも責任あるの」

そのまま突っ伏して泣き続けたら、話はなんとなく、

「母親がひきとりにくるまで……」

という方向になっていったのだ。

そしてユータを連れて、実家へ帰ってから半月がたつ。意外なことに、大学生の妹の桃子《ももこ》が結構可愛がってくれ、夏帆の帰りが遅い時は風呂にも入れてくれているようだ。いちばん反対していた父も、このあいだはシュークリームをお土産に買ってきたと、こ

っそりと母親が教えてくれた。

　まあなんとかユータの居場所は決まったのであるが、夏帆は慣れない早起きと通勤の疲れで、毎日ぼうーっとしてしまう。さっきもボタンの発注を間違えたばかりだ。だからチーフデザイナーの水谷さんから、話があると言われた時は、てっきり仕事の注意だとばかり思っていた。

　水谷さんが誘ってくれたのは、広尾の日赤病院の近くにあるそば屋さんだ。そば屋といっても、最初にそば粉のガレットが出て、その後はサラダ、鴨《かも》の肉、といったものが少しずつ運ばれてくる。それをグラスの日本酒で味わうというのは、大人の楽しみという感じだ。自分ももし水谷さんのように四十代になったら、こんな隠れ家のようなそば屋に入り、冷たい日本酒を飲んだりするんだろうか。

　いや、そんな日は遠過ぎてとても考えられない。水谷さんは仕事もできるし、かなり美人だ。こういう人のことを洗練されているというのだろうが、それでも自分の若さにはかなわないような気がする。四十二歳だったら、それだけで二十三歳の自分に負けだ。だからこれから続くであろう多少の小言もどうということもない。

「ねえ、岡崎《おかざき》さんって、うちに来てもう二年たったたっけ」

「いいえ、一年と三ヶ月です」

「ふうーん、そんなだっけ。それで、岡崎さんはどんなデザイナーになりたいの」

そら、来たなと、夏帆は身構える。

「いえ、あの、私は今のままですっごく満足です。前の会社は、デザイナーっていってもダンボールに囲まれて在庫整理ばっかりだったから、今、ちゃんとデザインできるの、夢みたいです」

「でもね、今のままじゃつまんないでしょ。ここんとこ、うちの会社は売り上げ下がってるし、つくるものっていえば、どこかの売れ筋の二番煎じ三番煎じばっかりよね」

「でも、お洋服つくるの、本当に楽しいし……」

もしかしたらクビになるのではと、夏帆は胸の動悸《どうき》が速くなる。あなたはデザイナー向いていないわよ、とか、ここで厳しいことを言われるのでは……。

「あのね、私に新しいブランドやらないかって話があるのよ」

「は……？」

「『ティンパニー企画』ってとこ、聞いたことあるでしょ。名古屋のパチンコ屋さんだけど、アパレル産業に進出して大成功したとこ。『メリメ』も『ピンク・マカロン』も、あそこが出資してるとこよね」

「そうだったんですか……」

「ピンク・マカロン」は、ふんわり甘い服で大人気の店だが、そこの出資者がパチンコ屋さんだとは知らなかった。

「それでね、岡崎さんも私と一緒にやってくれないかなあと思って」

「私がですか？」

今までチーフデザイナーの水谷さんに、誉められたことがない夏帆はきょとんとする。一度「お嬢ちゃんのお絵描きにつき合っていられない」と言われたことさえあるのだ。

「あなたは才能はないけど、センスはあるから、ぜひ加わってほしいの」

なんだかよくわからない。これって誉め言葉なのかさえもわからない。

「あの、才能とセンスってどう違うんですか」

「センスって、今みたいに反射的に出てくるもの。才能って、もっとゆっくり起動するもの。若い人の洋服づくりには、センスの方が必要だと私、思うようになってるの」

どうして四十過ぎると、そんなわからない言葉ばかり使うんだろうと、夏帆は水谷さんの綺麗にグロスした唇を見つめる。

「それにね、今度立ち上げるブランドには、岡崎さんみたいな人が絶対に必要なの。ねえ、今のマーケットで、いちばんない洋服って何だと思う」

「わかんないです」

本当にわからない。マーケティングという言葉が本当に苦手だった。かつての恋人といおうか、今もメールで時々はそれらしいことは言い、完全に切っていない譲一。こういうことをするのも、智行という男があまりにもあぶなっかしいからだと夏帆は自分に言い訳しているのであるが、とにかく関係は完全に切れていない譲一は、世界的デザイナーのアトリエで働いている。彼からは消費者動向やターゲットがどうのこうのと聞かされたことがあるが、まるで意味がわからない。

自分が着たいと思う洋服をつくって、買ってくれる人がいる。それだけで夏帆は嬉しい。もちろん売り上げが伸びれば幸福な気分になるが、それはマーケティングという堅いくせに浮ついている印象の言葉とは違うような気がする。

「ローティーンの女の子、小学校を卒業したぐらいから中一、中二の女の子。流行のものには敏感だけど、ウエストも胸もないわ。子ども服じゃなく、大人の小型服でもない。そういう服が今、ほとんど市場にはない。それをつくろうと思ってるの。ブランド名は、ズバリ『J・H』。ジュニアハイスクールの略よ」

「J・H……」

胸に畳みかけるように繰り返した。

10

水谷さんは言う。ティンパニー企画は、このブランドのためにかなりの額を用意してくれた。そういうことに力を入れている会社なのだ。

この頃テレビや雑誌にやたら出てくるカリスマ美容師の佐藤マモルの店も、そのパチンコ店が出資しているというから驚く。

「じゃ、マモルのやってる表参道の『ケミストリーハウス』、あの予約がまるっきりできない店。あそこもパチンコ屋さんがやってるんですか」

「そうよ、マモルがオーナーってことになってるけど、実はティンパニー企画がお金出してるのよ」

「でも、どうしてそんなことするんですか。パチンコ屋さんがアパレルをやっているのは時々聞くけど、ヘア・アーティストにまでお金出すなんて」

「ステータスなんじゃないの」

水谷さんがこともなげに言った。

「オヤジ相手にお金稼ぐようなことをしていたら、おしゃれなことに首をつっ込みたくなるのよ。洋服関係やアーティストとつき合いたくなるのよね」

「ふうーん、そうだったら芸能プロダクションをつくればいいのに」

「あっちの方は縄張りがあって、とても地方のパチンコ屋さんなんか手が出せないんじゃないの。だけどこっちの業界なら、まだ家内工業みたいなところがあるものね」

「ふうーん、そうなんですか……」

夏帆は少し頭がぼうっとしてしまった。突然ヘッドハンティングされたうえに、水谷さんがしきりに飲ませる日本酒のせいに違いない。夏帆はふだんあまり日本酒を飲まない。たいていワインかそうでなかったら焼酎だ。こんな風に日本酒を飲みながら、業界のいろいろな裏話を聞いていると、いっきに大人になったような気分になる。

「それでね、私、遠山《とおやま》社長といろいろ話をしたわけ」

「遠山社長って誰ですか？」

「いずれ紹介するけど、ティンパニー企画の社長よ。二代目で、いま四十六歳かしら。すごくデキる人ね。その人と相談して岡崎さんをJ・Hの看板にしようっていうことになったの」

「看板？」

「そう、あなたをものすごく若くて才能あるデザイナーってことで、前面に出そうっていうことになったの。もちろん私が中心になって仕事することになるけど、とにかくJ・Hのデザイナーはあなたっていうことになるの。J・Hのお洋服は私がつくってます、ということで、これからじゃんじゃん雑誌に出てもらうわ」

「ちょっとォ、そんなの無理ですよォ」

嬉しさよりも、怯えの方が強い。そんなこと絶対に無理だ。自分の才能は、自分がよく知っている。今だって、デザインする時はインターネットで、パリコレやニューヨークコレクションの新作を見て、それをうまくアレンジする。早く言えば、「パクって」

いる。入社した時から、そういうことをするのが自然だった。譲一のところの先生のように、自分が発信する側、「パクられる」側になることはまずないだろう。洋服をデザインするのは大好きで、一生続けていくつもりだけれど、自分には何か大きなものが欠けている。それは独創性、というものだ。いろいろなところから、可愛いものや綺麗なものの要素をつかんできて、それを素敵なものにつくり上げる自信はある。しかしそれはクリエイトすることとは違うのだ。

「私、そんなにセンスないと思います」

と正直に口にした。

「看板なんて無理です。水谷さんは自分が認められてひき抜かれるんですから、水谷さんがやるべきですよ」

「私はね、おばさんだからダメですって。看板娘は無理なのよ」

水谷さんはおどけた口調で言ったが、目は笑っていなかった。こちらを冷たく見据えている。あれを確かめているのだと夏帆にもわかる。それは「覚悟」という強くて揺るがない感情だ。かつて夏帆が一度も持ったことがないものだ。

「岡崎さん、やるわね。はっきり言って、あなたには過ぎたチャンスよ。でもね、私と同じ職場にいて、頑張ったことであなたはこのチャンスをつかんだの。迷うなんて言わせないわ。わかったわね、あなたにはそんな権利がないの」

その時、大きな力あるものに身をすっぽりつつまれる心地よさを感じた。

はい、わかりましたと夏帆は頷いた。

新ブランドJ・Hのために、水谷さんはベテランのパタンナーを二人用意していた。いいパタンナーさえいれば、デザインなどどうにでもなる、というのはこの業界の常識だ。現に今、モデルからデザイナーになり、人気ブランドを立ち上げた黒川るいはデザイン画など描いたことがない、というのは有名な話だ。マンガのような落書きのような絵を描き、

「ここにリボンつけて」

「ふわっとした生地にして」

と注文をつければ、またたく間にパタンナーが実物をつくってくれるのだ。

J・Hの立ち上げの時も、これに近かったかもしれない。夏帆がデザインしたことになっている洋服のほとんどは、水谷さんが考え、腕利きのパタンナーが完成させたものだ。どれもローティーンのために、よく考えられたものばかりである。たとえばチノパンツは、ウエスト部分を二段のベルトで調節できるようになっている。大人と同じ格好をしたがるが、このあたりは少女たちはまだ細っこいからだ。そして愛らしさを出すために、サイドのポケットはハート型にしていた。力を入れているのはワンピースで、コ

ットン素材で甘過ぎないように心がけている。この年代の少女は、子ども服のワンピースにあきあきしているものの、大人と同じデザインや柄だと顔の幼さが負けてしまう。よって微妙に大人びたものにしているのだ。

ティンパニー企画の資金は確かに潤沢らしく、このブランドを売り出すため、またたく間に人気ティーン誌を四ページ買い取ってタイアップ広告をうってくれた。夏帆はそこでJ・Hのデザイナーということで、モデルたちとグラビアに出た。もちろん初めての経験だ。

「集合！　夏のJ・Hフレンド」

というタイトルのもと、少女たちと一緒にフルーツパフェを食べる写真を撮られた。J・Hの製品の中でも、エイジレスのものを選んでいたのであるが、初夏の果実のような少女たちの中に交じるのはさすがに恥ずかしかった。

「でも岡崎さん、すっごくいいよ。ちょっと年上のお姉さんっていう感じだよ」

カメラマンがしきりに誉め上げてくれるのだが、お世辞としか思えなかった。前の会社でも時々撮影に立ち会ったりしたが、まさか自分が出るとは思わなかった。

そしてこれまた生まれて初めて、プロにヘアメイクをしてもらった。しかもそのアーティストは、今をときめく佐藤マモルである。助手を一人連れてきた彼は、鏡の前でパレットをひろげ、さまざまな化粧品を並べ始めた。

「さ、どうしよっか……。僕はあのコたちには、チークを軽くつけるぐらいにするつもりなんだ。岡崎さんは、彼女たちと別に対抗するつもりはないよね」

「も、もちろんです」

夏帆が緊張のあまり軽くつっかえると、マモルは真っ白い歯を見せて笑った。背は低いけれども、とても綺麗な顔をしている。たぶん三十五、六といったところだろうか。

「岡崎さんは目がすごく魅力的だから、ここを強調しようよ。企画が企画だし、あんな若いコたちと一緒だから、うんと薄くメイクして、そのかわり目だけははっきり、ちょっと色っぽく仕上げようね。それからルーズアップを今っぽく可愛くするから」

まるでこれから絵を描くようだ。あっさりしたメイクといったが、ファンデーションにはおそろしく時間をかけた。彼が言うには、薄化粧に見せようとするほど、丁寧に色を重ねていかなければならない。

そしてメイクが終わると、鏡の中にはまったく別人の女がいた。

「ウッソー！」

つい大きな声を出してしまった。テレビの変身コーナーには、よく別人のようになった女が映る。こんなものいっときのことではないか、毎日このようなプロが化粧してくれるわけではないしと、いささか鼻白んで見ていた夏帆であるが、自分の姿には興奮した。

「ホントにウソみたい」

人間の顔がここまで変わるものだろうか。目がいつもの一・五倍くらいになり、しかも巧みにリキッドアイライナーとペンシルを組み合わせて、涼やかで色っぽい。おまけにマモルのアップスタイルは顔をうんと小さく見せてくれる。

夏帆はさっそくスマホで写真を撮り、智行に送った。

『ジャジャジャーン、この美女は誰でしょうか』

すぐに返信メールが来た。

『かなりヤバい。すぐに口説きそう』

もちろんこんなことばかりしていたわけではない。秋冬のデザイン画を、一ヶ月で百五十枚描いた。インターネットでコレクションを見ている夏帆に、水谷さんは言ったものだ。

「いつか、きっとニューヨークかパリに行かせてあげる。きっと本物見せてあげる」

「本気ですか？」

「そうよ、岡崎さんはうちの看板デザイナーなんですもの。勉強に行ってもらうのはあたり前じゃない」

水谷さんは二十代に、二度ほどパリコレを見に行ったことがあるという。その頃は、まだ景気がよかったので、日本からたくさんの関係者が行ったそうだ。ツテを頼って招待状を手に入れ、後ろの席で見たのだが、それこそ夢を見るように素晴らしかったと言う。

「モデルもね、日本に来てるコとはまるでレベルが違うの。その服のことを理解し、その世界をどうしたらアピールできるかちゃんと考えて歩くのよ」

そういう話を聞くのは大層楽しかった。夏帆はこの頃、ネットで五〇年代の『ヴォーグ』や『エル』を取り寄せ、昔のドレスを研究したりする。あの時代のジャケットやワンピースを、水玉やギンガムを、今の時代の少女に取り入れるにはどうしたらいいのだろうかと考えると時間がたつのを忘れるほどだ。あれこれデザイン画を描き、生地の色を塗ってみたりする。

おかげでこのところ、帰る電車はいつも最終近い。早くても十時頃だ。

「いいかげんにしなさいよ。うちに子ども押しつけといて」

猛烈に母親に怒られた。

「会社を移ってから、こんなに忙しくなっちゃって。約束してたこととまるで違うじゃないの」

「だけど、まさかこんなになるとは思ってみなかったんだもの」

夏帆はふてくされた。この数ヶ月で言葉を飛躍的に憶えたユータのことを、両親が本気で可愛がり始めている。ここは強気で押しても大丈夫とわかっているからだ。

「本当に今が正念場なの。あと一年以内に結果出さないと、私なんかクビなんだからさ。お願いしますよ」

「女が何もそこまで働くことはないんじゃないの」

おやおや、と夏帆は母親の顔をながめる。高校時代、女でも自立できなければだめだ、そのためにもちゃんと大学へ行けとかきくどいたのはいったい誰だったろうか。

「女の子が毎晩こんな時間まで働かされるなんて、いったいどんな会社なんだろう。ユータのめんどうだって、うちにいる者に押しつけて……」

母親の言葉を聞き流して、夏帆は居間の隣の部屋に入る。そこは両親の寝室なのであるが、片隅にユータのベッドが置かれるようになった。レンタル屋のベビーベッドはもう小さくなっている。すやすや眠っているユータの頬は、まるでチークをひと刷毛《はけ》したように薄い橙色《だいだいいろ》だ。なんて可愛いんだろうと、夏帆はうっとりとながめる。言葉をしゃべり始めたのは突然だった。堰《せき》を切ったように、単語が口から出始めた。夏帆を指さし、確かに、

「ナッタン」

と言った時は感動であった。夏帆はバッグからスマホを取り出し、ユータの顔に近づける。心配したがフラッシュがついていても起きることはなかった。もぞもぞと動いたのは、向こうのベッドで眠っている父親だ。

メールでさっそく智行に送った。

『ユータ、可愛い！　最高。このコの寝顔見ると、一日の疲れが吹っとぶよ。ついでにビール飲んだりして、完全な帰宅オヤジだよね』

智行からの返信はこない。時計を見た。十一時十分過ぎ。そろそろ深夜番組のリハーサルが始まるころだろう。念願かなって、智行は夏の改編の際にレギュラーになることができたのだ。

本当はシャワーを浴びて眠りたいところであるがそうはいかない。智行の出ている番組は必ず見てすぐに感想を言うのが、いつのまにか二人の不文律になっているのだ。

この番組の司会をしている人気芸人は、若手をイビることで有名だ。智行に言わせると、画面に出ている時だけでなく、ＣＭ中も実に意地の悪いことをしかけてくるのだそうだ。

脂ぎって毛穴が見える司会者の顔が大写しになった。

「そんなら、ぼちぼちいきましょか」

彼の言葉でオープニングになり、ひな壇に並ぶ若手芸人たちが次々と挨拶する。智行はポロシャツに白いパンツというういでたちだ。お笑い芸人とは思えないほど、清潔できまっている。

「オレ、聞いたんやけど、トモは最近、イケメンお笑い芸人ランキングで、ベスト10入ったんやて？」

「ありがとうございます。一人で千枚ハガキを書いた甲斐《かい》がありました」

すぐに切り返して笑いをとった。すると司会者の口もとがはっきりとゆがんだのを夏帆は見た。

「まったくみんな何考えてるんや。トモなんか、もう子どもおるんやで」

ウッソーという声があちこちで起こった。夏帆の体中の血が瞬時に凍りついた。

「や、やめてくださいよー、そんなガセネタ」

智行が必死で抗《あらが》うと、司会者はますます執拗《しつよう》にからんでいく。

「何言うとんじゃー。もー、証拠はとっくにあがってるんじゃー。やかましい！」

「か、堪忍してください」

と両手をあげて拝む真似《まね》をする智行に、他の芸人たちから怒声があがる。

「トモー、お前、このあいだも六本木のねぇちゃん口説いてたばっかりじゃないか！」

「お前みたいなの、詐欺師って言うんじゃ」

「本当のこと言え、本当のことを」

その口調にはあきらかに嫉妬が混じっている。なぜかというと、今、智行は確かに、「おいしいところを独り占めしている」のだ。こうしたところが夏帆のよく理解できないところで、以前ふたりで番組の録画を見ていた時、一人の芸人に対するイジメに、夏帆が憤慨したことがあった。その時、智行はすかさず言ったものだ。

「何言ってんだよ。こんだけ若手がいる中で、こいつがいちばん目立ってるじゃん。こんなにイジメ抜かれて、こんなにおいしい思いしてるじゃん。今日これ見てる人は、こいつのことしか憶えないよ、最高だよ」

ということは、今、画面の中にいる智行は、皆からイジメ抜かれているように見せながら、じっとこの場を窺《うかが》っているのかもしれない。ようやく最初の衝撃が落ち着いた夏帆は、じっとなりゆきを見つめる。うまく反撃できさえすれば、智行は今夜のひな壇のヒーローになれるかもしれない。

「こら、トモ、本当のことを言えや」

司会者の何度目かの罵声のあと、智行はうまく間《ま》をつくってから、こう答えた。

「オレの子じゃないかもしれないっす。でも、身に憶えはあります！」

卑怯者という大合唱が起こり、司会者はずっこけたふりをする。そしてさらに鋭い声をあげる。

「そいで母親は誰なんや。言うてみー」

「それだけは……相手は一般人ですから」

「ウソつけ！」

ひな壇から顎のしゃくれた男が怒鳴った。

「相手は奈子ですよー。ほらー、髪をドレッドにしてたー」

「ああ、あれかー」

司会者は天をあおいだ。

「トモ、お前、どういう趣味してんじゃー！」

間違いなく智行は今夜の番組を乗っ取った。自分のプライバシーと引き換えに。へらへらと笑い合う芸人たちを見ているうちに、夏帆は芸能界の底知れぬ恐ろしさに体が小さく震えてくる。

11

智行は週刊誌に出るような芸人ではない。深夜番組に時たま登場する、「知る人ぞ知る」レベルの芸能人だ。だから子どもがいることをすっぱ抜かれても、別に騒がれることもなかった。夏帆は見なかったけれど、ネットで「驚いた」という書き込みが多少あったらしい。しかしそれもすぐに消えてしまった。

けれども智行に子どもがいること、その子どもを恋人である夏帆が育てていることは、まわりの人の知るところとなった。

「私、信じられなーい」

さっそく、先輩芸人のTATSUYAとつき合っている愛から電話があった。いちばん知られたくなかった人間だ。

「トモ君って男の子がいたんだって？　それで相手の女、他に男の人をつくって逃げちゃったんだって？　子ども置いてさー」

どうやら芸人仲間たちによって、話は面白おかしく変えられているらしい。

「男の人ができたかどうかは知らないけど、とにかくまたどこかへ行ったみたいだね。私も詳しく知らないけど」

「そんでさ、その置いてった子をさ、どうしてナッチが育ててるワケ。ねえ、どうしてそんなことになっちゃったワケ？」

「私にだってわからないわよ」

夏帆はついホンネを漏らした。

「気がついたら、そういうことになってたんだから」

「あのさー、私も聞いたんだけど、トモ君の元カノっていうかさ、子どもを産んだ女ってすっごく変わってたみたいね。ドレッドヘアにしてみたり、丸坊主にしてみたり、雰囲気もフツーじゃなくって、不気味過ぎてツッこもうにもツッこめなかったらしいよ。だけど深夜番組で、あのイタくてコワい女は誰だって、ちょっと人気が出始めたんだって。それなのに突然姿を消したらしいよ。その時に妊娠してたらしいね」

「ふうーん……」

彼女のプロフィールは、智行が以前話してくれたこととそう変わりない。しかし不愉快だったのは、愛がわざわざ奈子の写真をスマホに送ってくれたことだ。

「美人とか、ブスとかそういうことを考えさせないような女」

と智行はしきりに言っていたけれど、画面に映る奈子は整った綺麗な顔をしている。極端なベリーショートの髪をしていなかったら「可愛い」顔には入るだろう。笑ってはいない。芸風なのであろう、カメラを睨むようにして見つめ、手を奇妙な形にくねらせている。

『これじゃ売れないよね』

と愛のコメントがついていた。

「TATSUYAが言ってたけど、栗介さんってトモ君のこと、気に入ってないみたいだよねえ」

と、コメントだけでなく、次の日も電話が来る。栗介というのは、智行の子どものことをすっぱ抜いた司会者だ。深夜はおろか、この頃はゴールデンにも出演するほどの売れっ子だ。

「TATSUYAにはわかるんだって。番組の最中、ああいう先輩がさ、後輩に向かって、『さぁ、お前、いけーっ』っていう瞬間をくれるんだって。私たちにはわからない呼吸っていうやつらしいよ。だけど栗介さんは、トモ君のこと気に入ってないらしくって、そういうチャンスをあげないらしいよ。あのすっぱ抜きも、彼を売り出してやろうっていうんじゃなくて、今のうちに潰してやろうっていうことみたい」

「なんでそんなひどいことするのよ」

智行は尊大なところもあるし強情っぱりだ。しかし決して人に嫌われる人間ではないと夏帆は信じている。

「私にだってよくわかんないよ。だけどさ、トモ君って、一時期、関西のさ、元八師匠にちょっと可愛がられた時があったんだって。栗介さんと元八師匠って、めちゃくちゃ仲悪いらしいから、そのことが原因かなーってTATSUYAは言ってる。だけどさー、元八さんって忙し過ぎて体こわしてから、東京の仕事は少なくしちゃったんだよね。トモ君ってついてないよね」

夏帆の知らない芸人の世界だ。智行は、芸能界の裏事情をあまり夏帆に喋ったりしない。その点、愛の恋人のTATSUYAとは大違いだ。売れている度合いにもよるのかもしれない。レギュラー番組を持ち、テレビで見かけることがめっきり増えたTATSUYAは、やはり得意になって愛に向かってお喋りをするのだろう。

「あのさー、ナッチ、気をつけてね」

「何を」

「くれぐれもさ、都合のいい女にならないようにね」

これってヘンな言葉だと思った。恋をしたら女は、いつだって男にとって都合のいいようになるのではないだろうか。その男の人のことを一生懸命考え、その人が願うことをかなえようとする。愛情をもって何かすることを「都合のいいようにされている」と表現するなら、それはいったい、誰が誰に向かって言っているんだろう。「都合のいい女」などというのは、第三者しか言わない言葉だ。なんて寒々とした嫌な言い方。

「あくまでも平等に愛し合いたい」

「相手の思うとおりにはならない」

という女の人がもしいたとしたら、とても自信に溢れる強い人だ。でも人を愛するのとは違うと夏帆は思う。

子どもを実家に引き取って育てることになったのは、智行が切羽詰まったところに追い込まれていたからだ。

「頼む。オレ、このままだと仕事に穴を開けてしまう」

と叫んだ時の、智行の声を思い出すたびに、夏帆は涙が出てきそうになる。可哀想な智行。突然子どもを置いていかれ、混乱を通り越して恐怖の中に叩《たた》き込まれていた。そして彼が必死になって救いを求めてきたのは、やっぱり自分だったのだ。最初は驚き、次に怒りがこみ上げて、ほうっておくつもりだったのに、気がついたらついこんなことになっていた。仕方がない。

「私はトモを信じてるから。きっと、必ずトモと結婚するんだから」

と夏帆は頷くのだが、ふたりの未来のために、今、別の女が産んだ子どもを育てるというのは、なにやらおかしな話に違いないだろう。

しかし今、夏帆の家はいつのまにかユータを中心にまわり始めている。平日は母親がめんどうをみてくれる分、週末は夏帆が朝食からつくる。公園にも近くのスポーツセンターの子どもコーナーにも連れて行く。この役をいつのまにか妹の桃子が引き受けてくれることが多くなった。

「お姉ちゃん、昨日も遅かったじゃん。いいよ、もっと寝てればいいからさー」

と土曜日の朝、声をかけてくれるようになったのだ。遊ばせるのが本当に楽しいらしい。

週末の夜は、家族四人とユータとでご飯を食べる。ユータはもうたいていのものは食べられるが、肉や野菜は母親が小さく切ったり、くずしたりして口に入れやすくしてやる。好きなものがあると、

「ユータにちょーらい、ちょーらい」

とスプーンをひらひらさせてねだるのだが、そんな時の母の顔はとろけそうになる。

「近所の人から、夏帆ちゃんのとこのお子さん、可愛いわねーってよく言われるのよ。

どうやらあんたが子ども連れて、離婚して帰ってきたと思われてるのね」

「私、ヤンキーじゃありません」

夏帆はややむっとして答えた。

「二十三歳で三歳の男の子は早いっしょ」

「でもさ、世の中の人って、そんな他人の年の勘定をしてくれないからねー」

と桃子が口をはさむ。

「角の中村さんのおばさんなんかさー、モモちゃん、今からおつとめ大変ねーって会うたんびに言うもん。午後の講義に出かける時も言うからさー、わたしゃ、夜のおつとめかといつも思うよ」

「でもさ、私に言わせてもらうと、モモは相当、夜のおつとめに近い格好してる時あるよ。ブラ見せもさ、カップ見せたらアウトでしょ」

「はい、はい。カリスマデザイナーさんのおっしゃることですから、間違いないと思いますよ」

「カリスマ、カリスマ……」

その語感が面白いのか、ユータが何度も繰り返し皆が笑った。これは母に指摘されてわかったことであったが、同い年の子どもに比べてユータはとても言葉が遅い。おそらく母と子どもだけの暮らしで、他の人間との接触が少なかったのであろう。

が、夏帆の実家に引き取られてからというもの、ユータの語彙《ごい》は飛躍的に増えた。夏帆の両親に向かっては「バァバ」、「ジィジ」と言い、夏帆のことは皆の言うとおり「ナッタン」。桃子のことは「モモタン」と呼ぶ。

「はい、はい、カリスマナッちゃんですよ」

夏帆はユータのぷくんとふくれた頰を押す。子どもの頰は、やわらかいようで弾力がある。人差し指でつつく心地よさといったらない。夏帆は昔から、梱包用のビニールのプチプチをつぶすのが大好きであったが、子どもの頰を押す楽しさの方がずっと上だ。

頰をつつくのに飽きたら、今度はしっかりと抱き締める。

「ユータ、可愛い！」

子どもからは今食べたものの、よい香りがする。大人だと食べ物のにおいは、体臭や口臭と結びついて独特のものになるのに、子どものそれはただただ香ばしい。お米やほうれん草や卵といった食べ物の、本来持っているよいものが、さらに浄化され、貴《とうと》い甘いにおいになっていくようだ。

「ユータ、大好きだよ」

さらにそのにおいをかぎたくて、夏帆は頰ずりをする。どうしてユータのことがこんなに可愛くなっているのだろうか。それは後ろめたい気持ちをともなっているからだ。ユータを抱きながら、夏帆はいつしか、いずれ智行と自分との間に生まれる子どものことを考える。他人の産んだ子どもでさえ、これほど可愛いのだから、自分の子どもは数百倍可愛いにきまっている。

　この数百倍といったら、それはもう狂おしいほどのすごさだろう。人をそれほどいとおしく思う気持ちというのは、怖くて想像もできない。

　もしかするとユータだから、安心してこんな風に抱き、頬ずりしていられるのかもしれなかった。この子どもはいずれやってくる、途方もない幸福の「予行練習」なのだと思うと、ユータにすまない気持ちになり、さらに可愛がらずにはいられない。

　そしてユータにはもうひとつ悪いことをしていた。家族の前で頬ずりしたり、頬にキスしたりしながら、夏帆は智行とのセックスを思い出している。不思議だ。子どもをしっかりと抱き締めながら、その父親に裸で抱き締められた時のことを激しく思い出しているのだから。

「ユータ、大好き！」

　智行、大好き。この頃会ってないけれども、ユータを抱くたびに、どんなに彼のことを愛しているかがはっきりとわかる。このあいだもテレビで父親と年はそう違わないのに、ずっと若々しくてカッコイイ歌手が歌っていた。

（会えない時間が　愛育てるのさ……）

　本当にそうだ。お互いにこんなに忙しくなり、夏帆は実家から通うようになった。以前のように夏帆のアパートで会うこともない。それなのに、どうしようもないほど智行のことが好きで好きでたまらなくなっている。ユータという智行の血と肉を分けた者に触れ、毎日愛撫《あいぶ》しているせいだろうか。

「私は困難に打ち勝って、本当の恋をしてると思う」

この誇らしさは、恋人には告げるものではなかった。もしかすると傲慢にとられかねない。だから夏帆は、自分のアイデアノートといおうか、デッサンをするスケッチブックの片隅に書く。

「私は恋人の子どもを預かってあげるという、友だちみんなが引いてしまったことをやりとげた。だけどトモへの愛はますます強くなっている。こういうのを大人の恋だと思う。本とかマンガの中でしか見たことがなかったけど、私はちゃんとその恋をしている、以上」

以上と締めくくったのは、とても真面目なことを書いて、自分で照れてしまったからだ。

銀座のお鮨屋《すしや》さんというところに入ったのも初めてなら、カウンターに座ったのも初めてだ。ずっと昔、家族で海水浴に行った帰り、沼津のお鮨屋のカウンターで食べたが、あれはテーブル席がいっぱいだったからだ。出てきたのはふつうの一人前のお鮨であった。

　しかし今夜は違う。白木のカウンターに、次から次へとおつまみが出される。それはアナゴをちょっと炙《あぶ》ったものとか、白子が入った小さな茶碗蒸《ちゃわんむ》しだったりする。しかもシャンパンと一緒だ。

　今日のために遠山さんは、このお鮨屋に何本かシャンパンとワインを持ち込んだ。よほどの常連なのだろう。お鮨を握る主人も時々はグラスに注いでもらい、おいしそうに口をつけながらあれこれ会話を交わしている。

　夏帆、チーフの水谷さんの他に、営業部長が招かれている。ジュニア向けの「J・H」は、爆発的ヒットというわけにはいかないが、この不景気にもかかわらず目標額を何とか達成していた。ティーン雑誌を中心にタイアップ広告も多く打っているため、その効果は今期末には出るだろうと営業部長はもごもごと報告する。

「ま、いいよ、そういう野暮な話はさ、今度の会議で聞くから。名古屋にはなかなかいい鮨屋がないからさ、僕はここで食べるのだけがいちばんの楽しみだもの。そういう話は今度だよ。ねぇ、大将」

　遠山さんはカウンターの中の主人に同意を求める。

　遠山さんは四十六歳だということだが、若いのか年相応なのか、この年の男の人はみんな同じように見える。それに夏帆はゴルフ灼《や》けしている男の人というのがどうも苦手なのだ。自分とはまるで違う世界の人、という感じがする。

遠山さんは真っ黒に灼けた肌を強調するように白いシャツを着ていた。おまけに二つボタンをはずした胸元から、プラチナのチェーンが見え隠れしている。

「わっ、もろオヤジファッション」

心の中でこっそりとつぶやく。自分のところのブランドも、そしてもっと売れている他の人気ブランドの幾つもが、このオヤジファッションの社長の傘下だと思うと、少々複雑な気分だが、仕方ない。お金を持っていて経営がうまいことと、センスがあるというのはまったく別のことなのだろう。

「岡崎さんだよね、うちの看板デザイナー」

遠山さんをはさんで、水谷さんと部長が座り、夏帆は水谷さんの横、いちばん端に座っていたのだが、遠山さんはわざわざ腕を伸ばしてシャンパンを注いでくれた。その口調にはかすかな揶揄《やゆ》が込められている。

「あのさ、この頃はさ、話題づくりのために、いろんな女の子を連れてきてさ、デザイナーとかプロデューサーにするじゃない。だけど僕、ああいうのは嫌いだからね」

彼の口調にはのんびりとした訛《なま》りがある。おそらく名古屋のものなのだろう。だからそうきつくは聞こえないが、かなり厳しいことを言おうとしているのかもしれない。

「このあいだもテレビ見ていたら、どう見てもふつうのおネエちゃんがプロデューサーだって。なんかなー、好きじゃないなあ。ああいうのってこの商売バカにしてるよね。岡崎さんはそんなことないよね」

こちらを挑発しているらしい。いつかの水谷さんの言葉が甦る。

「もちろん私が中心になってやるわ。でもあなたは若いから、看板になってほしいのよ」

もちろんです、と夏帆は顔をあげた。本当の恋を知っている私は、本当の仕事だって手に入れなければいけないのだ。

「私は学校でちゃんと勉強をしてきました。デザイン画はもちろん、型紙も起こせます。ああいう素人の人と一緒にしないでください」

「ブラボー!!」

と遠山さんはグラスをあげた。

「思っていたより、ずっとしっかりしている。カッコイイよ、うちの看板デザイナー」

12

飛行機の中で、フランス語のアナウンスがあった。何と言っているかわかる。その前に日本語で言っていたからだ。

「まもなくオルリー空港に到着いたします」

鼻にかかった、甘ったるい音楽のようなフランス語を聞きながら、本当にウソみたいだと夏帆は思った。

「いつかパリコレに連れていってあげる」

と、チーフデザイナーの水谷さんは言ったけれど、ずっと先のことだと思っていた。水谷さんにしてみても「いつか」というニュアンスに、二年先か三年先になるかわからないけれども、いずれチャンスがあったらね、というぼんやりとしたものがあったはずだ。

それが、会社のオーナーである遠山さんの口添えで、急きょ夏帆のパリ行きが決まったのだ。

海外旅行に出かけるのはこれで二回目だ。子どもの頃、グアムに家族旅行に行ったことがある。

「次はハワイへ連れていってやるからな」

と父親は約束してくれたのであるが、何とはなしに立ち消えになったのは、世の中の景気が悪くなる一方なのと、二人の娘が次々と進学したせいに違いない。

夏帆の通っていた専門学校では、毎年夏休みに「ヨーロッパファッション研修ツアー」というのを募集していたが、費用が十日間で四十万円近くした。それでもアルバイトに精を出して行くコはいくらでもいたのだから、夏帆があまり興味を持たなかったといった方が正しいだろう。

うまく言えないけれど、パリとかローマというのは、それほどがむしゃらになって行くところではなく、自然と運命が招いてくれたら行くところだという気がしていた。

「じゃあ、これって運命ってことになるのか……」

遠山さんが自分にどうしてそれほど興味を持ったのかも、夏帆はよくわからないでいる。女としてのそれではないのは確かだ。ああいうお金持ちだったら、水商売やモデル、タレントさんといった中から、目もくらむほどの美しい女性をいくらでも選べるに違いない。

万が一、万が一であるが、たまには毛色の変わった女の子がいいと、自分に触手を伸ばそうとしているとしたら、

「それは勘弁してよー」

と夏帆は言いたい。自分にはちゃんとした恋人がいるし、だいいち四十代の男の人にはまるで興味がなかった。まわりにもたまにおじさんとつき合っている女の子がいるが、どこか不健康な感じがする。

ずっと年上の人から教わる恋よりも、同世代の男の人と、いろんなことをぶっつけ合う恋の方がずっと好き。ずっと好きと言っても、四十代や五十代の人とつき合ったことはないけれど、たぶんそうだと思う。

だから自分と遠山さんが、どうのこうのということは絶対にあり得ないと思う。だからこそこんな風に、遠山さんの好意を素直に受け取ることができるのだ。

遠山さんは、単に自分のことを面白がっているのだと思う。最初に会った時から、

「君って、いいね」

と笑って叫んだものだ。

が、またそこにひとつの疑問が生じる。

「私ってそんなに魅力的だろうか。それほど人を惹きつける個性があるだろうか」

それもあまり自信がない。少女の頃から人に「変わってるぅ」などと言われたことはなかった。むしろ小学校高学年になったら、できるだけ目立ったり、クラスからはみ出さないことに心を配っていた。いじめられないために、だ。今どきの子どもだったら、みんなこのくらいの知恵を持っている。

智行をはじめ、つき合った男の人たちからは、

「ナッチって可愛い。面白くって最高」

と言われたけれどもあてにはならない。だって身びいきになるのが恋人というものだから。

しかしあまり深く考えるのはよそう。

水谷さんも言ったものだ。バブルが終わってしばらくしても、ファッション界にはま

だ甘やかないい雰囲気が漂っていた。その当時、洋服をつくっている者たちがヨーロッパやニューヨークへ行かせてもらう「役得」はいくらでもあったらしい。そうだ、あまりむずかしいことはいろいろ考えず、これは「役得」だと受けとめることにしようと夏帆は心に決める。

空港にはコーディネイターの大森春奈《おおもりはるな》が迎えに来てくれていた。初めてのパリ旅行だからと、遠山さんが頼んでおいてくれたのだ。自分でメトロを乗り継いで会場に行くものだとばかり思っていた夏帆は、どれだけホッとしたことだろう。春奈はコーディネイターといっても、パリ大学に籍を置く留学生だ。アルバイトに、時々こうして日本人を世話するらしい。遠山さんもお得意さまのようだ。

短い髪に革ジャン、デニムという、まるで男の子のような格好をしているが、さりげなく巻きつけた茶色とグレイのストールがきまっている。ショートブーツもとてもうまくコーディネイトされていると、夏帆は目ざとく全身を見て思った。黒を基調としたおさえた色づかいが、この石畳の古い街にぴったりだ。

朝早く到着する便だったので、頭の中がぼうっとしている。あまり聞いたことのないヨーロッパの航空会社の、しかも格安券だったので、夏帆の席はエコノミーの真ん中だった。窓際のおじさんが、肘を張っていたので、それをよけようとしてほとんど一睡もできなかった。

しかし早朝のパリの風景は、この目でしっかりと見届ける。スーツケースがあるからと、春奈はホテルまでタクシーを頼んでくれたから、旧市街に入るまでのハイウェイの風景もじっと見つめる。

「夏帆さんって、パリは初めてなんですって」

「そうなんです。そもそも海外旅行がこれで二回目なんです」

「それは残念ですよね。パリが二泊三日だなんて。せめて一週間いれば、秋のいちばん美しい時を楽しめるのにね」

「でも仕方ないです。私、パリに来られただけで幸せだなあと思っているから」

「そうですよね。それにパリコレを見られるんだもの。最高ですよ。私、パリに来て三年になるけど、いまだにパリコレ見たことないですもの」

「ええー、そうなんですか」

「そうよ。だってパリコレのチケットを手に入れるのは本当にむずかしいもの。私、今の季節、プレスの人をお世話することもあるけど、みなさんを会場に送り届けると、出てくるまで待ってるのよ」

ほぼ同い年の春奈は、どんどんくだけた口調になってくる。

「だから、パリコレ見られるなんて、本当にラッキーだよね」

「でもね、シャネルとかルイ・ヴィトンっていった一流どころは全然無理なの……」

　こうした高級メゾンは、そもそも会場が小さいうえに、各国のプレスが熾烈《しれつ》なチケットの取り合いをしている。夏帆が今回見ることのできるコレクションは、ベルギーやスイスの新進デザイナーのものだ。チケットは遠山さんが有名デパートのバイヤーさんに頼んでくれ、ようやく手にすることができた。見ることのできるコレクションはたった三つ。もうひとつの有名ブランドは、やはりバイヤーさんが話をつけてくれ、

「そのバイヤーと一緒に来れば、立ち見で見せてあげられるかもしれない」

　というえらく高飛車な約束を取りつけていた。

「それじゃ、まずホテルに荷物を置いて、近くのカフェでお昼をとって、それからコレクションに行きましょう」

　ホテルはオペラ座近くを、春奈が予約してくれていた。一ツ星がついていたが、部屋のあまりの狭さにびっくりした。四畳ほどの広さしかない。ベッドの横でスーツケースを開けるのがやっとだ。それでいて値段は決して安くない。

「パリのホテルは、どこも狭いもの。パリだけじゃなくて、ヨーロッパのホテルって、どこもびっくりするぐらい狭いわ。私、このあいだ親が遊びに来た時、一緒にスイスに行ったけど、独房ぐらい狭かったし、隣の部屋の父親のイビキがはっきり聞こえるぐらい壁が薄いの」

ロビイで待っていてくれた春奈が言う。

「それに今は、パリコレで世界中からいろんな人が集まっていて、いちばんホテルが取れない時なの。ほら、あの人たち……」

ロビイの片隅で打ち合わせをしているグループを指さす。若い女性の四人組だったが、ひと目でふつうのOLの観光旅行ではないことがわかる。服装も髪もあかぬけているのだが、厳しい表情でいかにも仕事の打ち合わせ中という感じであった。

「あの人たちも、このホテルに泊まっているファッションジャーナリストたちよ」

「日本人なの」

「ううん、中国人。ほら、しゃべってる口の形でわかるじゃない」

この場所からだと声は聞こえないが、そういうものかなと思う。

「ちょっと前まで、中国人は服装ですぐにわかったらしいけど、今はまるっきりそんなことない。それよりか、もう日本人を押しのけて、前の席に座るらしいよ」

「ふうーん。そうなの」

「国の力がファッションにまで及ぶのには、タイムラグがあるのよね。だけど中国っていう国は途方もなく大きいから、そのエネルギーが今、こちらに向かってどどーって来ているような気がする。ファッションって面白いよね。国の力と考えていることが手にとるようにわかるもの」

夏帆はこういう話をされると、どうしていいのかわからなくなってくる。春奈のように、自分の言葉で、国の力がどうのこうのとしゃべる人を見ると何だか信じられない。

近くのカフェに入り、コーヒーとサンドウィッチを食べた。サンドウィッチは、ハムとチーズ、野菜をはさんだバゲットだが、日本のものよりもずっとおいしい。自分の分を払おうとしたら、春奈に押しとどめられた。

「パリにいる間は何も心配しないで。食事代とかホテル代、かかったものは私が立て替えて、後で遠山さんの会社に請求することになっているから」

「すみません」

そしてつい聞いてしまった。

「遠山さんも、いつもあのホテルに泊まるの？」

「まさか。遠山さんはフォーシーズンズホテルが常宿よ。まあ、時々はブリストルがいいとか、リッツがいいとか言うこともあるけど、相手次第ね」

「相手次第？」

「だから、連れてくる女の人の好みよ。あっ、こんなこと言っちゃいけないんだよねぇ」

ちらっと舌を出した。

「でも、あの人が遊び人だなんて、みんな知ってるよね。このあいだ、遠山さんの会社の人も一緒に来て、夕飯の時に女の人のことでからかったら、遠山さん、笑ってたもの」

「そうかぁ。私さ、実は遠山さんって一回しか会ったことないんだ。うちの会社の本当の経営者らしいけど、ふだんは名古屋にいるし、そんなえらい人と私が会うこともないし」

「えー、そうなの。でもね、くれぐれもうちのデザイナーを頼む、いろいろ見せてやってくれって、電話かかってきたよ。夏帆さんって期待されてるんだね」

最後の言葉に照れてしまった。

メトロはミュゼ・デュ・ルーヴル駅に着いた。ファッション関係とすぐにわかる人々が、いっせいに改札口に向かう。みんなルーヴル美術館の中の、コレクション特設会場へと行くのだ。

春奈によると、この特設会場は借りる料金が安いために、若いデザイナーたちがコレクションを開くそうだ。

ルーヴル美術館の前には、何台ものタクシーが停まっている。そこからまた人が降りてくるので、あたりは大渋滞だ。警察官が出ているが、それより数が多いのが、カメラマンであろう。記者とおぼしき女性がその傍《そば》にいる。

「見ててごらん。そろそろ面白い光景が始まるから」

車の中から女たちが出てくる。ファッションジャーナリストだから当然のこととはいえ、みんな完璧にコーディネイトし、今、いちばん〝きている〟と言われているブランドのバッグを手にしていることに驚いた。それよりも夏帆の気をひくのは、彼女たちがキリのように細い踵《かかと》の靴を履いていることだ。いくら今年の流行とはいえ、あれがどれほど歩行困難なものか、夏帆はよく知っている。

「私なんか、歩きやすいようにペッタンコの靴を履いているのに」

自分の足元を見つめた。といっても、パリコレを見にいくのにスニーカーというわけにはいかず、洋服に合わせてピンク色のバレエシューズだ。

「一日中歩きまわるのに、あの人たち、どうしてあんな靴、履いているのかしら」

「決まってるじゃないの。会場スナップというのにつかまるから」

春奈がほら、という方を見ると、一人の女性がインタビューをされているところであった。ジャケットにパンツという気軽ないでたちであったが、それぞれの素材と色の組み合わせ、首に巻いたレトロ調のスカーフまですべてがきまっていた。褐色の彫りの深い顔に合わせた、赤いルージュが美しい。

「インド人よね。インドもこの頃すごいわね。IT産業で国力ついてからというもの、パリコレに来るプレスの数も半端じゃないもの」

春奈は言う。

「私もね、去年、日本の出版社の人とか、スタイリストの人と一緒にパリコレの取材手伝ったことあるの。あの人たちって、一日に五つも六つもコンクションまわるから、たいてい車をチャーターしてるの。そして駆けずりまわるから、みんな動きやすい靴履いてる。だけどね、会場に近づくと、みんないっせいに靴をヒールのついた流行のに替えて、化粧も直すわ。会場でインタビューされるかもしれないっていう緊張感よね。みんなアナ・ウィンターみたいになりたいのよね」

「あの～、アナ・ウィンターって誰」

「え～、夏帆さんって、デザイナーなのに、アナ・ウィンターの名前知らないなんて」

春奈がしんから驚いた声を出すので、夏帆はすっかり恥ずかしくなってしまった。自分のやっているブランドが、パリコレとか、そのファッション業界のすごい人らしい女性とは、まったく縁のないものだと説明するには、どうしたらいいんだろう。

「アナ・ウィンターっていったら、アメリカン・ヴォーグの編集長よ。世界のファッションの動向に、いちばん影響力がある人じゃない。私も遠くから何度か見たことあるけど、ものすごい貫禄《かんろく》と迫力よ。いつも取材陣に取り囲まれて、モデル並みの人気。あの人のファッションも、よく雑誌に出ているじゃない」

ああ、そういえばと、夏帆は思い出した。

「真っ黒なサングラスをしている、ちょっと怖そうなおばさんだよね」

「そう。このデザイナーには、たぶんアナは来ないだろうから、今日は夏帆さんがアナ・ウィンター。私こそが日本のファッション牛耳《ぎゅうじ》ってるっていう気持ちで、よーく見てきてね。さあ、いってらっしゃい」

春奈は軽く夏帆の腕を押した。

13

三時からと招待状には書いてあったのに、ファッションショーはなかなか始まらない。コーディネイターの大森春奈が教えてくれたところによると、ショーの開始の三十分、四十分の遅れはふつうのことらしい。そのおかげで夏帆は、ショーを見に来ている人たちをたっぷりと観察することができた。キャットウォークと呼ばれる、モデルが歩く舞台には、ショーの趣向なのか白砂が敷かれていた。その先端の部分に、たくさんのカメラマンが待機している。

前列に座っているのは、白人の中年の女たちだ。脚を組んでいるのがいかにもものなれた様子だった。世界中から集まった一流ファッション誌の編集長たち、バイヤーたちなのだろう。アナ・ウィンターは来ていなかった。なぜかサングラスの女が多い。サングラスをしていて、洋服の色がよくわかるのか、夏帆は不思議でたまらなかった。

そして最後列にいるからよく見えないが、夏帆がいるあたりは日本人のゾーンらしい。体をうんと前に乗り出してみると、最前列によく雑誌で見かける有名スタイリストの女性がいた。それから彼女と楽しげにしゃべっているのは、人気女優だ。三十代後半だけれども、おしゃれなことで有名で、よく女性誌のグラビアを飾っている。ファッションショーを見に、わざわざ東京からやってきたらしい。

何の前ぶれもなく突然音楽が始まった。ボサノバ風の音楽にのり、モデルたちが登場した。

黄色、白、ブルーといった鮮やかなワンピースを着たモデルたちがしばらく続く。彼女たちの美しさに驚いて、夏帆は声も出ない。顔が信じられないほど小さく、マイクロミニからのぞく脚は細かった。本当にあの人たちは人間だろうかと思ったほどだ。

今までも撮影に立ち会って、外国人モデルを見たことがある。しかしパリコレに出てくるモデルたちはまるで違うのだ。みんな特別な光があたっているように見える。みんな無表情に前を向いて歩いていく。何かに小さく怒っているような、冷たい美しい顔。けれども長い脚は軽やかにリズムをつくる。彼女たちは中央まで進むと立ち止まる。そしてポーズをつくる。立ち去る。

しばらく呆《ほう》けたようにモデルを見つめていた夏帆は、途中からやっと服をもっと観察しなければいけないことに気づいた。

招待状に書いてあった文章によると、今期のテーマは、「ジャマイカ」だという。だからだろう、明るい色が続く。白いパンツにショッキングピンクのジャケットという組み合わせ。ジャケットからのぞいているのはカナリアイエローのブラだ。ふつうだったら考えられないようなどぎつい色の組み合わせが、こんなにも綺麗で新鮮だとは思ってもみなかった。

モデルがくるりと後ろを向くと、フラッシュがいっそう強く焚《た》かれた。ジャケットの後ろは大きくひし形に割れていて、そこからブラの背中のベルトが、効果的に直線となって後ろを飾っているのだ。

途中で真っ白いワンピースが出てきた。首の後ろを大きく蝶々結《ちょうちょうむす》びにしている。モデルが歩くたびに、かすかにフレアになっているスカートが揺れる。

「いったいどうなっているの」

専門学校で製図を習っていた夏帆は、そのフレアが、どれほど巧みなカッティングによるものかわかる。しかしスカートに継ぎ目はない。裁断され、縫われた跡がないこのふんわりしたスカート。

「本当にどうなっているの」

音楽が変わり、モデルたちは、今度はプリントの衣装をまとって出てきた。アニマルプリント、フラワープリント、さまざまな色と形がこれでもか、これでもかと溢れてくる。あぁと夏帆は小さく声を出す。

こんなに美しい世界、こんなに美しい服があるなんて、今まで想像したこともなかった……。

ショーは二十分ほどの長さだったかもしれない。最後にモデルたちに囲まれ、デザイナーの女性が登場した。ベルギー人の彼女があまりにも若いことに夏帆は目を見張る。まだ二十代ではないだろうか。黒縁の眼鏡をかけ、白いシャツ、グレイのパンツという地味ないでたちだが、パンツの長さや太さがふつうのものではなかった。観客やモデルたちから盛んな拍手を受け、彼女は嬉しそうに微笑む。そして手を振りながら奥に引っ込んだ。

その時、胸の奥に激しい痛みを感じた。それは久しく訪れなかった嫉妬というやつだとすぐにわかる。自分とそう年も違わない若い女性が、このパリコレクションという舞台で、こんな喝采を浴びているのだ。それを最後列から見ている自分。誰も知らない、極東からやってきた女の子。でも同じデザイナーという肩書きを持っている。

「最初は夢見ているようにうっとりして、それから悲しくなっちゃったの。あまりにも自分と違い過ぎていて」

ホテル近くのビストロだ。典型的なパリの食堂へ行こうということで、春奈が連れていってくれたのは、赤と白のギンガムチェックの、ビニールのテーブルクロスがかかっている店だった。こういうところで食べる料理といったら決まっている。ステーキにたっぷりフライドポテトを添えた、ステーク・フリットだ。

「そうかぁ、デザイナーの人って、やっぱりそういう見方をするんだねえ」

春奈はどばどばと赤ワインを自分のグラスに注いだ。日本にいた時はそうでもなかったのだが、パリに来てからものすごくお酒が強くなったそうだ。

「でも、なんか悲しくなった、って言ったのは夏帆ちゃんが初めてだよ。私、ふだんは編集者の人をパリコレに連れていくことが多いけど、あの人たちはそんな見方しないもの。あの色がどうの、ディテールがどうの、今年のトレンドはどうのって、そんな話ばっかりだよ」

「なんかおかしいでしょ。日本のちっこいとこで、洋服つくってる私が、パリコレ見て口惜しいなんて思うのはさ」

「そんなことないよ。ものをつくる人だったら、ふつうにそういうこと思うんじゃない」

「あのね、はっきり言うとね、私、デザインする時、いつもパリコレをネットで見てる。ニューヨークコレクションもミラノも見てる。そこからいいとこ取りしてる。何か使えないかなって、いつも考えてる。それがふつうだと思ってた。日本だとみんなやってることだからさ」

「うん、うん」

「だけどさ、今日しみじみ思ったよ。私とそんなに変わらない年の女の子が、ステージに立って拍手浴びてるんだよ。私はその人のつくったものを、ネットで見て真似っこしてる女の子なんだよ」

「そういう風に考えられるのって、カッコいいじゃん」

春奈は大きく頷いた。

「ただぼーっと見てて、キレイだなぁって思う女の子よりずっといいよ。あのさ、誰かが言ってたけど、人って〝口惜しい〟って思う時に成長するんだってさ」

「ふうーん。春奈ちゃんって口惜しい、って思った時はあったの」

「あったよ。私の同級生がさ、試験に受かって奨学金もらって、ずうっと前にパリに行っちゃった時」

「それで春奈ちゃん、どうしたの」

「親を説得して、お金出してもらってパリに来た。自分でもアルバイトしてお金貯めた。やる気になったのはさ、やっぱり先を越されたせいだよね」

「そうなんだ」

「夏帆ちゃん、今度はオートクチュールのコレクションを見に来なよ。プレタポルテよりもずーっと豪華で、本当にすごいよ。私、まだしばらくパリにいるからさ」

「うん、来る。絶対に来るよ」

「約束だよ」

二人はギンガムチェックの上で、ハイタッチをした。

遠山さんに誘われて、夏帆は銀座に来ている。この街に来ることはめったにない。夏帆の生活圏からはずれたところにあるからだ。

指定された博品館裏の和食屋さんに向かう時、夏帆は緊張していた。それは慣れない場所に向かっているためだけではない。

「もしかして、ヘンな展開になったらどうしよう」

遠山さんは夏帆に驚くほど親切だ。初めて会った時から「面白いコ」と言い、興味を隠そうとはしない。今度のパリ行きも、遠山さんの指示があったからだ。

「もし、もしも、ヘンなことになったらどうしよう」

それは彼から口説かれることを意味している。金も力もある中年男が、若い女を気まぐれの相手にするというのは、ドラマの中ではよくある話ではないか。遠山さんは夏帆の会社の出資者だ。事実上のオーナーでもある。だから断ることなどできない、などということはまるでなくて、ここは現代の日本だ。そんな封建的で理不尽なことは不可能である。ただめんどうくさいことになるのは間違いなかった。

もし本当にそんなことがあったら、夏帆は会社を辞めようとさえ考えている。キャリアも才能もない、二十四歳のデザイナーを雇ってくれるところがおいそれと見つかるとは思えないが。

「好きでもない人と、そんなことをするなんて絶対にイヤ」

自分には智行というれっきとした恋人がいるんだし、と思うと凜《りん》とした気分になった。

そしてこの気分は、実はそんなに悪いものではない。もし今夜、遠山さんにそんなことを持ちかけられたら、きっぱりと断り、そして親友の愛をはじめ何人かの女友達には、ここぞこそ電話で報告するつもりだ。

「ものすごいお金持ちなのよ。ああいうおじさんの愛人になったら、すんごい贅沢《ぜいたく》させてくれると思う。だけどさ、やっぱり本物の愛のほうが大切よね。だからね、私、こう言ったの……」

しかし夏帆の描いていた空想はすぐに終わった。指定された和食屋さんには、遠山さん以外にも二人の男性、そして二人の若い女性がやってきたからだ。女性たちは銀座のクラブのホステスたちで、これから同伴をつけてやるのだという。

「同伴って何ですか……？」

遠山さんにそっと小声で聞いた。

「食事をした後、一緒にお店に行ってあげることだよ。こうすると特別の手当もらえるから女の子たちは喜ぶんだ」

女の子たちは、とても綺麗だった。あっさりした化粧をしていたが、肌が透きとおるようだ。一人はワンピース、一人はスーツだったが、生地が凝っていて高価そうなのがひと目でわかる。胸元の襟ぐりが大きく、真っ白な胸がよく見えるデザインだが、細いチェーンネックレスをしていて品は悪くなかった。

「うちの有望なデザイナー」

と遠山さんが紹介してくれたので、彼女たちも夏帆に大層気を遣ってくれた。

「わー、こんなに若いのに、デザイナーさんなんてすごいわ」

「あの、そんなことないです。全然」

夏帆があわてて手を振ると、遠山さんが大きな声を出した。

「いや、なかなかいいもの持ってるから、このあいだのパリコレに行って勉強してきてもらったんだ」

「わー、すごいわ。パリだなんて」

女の子たち二人は同時に叫び、その口調は、今日彼女たちの発した中で、いちばん真実味のあるものであった。

季節柄、松茸のどっさり入った鍋が出たが、彼女たちは食べ慣れているらしく、ごくふつうに箸を動かしている。夏帆はその前の、フグの刺身が出てきたあたりから、食事があまり喉を通らなくなった。自分があまりにも場違いなところにいるという思いと、どうしてこんな贅沢をさせてもらえるかまるでわからないからだ。

中年の男たちは決して太っているわけではないが、貫禄を充分に身につけている。みんな経営者らしく、会話の中に「株」「投資」「就任」といった単語がちらちらと出てきた。

食事が終わると、みなで銀座の街を歩き始めた。彼女たちの店へ行くためだ。銀座八丁目というところに夏帆は初めて来た。いや、もしかしたら昼間歩いたかもしれないけれど、夜のこんな風景を見るのは初めてだった。美しい着物姿やドレス姿のホステスがいきかい、何をするためなのか黒服の男がビルの前に立っている。ネオンがいちどきにつき、夜空に色を競っている。

ほんのツーブロック離れたビルの中に、みんな入っていく。

「あのう、遠山さん……」

夏帆は尋ねた。

「私、もう帰ったほうがいいんじゃないでしょうか。お邪魔だし」

「邪魔だったら誘ったりしないよ。さぁ、行こう」

遠山さんは夏帆の腕をぐいとつかんだ。その力加減に、あまり好色めいたところがなく夏帆はほっとする。遠山さんはなにやら楽しそうなのだ。

いったいどうして。自分はそれほど魅力的な、人を楽しませることができるような女だろうか。いや、そんなことはないと、夏帆ははっきりと言える。今一緒にエレベーターをあがっていく二人の女の子のほうが、自分よりもはるかに美しく、そして明るかった。人をそらさない会話術を身につけている。

わからない。本当にわからないけれども、夏帆はさっきから好奇心のほうを優先させていた。

男の一人が扉の前に立つと、中からすうっと開いた。黒服の男が見はからって開けてくれたのだ。店は思っていたよりもずっと広く、スナック程度の店しか知らない夏帆は目を見張る。そして驚いたことに、店のフロアの真ん中には、ピアノの他にハープが置かれていた。さっと女の子たちはいったん奥に引っ込んだかと思うと、お揃《そろ》いのピンク色のイブニングドレスを着て現れた。

一人がピアノの前に座り、もう一人はホステスとして、夏帆たちのテーブルにぴったりとつく。

「たまの同伴、せっかくだからシャンパンを抜こうよ」

男たちの一人が言い、黒服が瓶を持ってきた。

「今日はロゼにしようよ。ね、ピンドン」

男が言うと、

「わー、すごい、やったねー」

女の子が手を叩いたので、それがとても高いものだということがわかる。やがてにぎやかに栓が抜かれ、乾杯が始まった。その間もピアノ演奏が続き、一曲目が終わると、夏帆の席にいた女の子が立ち上がり、今度はヴァイオリンを弾き始めた。セレナーデのような美しいメロディが店を満たした。恋人にもたれるように楽器に頰を寄せ、うっとり弓をひく彼女の表情は、さっきまでシャンパンにはしゃいでいたものとはまるで違う。

「彼女たち、みんな音大生なんだよ。それも大学院生が多い」

遠山さんが教えてくれた。

「えー、そうなんですか」

「みんな留学したくてここでバイトしてるんだよ。僕は彼女たちに言ってたんだ。誰かの愛人になりなさいって。彼女たちも最初はやだーっとか言って怒ってたから、僕は言ってやった。君たちがバーキン買いたい、ヴィトン欲しい、っていうならこんなことを言わない。だけど君たちは夢があるんだろ。その夢をかなえるために愛人になるぐらい、どうってことないだろうって。それで彼女たちは、今ここにいる連中とつき合ってる」

夏帆はヴァイオリンを弾く女の子と遠山さんの横顔をかわるがわる見つめる。これってどういうこと。私にも愛人になれっていうことなんだろうか。よくわからない。混乱してきた。

14

けれども、真剣に楽器を操る彼女たちの顔は、夏帆が見たことがある誰かの顔と重なる。専門学校の卒業制作をつくるために、徹夜をしていたクラスメイトの顔。それからパリで会ったばかりの春奈の顔。

自分に才能があるかわからないまま、とにかく走ろうとしている友だちは、みんなこんなひたむきで強い目をしている。夏帆はさっきあの子たちともっと喋ればよかったと思うぐらいだ。

ひととおりの演奏が終わると、今度は客たちがマイクを握る。歌謡曲やポップスを歌うと、そこにピアノやフルートの伴奏がつくという贅沢なものだ。

遠山さんの友人の一人が、演歌の『北酒場』を歌い始めると、実にうまくフルートがついてくる。さっきブラームスを吹いていたのと同じように、彼女は頰をふくらませる。そうしながら目は微笑んで男と見交わしたりする。そこにはホステスとしての営業的な媚びがある。

「あいつから名刺もらった?」

遠山さんが尋ねる。

「はい、いただきました」

橋本《はしもと》という男の名刺には、確かカタカナの会社名と、代表取締役社長という肩書きが書いてあったが、何をしているところかわからない。

「あのさ、あいつさ、自分でブライダルの事業起こして、すごくうまくいってるんだ。名古屋で代々の呉服店だったんだけど、もう着物着る人なんかいないだろ。このままじゃまずいっていうんで、自分ところの着物使っていろいろプロデュースを始めたわけさ。名古屋って昔から結婚式は派手にやるんだけど、それまではホテルで金を遣ってやるだけだったのに、彼がニューウェディングの提案とか言って、いろいろアイデア出すから大当たりさ。今じゃ市内に結婚式場五つ持ってるからすごいもんだよな」

夏帆は、遠山さんの話をどこか遠いところで聞いていた。そのことが自分とどう結びつくのかわからない。

「ねえ、あいつとつき合ってみる気ない」

遠山さんが不意に言った。その顔に少しでも卑猥なところがあったら、夏帆は即座にまさか、と笑ったことであろう。けれども彼の顔は真剣な、と言ってもいいくらいの静けさに満ちている。

「さっきも言ったじゃないか。夏帆ちゃんが洋服欲しい、遊ぶお金が欲しい、って言うならこんなことを言わないよ。だけど君は今、何者かになりたいんだろう。ちゃんと勉強する気になっているんだろう。それだったら、ちゃんと金を出してくれる男とつき合えよ」

「私が、橋本さんとですか」

夏帆は楽しそうにマイクを握る橋本さんを見た。四十代前半だろうが、この年代の金持ちの男がたいていそうであるように、体をしっかり鍛えているから中年太りとは無縁だ。おしゃれなジャケット姿も若々しくよく似合っている。だから嫌悪感はまるでわかない。わかないけれども愛情も関心もまるで起きない。

「あの、私と橋本さんがつき合うんですか。それって愛人になるっていうことですか」

「まあ、愛人っていうと古くさいけど、ボーイフレンドの一人だと思えばいいじゃないか。そして橋本に金を遣わせればいいんだよ」

「そんな……お金を遣わせるなんて」

「あのさ、僕もそうだけど、橋本もモデルとかタレントにはイタい目にあわされてるわけ。あのコたちって、ものすごく金を遣わせちゃ平気でバイバイをしてくる。それで彼女たちが売れる、っていうんならまだいいよ。こっちもちょっとは嬉しくなる。だけどあのコたちは、もっと金持ちのオヤジ見つけただけなんだ。そしていつのまにか世の中から消えていくんだよ。だからさ、僕も橋本ももっと実のある応援をしたくなったわけさ」

夏帆は何も答えない。遠山さんの機嫌を損ねたくはないけれど、中年の妻子持ちの気まぐれの相手になるなんて絶対にイヤだと思う。

「あのさ、僕も若いブランドにいっぱい金出してるけどさ、ここからちゃんと育つの、いったい幾つあるんだろうかと思うよ。安っぽい使い捨ての服ばっかりつくったって仕方ないじゃないか。僕はさ、八〇年代ちょっとだけど知ってるからさ。やっぱり淋しいよな。あの時は日本から元気で鼻っ柱の強いデザイナーがいっぱい世界に出てったんだよ。それが今じゃがっかりだよ。あちこちからアイデアを刈り取ったような服を大量につくってるだけじゃないか。僕はさ、正直洋服のことはよくわからないけど、君のデザインするものは面白いと思うよ。それに売れてるっていうじゃないか。どうだい、いっちょうやる気はないか。それともデザイナーなんて言ったって、このまま安物の服をつくってあと三、四年で田舎へ帰るつもりなの」

「私は東京の近くですから田舎はありません。それから私は若い人のための洋服をつくりたいから、別に安い服でいいんです」

「そういう勝気なところが君のいいところだよ」

遠山さんは初めて笑った。

「さっきここに来る途中、橋本にあのコのことどうって聞いたら、可愛いねえって君のこと気に入ったみたいだよ。あいつなら君をパリで勉強させてくれるのなんてわけないよ。何だったらニューヨークでもいい。僕が若い頃、おじさんたぶらかして、海外に行く女の子いっぱいいたけどな。パワーあったよな。このまま安物の服つくって、五年ぐらいで仕事やめてくデザイナーになるのか、それとも自分の名前でコレクションできるか、そんなことは君が決めればいいよ」

「でも私……」

その後とっさに出た言葉は、自分でも意外であった。

「私、そんなに才能ないと思います」

金持ちの男にスポンサーになってもらうことのイエス・ノーでなく、別の不安を口にしたのだ。この不安は少しイエスに近い。

「素人の僕から言わせてもらうと、今はどこも流行を多少いじくった、金太郎飴みたいな服しかつくらないけど、君の服は金太郎飴の中でもちょっと違う。君だけのクセがある。こういうのってオリジナリティがあるって言うんじゃないのかな。実を言うとね、ちょっとツテがあるんで、うちの服を倉吉潤に見せたんだよ」

「えー、あのジュン・クラヨシですか」

息が止まるかと思った。この頃は会うことがないが、かつての恋人譲一は、彼のアトリエに勤めている。倉吉潤といえば、今もパリコレやニューヨークコレクションで高い評価を得ている世界的デザイナーだ。

「これでも僕は大学生の頃、彼のショップでバイトしていたことがあるんだ。まあ、そんなことはどうでもいいけど。潤さん、うちの商品、パソコンで一点一点見ていてすごくつまらなそうだった」

あたり前だ。どれもパリコレクションやロンドン、ニューヨーク、ミラノのコレクションをところどころ真似しているからだ。

「だけど潤さんが一点だけ、これ面白いね、って言ったのが、君がデザインしたワンピだったんだ。赤の量とバランス、それから裾の処理の仕方が、いかにも若い人っぽくっていいね、って潤さんは言ってた」

「本当ですか！」

まるで夢のようだ。あのジュン・クラヨシが自分のつくったものを見てくれただけでなく、面白いと誉めてくれたとは。

「もちろん本当だよ。こういう若い人は、大切に育ててください、って潤さんは言った。だけどね、今は会社が勉強させてやる余裕なんかまるでない。自分で勉強しなきゃダメなんだ。それも贅沢という勉強をね。今の若いコは、この勉強をまるっきりしないから、洋服がみんなどっかビンボーたらしいんだよ。どうかな、橋本。いいやつだと思うよ。やさしいし女の子にはちゃんと親切にする。夏帆ちゃん、たぶん恋人いるだろうけど、カレシに内緒でこういうまわり道をしてもいいじゃないか。君の会社のスポンサーとしてじゃなく、人生の先輩としてのお節介、聞いといても損はしないと思うよ」

智行とデイトなんて、本当に久しぶりだ。日曜日、彼はケーキの箱を持って夏帆の家へやってきた。これで四回目であるが、

「ユータのこと、本当にすみません。こんなにお世話になって、申し訳ありません」

と改めて頭を下げたので、夏帆の両親もすっかり機嫌がよくなった。

「一時期はこんな非常識なこと、いったいどうしたらいいんだろうって、本当におろおろしてたんだけど、今はユーちゃんがかわいくて、かわいくて……」

と母親は言う。しかし、

「近所の人には、夏帆の結婚相手は再婚で、その人の子どもを一時預かってるのってことにしているのよ。そのことを忘れないでね」

と念を押す。

智行はしばらくユータと遊んでいたが、あまり慣れていないためにどこかぎこちなかった。途中でユータは愚図って泣き出し、母がすぐに飛んできた。

「はい、はい、ユーちゃんはちょっとお昼寝しましょう。ナッちゃん、智行さん送りがてらお茶を飲んできてもいいわよ」

ということで、ふたりで駅の近くのファミレスに出かけた。夕食には少し早かったが、

智行はサンドウィッチとビールを頼んだ。

「ビールならうちで飲めばよかったのに」

「飲めるわけないじゃん。そうでなくてもユータを預かってもらってて、肩身が本当に狭いんだから」

智行が言うには、ユータの母親の奈子を、最近沖縄で見た人がいるそうだ。那覇のライブで、相変わらずウケない一発芸をやり、ついでに歌も歌っているという。

「オレさ、近々沖縄に行ってみようかと思ってるんだ。ユータのこと、このままにしておけないだろう」

「そうだよね。うちの親もさ、この頃ユータのこと孫みたいに可愛がってるけど、やっぱりお母さんが育てるのが本当だよね」

こんな所帯くさい話をするつもりはまるでなかった。智行に会ったら、どうしても聞いておきたいことがあった。

「私のこと本当に愛してくれているの？」

結婚とかそういうことじゃない。今、自分のことを好きで好きでたまらず、もし他に触れようとする者がいたとしたら、命懸けで戦う。その覚悟はあるかどうかを聞きたいのだ。

もし目の前の恋人にその心があれば、夏帆は自分が得ようとしているものを諦めるつもりだ。仕事の成功。世の中に知られるデザイナーになるということが何だろう。そんなことよりも夏帆は恋人を選ぶ。

　話が具体的になる前は、愛人になるなどということは笑い話にするつもりだった。けれども倉吉潤の名前を出されてから、夏帆の心の中に大きな変化が起きているのだ。

　自分を試すことはいけないことだろうか。自分がどこまで背伸びできるか確かめてみたい。そのために手を貸してくれる男の人がいるとする。その人に頼るというのは、それほどいけないことだろうか。

　実を言うと、夏帆はそう潔癖なわけでもない。智行と譲一とが重なった時期もある。一人の男の人とだけセックスするのを美徳のように言う人もいるけれど、なりゆきと言おうか時間のずれで相手が二人になるということはよくあることだ。本当のことを言えば、譲一とだってきっぱり切れているわけではない。その二人の輪が、三人になってもそう変化はないような気がするのだ。

　しかし今、智行が大きな確実なものを自分に与えてくれたら、夏帆は行きかけた道を引き返すかもしれない。

　後ろの客が帰ったら、夏帆は智行に聞いてみようと思う。

「ねえ、私のこと、どう考えてるの？」

　もちろん本気だよと、彼は言うに違いない。その言葉を聞きたい。できたら智行の腕の中がいい。このまま彼の部屋に行けたらどんなにいいだろう。

しかしそんなことをしたら両親に感づかれてしまう。娘が恋人とそういうことをしているのは百も承知だろうが、出て行くところを見られてしまったからには、おとなしく帰るしかないだろう。

「ところでさ、TATSUYAさんのことだけどさぁ」

突然智行が声を潜めた。やはり後ろのおばさんたちのグループを気にしているのだろう。

「あのさ、この頃、歌手の来栖《くるす》みなみとつき合ってるらしいんだ……」

「ウソ……」

来栖みなみといえば、このところ売り出し中のシンガーだ。ハーフの美貌に加えて自分で作曲もできる。アップテンポの歌に合わせてのダンスもうまくて、次世代の歌姫とも言われているほどだ。

「TATSUYAさんが、ミーナとつき合ってるなんて信じられない」

「そうなんだよ。TATSUYAさんもすっごい自慢しててさ。このあいだ飲んでる最中、オレ、この頃週刊誌のカメラマンがずーっとついてきてんだよねってニヤニヤ笑ってたし」

「愛はどうなるの？」

「うーん、ちょっとビミョーかなぁ」

智行は顔をしかめた。すると彼にさえも口の横に狡猾《こうかつ》そうな皺《しわ》ができた。

「愛ちゃんさ、ＴＡＴＳＵＹＡさんの本命のカノジョになりたくて焦ってたんじゃない？　それが重くなっちゃってさあ。ＴＡＴＳＵＹＡさん、よく言ってるもん。女も重くなるとヤダよなあって」

夏帆は言葉を出さないようにするために、冷たい水をごくりと飲んだ。

重たいってどういうことなんだろうか。

人が人を本当に好きになったら、いろんな想いが溜まっていって、心が重みを持つのはあたり前のことではないだろうか。そしてその重みをしっかりと受けとめるのが恋愛というものではないだろうか。それなのに智行は、共感を持って、

「重くなるとヤダよなあって」

とＴＡＴＳＵＹＡのことを語るのだ。

「あのさ、オレさ、今度ＴＢＳの深夜枠も決まりそうなんだ」

「えー、すごいじゃん」

「いつもみたいに〝ひな壇〟じゃなくてさ。ちょっとしたレポーターみたいなのもやらしてくれる感じかな」

「へえーっ」

「オレだってさ、ここんとこ若いのが追い上げてきてるからさ、頑張らなきゃな。マジでやる気じゃないと。オレ、今が正念場だと思ってる」

「そうだよねえ……」

夏帆の気のない返事に、智行も何かを感じたらしい。

「だけどさ、オレはＴＡＴＳＵＹＡさんみたいなことはないと思うよ。ＴＡＴＳＵＹＡさんみたいにゴールデンに出られるわけじゃないから」

違う。夏帆は心の中で叫ぶ。自分の期待している言葉はこんなものではない。もっと決定的な大きな強いもの。夏帆の人生を変え、ねじふせてくれるような巨大なものが今欲しい。

後ろのおばさんたちさえいなければ、夏帆は叫んだかもしれない。

「ねえ、私のことどう思ってるの。本当に愛してくれているの」

しかしどうしてか、こんな切実に欲している時に、夏帆の心から別のものがするすると蛇のように出てくる。それはプライドというとてつもなく厄介なものだ。

夏帆はさりげなく冷たい声で言う。

「じゃ、トモも私も、当分仕事頑張ろうよ。私もＴＢＳのレギュラーぐらいの、すごい仕事やるよ。きっとやるよ」

そうだねと頷く智行の顔を見たら、涙が出てきそうになった。

こんなはずじゃなかったのに。

15

橋本さんからスマホに電話があった。遠山さんが教えたのだ。

「夏帆ちゃん、橋本です。このあいだはどうもね」

「あっ、どうもご馳走さまでした」

夏帆はどぎまぎしてしまう。愛人にならないかと誘う四十過ぎの男。こんなシチュエーションは初めてだ。そういうことをしているらしい女の子がいるのは聞いていたけれど、モデルクラスのうんと綺麗な女の子だとばかり思っていた。

そりゃそうだ。たいていの女の子というのは、自分の若さやキレイさが換金されるものだなんて誰も知らない。唯一そういうものの価値が生まれるのは、自分を好きになってくれる男の人が出てきた時だけと考えている。だから夏帆はびっくりしている。智行に言わせると夏帆は、

「そこそこに可愛い」

んだそうだ。

「世間的にはそこそこかもしれないけど、まっ、オレにはかなりくる。こういうのがも

ろタイプっていうのかもしれない」

これと同じことを別の男の子からも言われたことがある。

自分でもよくわかっていた。「ママレード・ガール」時代、プロのモデルたちとよく会っていたが、彼女たちは、それはそれは小さな顔に、特別に大きな目や形のよい唇が配置されている。そして手脚の長くほっそりしていることといったら、同じ日本人とは思えないほどだ。夏帆の会社で扱うぐらいだったから、決して一流のモデルではない。それでも、ふつうの女の子たちとはまるで違う光をはなっていた。ああいう女の子たちなら、容貌が特別価格で取り引きされるのもあたり前だろう。しかし思いがけないことに、夏帆にも同じことが起ころうとしている。高価な値段で何かを取り引きしてもいいと言ってくれる人が現れたのだ。

遠山さんは言う。

「橋本も商売人だから、いずれは君に自分のところのウェディングドレスをデザインさせようと思ってるんじゃないの。でも悪い話じゃないだろ。それまでに君もたっぷり実力をつければいいんだから。まあ、気楽に考えてさ。高いもんばんばん買ってくれるボーイフレンドだと思えばいいんだよ」

本当のことを言えば、夏帆もそんなに嫌な気分ではない。自分の魅力にそれだけの価値があるということがわかったのだ。それだからこそ、かなり緊張してしまう。自分が平凡な女の子だと見抜かれてしまったらどうしようかという心配だ。

「あのさ、夏帆ちゃん、とりあえず何かおいしいものでも食べに行かない？」

「はい、ありがとうございます」

「夏帆ちゃんって何が好きなのかな？　フレンチとかお鮨とか？　今だったらフグもいいか」

「あっ、何でもいいです。おまかせします」

と言った後で、つまらない答えをしたのではないかと反省した。こういう時、お鮨とかフレンチ、と即座に言う女の子が〝愛人〟に向いているのではないだろうか。

「それじゃ、やっぱりイタリアンにしよう」

橋本さんはなぜか別の提案をした。きっとこちらの話をよく聞いていないのだろう。

「夏帆ちゃん、あのさ西麻布の——知ってる？」

早口で店の名前を言った。雑誌に時々出てくる有名店だ。

「はい、知ってます」

「じゃ、来週どうかな。そこでご飯。僕は水、木って東京に行くんだけど」

そうか橋本さんは名古屋の人なんだと思い出した。だからどうっていうことでもないけど少し気が楽になった。

「私、木曜日なら大丈夫ですけど」

「ＯＫ。それじゃ木曜日の七時ね。楽しみにしてるよ」

「はい、ありがとうございます」

スマホを切った後もしばらくヘンな気分になる。本当にそんなことが起こるんだろうか。


夏帆はお見合いということがよくわからない。写真や自分のことを説明する紙を交換して、初めての男の人と会う。結婚を意識しているということは、セックスを意識しているということだ。会う前から、

「セックスするかどうか」

と判断しなければならないなんて、考えてみるとすごくヘンだ。どんな顔をして「はじめまして」と言って、男の人とお茶を飲んだりご飯を食べたりするのだろうか。自分と橋本さんとの関係もそれに近いような気がする。

とりあえず木曜日の夜、夏帆は西麻布のその店に出かけることにした。いろいろ迷った揚げ句、グレイのニットに黒いチュールのスカートを組み合わせた。ニットは自分でデザインしたものだ。半袖のスリーブをファーにしている。おしゃれに見えても、絶対にセクシーに見えないものを選んでいた。

ネットで検索した店は、静かな住宅街の中にありとてもわかりづらい。ふつうの家の

駐車場かと思ったところが、コンクリートでつくられたエントランスであった。とても凝ったつくりだ。

橋本さんはもう先に来ていた。夏帆を見て軽く手を振る。今日は黒いフラノのジャケットを着ていたが、とてもいい素材だということはひと目でわかった。それに白のタートルネックという、一歩間違えれば野暮ったく見える組み合わせだが、どちらも上質なものなので、洗練された大人の雰囲気をかもしだしている。もしかすると、たぶん、「自分とセックスすることになる」男の人が、なかなかに見栄えがいいことは、夏帆を一瞬幸せな気分にした。この男の人なら、たぶん恋をしているような錯覚を持たせてくれるに違いない。

「僕はもう、食前酒にグラスシャンパンを頼んじゃったけど、夏帆ちゃんは？」

「私も同じものをいただきます」

言ってからしまったと思う。またやってしまった。どうして橋本さんから質問されると、お任せしますとか、同じものを、と言ってしまうんだろうか。が、すぐにグラスは運ばれてきて二人は乾杯した。

「今日は忙しかったんじゃない」

「いいえ、木曜日って、わりとヒマな日なんです」

「忙しいってどんな時なの」

「そうですね、やっぱり展示会の前の時なんかは、徹夜が何日も続きますね」

とりとめのない話をしていると、ワゴンが次々と運ばれてきた。二十種類ぐらいの皿や鉢が並んでいた。客はその中から選ぶ仕組みなのだ。

「まずは前菜からお選びいただきましょうか」

黒服の男性がひとつひとつ説明してくれる。

「牛肉のカルパッチョに、十四種類の野菜を使ったマリネ、それから北海道の鮭《さけ》からつくりましたスモークサーモン、今日は福井からの蟹《かに》もございます。あとは温かい前菜ですと、モッツァレラとマツタケを使ったフリットもございますが」

「あ、そう。僕はね、そのモッツァレラのフリットに、そこの鰯《いわし》のマリネを少しずつ」

橋本さんはものなれた様子でオーダーをしていく。ワゴンはいったん引っ込められ、それぞれの料理は美しく皿に盛られて出てくるのだ。

「夏帆ちゃんはどれにする」

「同じものでお願いします」

また言ってしまった。しかし仕方ない。こんなしゃれた料理の注文はしたことがないのだから。

橋本さんはなじみらしいソムリエを呼びつけ白ワインを注文した。なにやら難しい単語が二人の間でとびかう。しかし、

「僕はワインのこと、何にもわかんないんだよね」

　とグラスに口をつけて言う。

「なんかさー、ものすごく詳しい人いっぱいいるけど、そんなに勉強する時間があったら、他のことにまわしたほうがいいと思わない？　そのためにソムリエっていうプロがいるんだからさ」

「そうですね」

「僕はさ、よくソムリエ相手に、若い女の子が丁々発止やり合ってるのを見ると、ひっぱたいてやりたくなるよ。なんかちょっと違ってるよなーっていう感じ」

「そうですか。私のまわりにはそんな女の人がいませんけど」

「そうだよなァ。夏帆ちゃんの若さじゃいないと思うけど、ほら、女も二十代後半になってトウがたってくるとさ、そういうことやりたがるのがいるんだ」

　このあいだもそうだったが、橋本さんは酔ってくると饒舌になる。軽薄と明るさのちょうどすれすれのバランスをうまく保っているのは、実業家としての自信があるからだろう。そう悪い人ではないかもしれないと思う。だけどセックスできるかどうかはわからない。今までも初めて男の人とデイトする時、そういう考えはいつもちらっと頭の中にあった。誘われたらどうしよう、できるかどうかといつも考える。女の子ならみんなそうだろう。だけど橋本さんの場合は違う。

「セックスをする」

という大きなミッションが、今このテーブルに課せられているのだ。夏帆はなんだか笑い出したくなった。こんなのアリだろうか。男の人の喋り方、食べ方、ワインの飲み方をいつもよりずっと注意しながら見守り、ぎこちなくふるまう自分がいる。それもこれもこのミッションのせいだ。嫌だな、困ってしまう。セックスのことをずっと考えながらご飯を食べるなんて。いったいどうしたらいいんだろう……。

「夏帆ちゃんって、ちょっとわかんないところがあるよね」

突然言われた。

「えっ、どういうことですか？」

「なんかさ、ふつうの女の子に見えるんだけどやけに醒《さ》めてるところあるし。やる気はあるんだけどガツガツしてないし。そう、君って今どきの女の子みたいに、ふつうに明るいところがないんだよね」

「そんなこと言われたの初めてです」

憮然《ぶぜん》として答える。両親が離婚したわけでもない。ごくふつうの家に育った。秀才でもないごくふつうの女の子。そう、個性的になりたいなんて思ったこともない。テレビでそういう風なタレントを見るたびにいつも感じてた。個性なんてあんなめんどうくさそうな、持ち重りのするものどうするんだろう。目立つくらいのキレイさは欲しいけれども、個性なんて絶対にいらない……。そうずうっと考えていた自分が、どうしてふつうの子と違ってる、なんて言われるんだろうか。明るくない、なんて言われるんだろうか。

「私、すっごくふつうだと思いますけど」

「ほら、そんな風にキッとなるとこがそうだよ。でもいいじゃん。他のコよりもキラリとしてるっていうことなんだから」

「そんなの、あんまり嬉しくないな」

　本当にめんどうくさそうだものと夏帆は思う。子どもの時から、クラスの中で目立たないようにとそのことばっかり考えていた。少しでも目立って変わったことをすると、すぐにいじめの対象になる。だからできるだけ視界にとらえられないようにしてきた。だからおしゃれが大好きだったけれど、学校の皆と会う時はちょっと加減したりもした。だから専門学校に入学した時は、どれほどのびのびした気分になっただろう。しかしファッションの専門学校は、それこそ個性を競うようなコたちばかりで、夏帆はちょっと引いてしまった。そしてつくづくわかったのだ。

「私って、お洋服大好きのホントにふつうのコなんだ」

だから橋本さんに、そうではないと言われると混乱してしまう。あまり嬉しくはない。何か今まで頑張ってきたものを否定されたような気さえする。

「あのさ、僕がいちばん苦手なタイプはさ、たいした才能もないし、ルックスだって並なのにやたら勘違いしている女だな。私ってちょっと違うでしょ、私って変わってるでしょ光線がすごい女。ああいうの本当にダメ。仕事柄、そういう女いっぱい見てきたから、夏帆ちゃんみたいなコ、いいなって思うよ。自分がキラリとしてるの、よくわかってないし、自分のことにあんまり注意をはらわないコ。そういうコって好きだな」

この男の人の言うことはよくわからないと夏帆は思った。自分に注意をはらわない、というのはどういうことだろう。やはり中年の男の人とは会話がうまく嚙み合わない。なんかこちらのことをよく理解しているような言い方も意味不明だ。ちょっとエラそうかも。

そして、前菜を食べ終わると、メインの料理のために再びワゴンが運ばれてきた。牛や豚、羊の肉、そして魚、野菜が生のまま置かれている。

「今日はイベリコ豚がお勧めですが……」

「じゃ、それ炭火で焼いて、ズッキーニいっぱい添えて」

「はい、かしこまりました」

黒服の男が夏帆を見る。さあ、どうするのかと問いかけるように。

「私は魚。そのスズキを焼いてください」

「つけ合わせはどういたしますか」

「そのおいしそうなポテトをフライにして」

夏帆は指さす。なんだ、こんなに簡単なことだったんだ。自分の食べたいものを口にするのは。

店を出て大通りまで少し距離があった。店の人が途中まで送ってくれる。そして角を曲がった瞬間、橋本さんは不意に夏帆の肩を抱き寄せる。

「ふふっ、そんなに緊張しなくてもいいよ」

顔が赤くなった。デザートを食べ終わってからそのことばかり考えていたからだ。もしかしたらこの後、ホテルかどこかへ行こうと誘われるかもしれない。そうしたらやはり行かなければならないんだろうかと。

「僕はさ、若いコと違ってそんなにガッついていないから大丈夫だよ。時々こんな風にデイトしよう」

そして軽くキスをされた。ほとんど何の意味もない、遊び慣れた男の人のキスだ。

「また近いうちに会おうね」

大通りまできた時に、顔をのぞき込んで言った。彼の目がやさしくなっているのが薄闇でもわかった。

「はい」

「ようし、いい返事だ。僕は素直なコが好きだよ」

そして手をあげる。自分のためのタクシーかと思ったら、そうではなかった。

「さあ、車で帰りなさい」

「あっ、私は電車で帰りますから」

「ダメだよ。いいコは車で帰るんだよ。僕はこのまま東京駅行って最終で帰る。だから送っていけない。ごめん」

押し込まれるようにしてタクシーに乗せられた。手を握られたと思ったら、手の中に紙幣があった。小さく折られた一万円札だった。

「こんなの困ります」

と言いかけたら、もうドアは閉まり橋本さんは手を振っていた。

「こんなの困る……」

口の中でもう一度つぶやいてみる。

夏帆の勝手につくり上げていたストーリーによると、夏帆は一流のデザイナーになるべく、遠山さんの言うとおり金持ちのスポンサーとつき合う。どうってことのない中年のおじさんは、会ってすぐにイヤらしい要求をする。自分は迷う。けれどもおじさんはしつこく迫ってくる。

しかしその土壇場にドラマは起こるのだ。ギリギリのところで夏帆は、智行への深い愛に気づく。

「やっぱり彼なしでは生きてはいけない。彼を裏切ることはできない」

ということでおじさんの誘いを断る、というのが、夜ベッドの中で夏帆が考えていたお気に入りの筋書きだ。

しかし橋本さんはセンスのいい、やさしい男の人であった。今夜二人きりの食事は、とても気を遣ったけれども、楽しくなかったこともない。初めてのレストラン、自分ですべてをチョイスする贅沢なイタリアン。

しかも橋本さんは夏帆に謎の言葉を残したのだ。

「君は自分のことにあんまり注意をはらわないね」

私って、いったいどういう女のコなんだろうか。

その答えを与えてくれるのは、やはり恋人以外いるはずはない。夏帆は新しくしたばかりのスマホをせわしなく打つ。

『なんかすごくトモに会いたくなっちゃった。トモは今、お仕事ですか。そういう時、ナッチのこと思い出してくれてるかな。ナッチってトモの支えになってるかな』

しかし返事はこない。

16

次の日に智行からやっと短いメールが届いた。

『営業で福井に来てる。まだカニ食ってない』

　こんなにそっけないメールを打つのに、なぜこれほど時間がかかるのか夏帆にはわからない。夏帆はかなり熱い、テンションの高いメールを送ったのだ。しかし彼はそれに答えていないのである。

「彼の気持ちがわからない」

　多くの女の子が言うけれど、半分は本当で半分は嘘だ。相手の気持ちが冷ややかになっている時は、誰だってすぐにわかる。メールの回数や文面、約束の優先度。ベッドの上での行為は勢いにまかせるから判定不能のところがあるが、他のことならばちゃんとわかる。自分に対して、今どのくらいの温度でいるか、手にとるようにわかる。

　が、よくわからないのは、相手の気持ちが冷ややかになっているのか、冷めているのか、ということだ。人の気持ちはいつも燃えたぎっているわけではない。安定からくる、だらけのようなものだって出てくる。それが冷ややかということ。冷めているのとは違う。冷めているというのは、次第に温度が低くなり、もう元に戻らないということだ。

　智行は今、少し冷ややかになっているのだと思う。そのことには自信がある。智行はあれほど喜んでいたテレビのレギュラーをもらえなかったのだ。大手のプロダクションの新人が、その役をさらっていってしまった。

「あんなのアリかよ。バーターできまっちゃって」

バーターというのは、芸能界でふつうに行われている取り引きのことらしい。プロダクションは、人気大物タレントの司会を引き受ける代わりに、新人タレントをレポーター役にすることを局に承諾させたのだ。こういうことはざらにあることらしい。

「あーあ、あんだけ約束してくれたのになあ」

一時期、智行はかなり愚痴をこぼしていた。福井でどんな仕事をしているかわからないが、キー局のレギュラーの座とつい比べてしまうのではないだろうか。

こういう時、攻めていく女と距離を置く女とがいる。攻めていく女というのは、相手のテンションが前と同じでなくては、絶対に許せない。

「どうしたの。元気出しなさいよ」

うるさく言いたてずにはいられない。夏帆にも多少そんな傾向があった。あった、というのは少し前のことだ。少しでも励まそうと、落ち込んでいる智行をメール攻めにしたことがある。が、今は少し違う。男の人が仕事で本当に落ち込んでいる時に、女の言葉は素通りしてしまうことに気づいたからだ。

自分でも少し大人になったと思う。それは橋本さんという、多少後ろめたい存在ができたからだ。人は後ろめたいことを、いくつか持たなくてはいけない。夏帆はそう考える。人は後ろめたいことがあると、恋人にいくらでもやさしくなれるものだ。そして同時に安堵《あんど》する。これで彼との心の重りが、釣り合いがとれるようになったと、もう彼を愛し過ぎて苦しむこともないのだと、ほっとするのだ。

やさしさと安堵。この二つを手に入れられるのだから、人はもっと後ろめたいものを持つべきなのかもしれない。

その後ろめたい橋本さんと、また食事に出かけた。表参道のアニヴェルセルカフェで待ち合わせをしたのであるが、会うなり、橋本さんは言った。

「ナッちゃん、洋服を一着買って着替えておいでよ」

「えっ」

そんなにおかしな格好をしてきたのだろうか。今日も自社製品で、ベージュのすとんとしたワンピースに、こげ茶のブーツを組み合わせている。シンプルな形のワンピースなので、アクセサリーは面白いものにした。小さなトランプのネックレスに白い貴石のロングネックレス。着替えろ、と言われるほどひどい格好はしてこなかったつもりだ。

「そんなにおっかない顔をしなくたっていいじゃないか。まぁ、座ったら」

橋本さんに言われて、しぶしぶ前の席についた。白い前かけのギャルソンがやってきて、「お飲み物は」と尋ねる。夏帆は腹立ちのあまり、お酒でも飲もうかと思ったくらいだ。が、やっとの思いで「コーヒー」と答えた。

「ナッちゃんって、怒ると本当に怖いよな。すごい顔で仁王立ちするんだから」

橋本さんはクスクス笑い出す。

「自分のところの洋服けなされて、むっとしてるんだろ」

図星であった。

「だけど君って、感情がすぐに顔に表れるから面白いよ。ふつうの女の子って、もっと上手に取り繕うよ。特に今の君と僕の関係だったらさ」

「そういう言い方って、ますますムカつくんですけど」

「まぁ、そんなつもりで言ったんじゃないよ。言ったかな。あのさ、今日僕はナッちゃんに洋服買ってあげようと思ってるんだ」

表参道には、海外高級ブランドがいくつも出店していた。このアニヴェルセルカフェの先にも、四つのブランドが入った有名なファッションビルがある。

「遠山からも、ナッちゃんにもっと勉強させてやってくれって言われてるんだ。ナッちゃんの今日のワンピースって、上代が二万円ぐらいだろう」

まったくそのとおりであった。ウェディング産業にかかわっている橋本さんは、女の服にも目が利いた。

「あのさ、ここにはひとケタ違う、二十万とか三十万のワンピースがいっぱい売ってるよ。ナッちゃん、今日、僕のためのワンピース選んできなよ。好きなところで好きなものを買ったらいいさ」

橋本さんはテーブルの上に、小さなチョコレートの箱を差し出した。もう封が切ってある。

「ここで封筒を差し出すと、いかにも援交オヤジだからね。さっき空にしといた。この中に十万円キャッシュで入ってるよ」

「えーっ」

「僕はさ、ナッちゃんに服買ってあげたいけど、店で女の子に服選ばせて、後ろのソファに座ってる、ああいうオヤジにはなりたくないんだ。僕はここで一時間、パソコン開けて仕事してる。ナッちゃんはその間、好きなものを選びな。そして一流の高価な洋服がどういうものか、よーく探ってきなよ。そして気に入ったものがあったら、その十万円を置いて洋服をお取り置きしてもらう。そしてここに帰ってくる。そうしたら僕が入れ違いに、その店へ行ってカードで支払ってくる。さあ、ナッちゃん、行っておいで」

もちろん、そうした高級ブランドの店に入ったことは何度もある。「勉強」ということで、ぷらっと入り、あれこれ見てくるのだ。しかし「勉強」と、買い物とはまるで違っていた。実際に自分が買うとなれば、試着する気にもなる。そして試着室の中で、材質やカッティングを確かめる。そして夏帆はため息をついた。同じウールでも、自分が今着ているウールとはまるで違っていた。生地の単価が違うのだ。そして裾のまつりの丁寧なことといったらどうだろう。ミシンでざーっと縫っていくのではない。高級なフランス製のワンピースは、人間の手によって裾上げがされているのだ。

そして、着てみる。ファスナーのすべりがいい。白い半袖のワンピースは、胸のところ一面に小さな花のビーズがいっぱいにあしらってある。あまりにも小さいので、まるで布に見えるぐらいだ。そしてヒップにかすかなフレアがついていた。歩くとまるで小鳥の尾のように動くのだ。

襟ぐりのカットの絶妙さも、着て初めてわかることであった。鎖骨が半分ほど出る広さで、女の首筋がいちばん美しく見えるように計算されているのだ。

値段を見た。三十八万円。夏帆の給料よりもずっと高い。しかし夏帆は躊躇《ちゅうちょ》しない。なぜならば、バッグの中に、チョコレートの小箱に入った十万円があるからだ。

「いろんなお店に行って、いっぱい勉強しておいで」

と橋本さんが言ったので、夏帆はいったんその白いワンピースを置き、百メートルほど歩いた別のブランド店に行くことにした。ここも高級店であるが、比較的若いお客が多い。夏帆もここのハンドバッグと財布を一個ずつ持っていた。

「いらっしゃいませ」

どうしたことだろう。夏帆の心と財布の中身を知っているわけではないだろうに、店員の態度がずっと丁重だ。ただの冷やかしではない客の空気を、いつのまにか夏帆は身につけているに違いない。

ここの洋服のデザインは、若々しくそしてトレンディだ。夏帆は一着のワンピースを手にとる。鮮やかなレモンイエロー。どうやったらこんなに綺麗な色が出せるんだろうかと思うような黄色。アクセントとして大きなポケットがスカート部にあり、大きな茶色のボタンがついている。これはパリコレクションでも人気があった一着だ。実は昨年これをネットで見た時、夏帆はごく当然のように「パクった」。この六〇年代風のデザインと、ボタンのアイデアをそのまま使ってワンピースをデザインしたのだ。しかし色は違っていた。予算内の生地でイエローのワンピースをつくると、分量が多すぎて悪目立ちすることになる。だからもっと落ち着いた色にしたほうがいいという、パタンナーの意見に従ったのだ。

自分だって本当はこんなイエローにしたかったのだ。もぎたてのレモンのような美しい黄色。混ざり気がなく、ひたすら明るい黄色は、上質の生地だからできることだ。こんな色のワンピースをつくりたかった。が、あの原価予算でできるわけはない……。

夏帆はしばらく、自分がかつて「パクった」ワンピースを眺めていた。

「決めた」

値段は二十八万円であった。さっきの白いワンピースに比べれば安いものの、ふつうの女の子にとってはとんでもない値段だ。しかし夏帆はよくわからないけれども、自分がこのワンピースにふさわしい人間だという気がしてきた。単なるお金持ちの娘や、金持ちの恋人を持っている女の子とは違うのだ。自分はもっと大きなもの、そう未来というものに対して、このワンピースを着るのだ。

「これ、ください」

夏帆は店員に向かって言った。なんて気持ちいいんだろう。二十八万円のものを「ください」と言うのは。そして橋本さんから言われたとおりにした。

「後で別の者が取りに来ますから、この預かり金でお取り置きしてくれませんか」

そのワンピースに着替えた夏帆を、橋本さんはとても誉めてくれた。

「ナッちゃん、それ、すごく似合うよ。ナッちゃんのまわりだけ春が来たみたいだよ」

「こんな目立つ黄色、ちょっと恥ずかしいけれど」

「いい目立ち方っていうのは、いい服しかできないことだよ。ナッちゃんのつくっていた服っていうのは、無難で安くって、ちょっと可愛い、っていう服ばっかりだったはずだ。僕もファッションは素人だけど、すごく可愛い、すごく素敵っていうためには、すごく金と人手がかかってなきゃダメだってことはわかるよ。僕さ、さっきのカフェに座って、ずっと女の子の服を見てたけど、みんな流行のそこそこのものを着ている。そこそこ可愛い。だから日本もそこそこの国になっていくんだなぁって思ったよ」

「それって大げさじゃないの」

「いや、そんなことはないよ。僕はかろうじてバブルの頃の日本を知ってるもの。女の子が目立つことを考えて、パンツ見せてお立ち台で踊ったり、おじさんだまくらかしてブランド品着てた。あんな時代がよかった、なんて思ってるわけじゃないけど、少なくともみんな〝そこそこ〟を嫌って、全力で生きてたって感じだなあ。今とはまるで違うよ」

「ふぅーん」

こんなことをしゃべっていたのは、六本木ヒルズの近くにある、小さなビルの中のカウンター割烹《かっぽう》だ。ここのお店の予約をとるのは、とても難しかったと言う。どれも贅沢でおいしいものばかりだったが、最後に土鍋が出た。とてもよいにおいがする。

「これは何？」

「今の季節だけの野生の鴨だよ。ここはクレソンと食べるんだ」

鴨の脂をクレソンのさわやかさがひきたてる。あまりのおいしさに、夏帆は思わず微笑んでしまう。

「これって、すっごくおいしい。最高」

「だろう」

橋本さんもにっこり笑った。今日の彼はベージュのツイードのジャケットを着ていたが、それは夏帆のワンピースを引き立ててくれていた。夜のひかりの下でも、夏帆のイエローは、まるでさえずっているように明るい色を放っていた。

ビルのエレベーターを降りると、あたりはもう暗くなっていた。六本木ヒルズの近くといっても、鳥居坂を下ったこのあたりは人影も少ない。

「ナッちゃん、寒くない」

「ううん」

橋本さんの腕が夏帆の腕にからまる。それはとても自然なしぐさであった。

「ナッちゃん、ホテル行こうか」

「ハイッ」

夏帆は元気よく言った。


『ナッチ、東京戻ってきた。カニ食えなかった。どこかうまいもん食いに行こう』

智行からのメールに、夏帆もすぐに返事をする。

『すぐに会おうね。私もちょっとだけヒマになったよーん。さみしかったナッチです』

予感していたことだったけれども、少しも後悔していない。それどころか、夏帆の胸にひろがるのは、静かな幸福感であった。こんなことがあってもいいんだろうか。なんだか韓流《ハン》ドラマの主人公になったようだ。あまり見たことはないけれど。

自分にはちゃんとした恋人がいて、まあ、将来のことも話したりする。彼のことは好き。どうしようもないくらい好きだったから、苦しむこともあった。だけど今はへっちゃら。なぜならもう一人の男の人が現れたからだ。しかもその男の人はお金持ちで、夏帆に高価な洋服を買ってくれた。そしてふだんは行けないようなレストランや料理屋さんにも連れて行ってくれる。

夏帆にもっと勉強をしてもらい、ちゃんとしたデザイナーになってもらいたいからだそうだ。

「こんなの、おじさんの気まぐれだから、ぜんぜん負担に思わないでね」

と念を押されるまでもなく、それ以上の気持ちは持たない。奥さんも子どもだっているのだ。智行ほど好きになれそうもないことはわかっている。

二人の男の人がいることの喜び。しかももう一人の男は、与えてくれるだけでなんの見返りも求めない。こんな幸福があるだろうか。橋本さんとつき合うようになって、夏帆は変わった。前のような「パクリ」をするのは、あまり気がすすまなくなったのだ。有名デザイナーの作品を見て、適当にアレンジして、安い生地でつくる。それがどうしてクリエイティブなんだろう。

そう、私を見て、と夏帆は思う。そこそこの女の子じゃなかった。私には自分でも気づかなかった才能、そして魅力があったのだ。それを今、一人の男の人が少しずつ掘り起こしてくれている。私はもっとすごい女の子、ううん、すごい女の人になれる気がする。だけど智行とのことは続ける。愛しているから。サクセスと愛。この二つを手に入れる女の人は、女性誌の中の特別な人だと思っていた。でも自分はできそうな気がする。本当に。この気持ちが幸福じゃなくてなんだろう。ふつうの女の子には縁がない上等な幸福。それを今、自分は手にしつつあると夏帆は思った。

17

月が替わり、夏帆は三つのことを自分に課した。

ひとつめは、毎日必ず五枚ずつデザイン画を描くこと。

ふたつめは勉強をすること。

みっつめは二キロ痩せることであった。

今までのダイエットとは少し意味が違う。パタンナーがつくってくれる洋服をトルソーにではなく、いったん自分が着てみようと思ったのだ。そのためには細めの九号サイズにならなくてはならない。夏帆は飲み会の時はウーロン茶を飲み、夜は炭水化物を抜くことにした。

いちばん困ったのが勉強だ。実際何をしていいかよくわからない。専門学校の時の先生はよくこう言っていたものだ。

「洋服をつくるためには、とにかく勉強、勉強よ。本を読むのはもちろん、映画やお芝居もいっぱい観なくちゃいけない。感性を磨くなんて言葉は古くてありきたりだけど、自分のアンテナをとぎすませるためには、他人の精神がこめられたものをいっぱい見なくちゃいけないのよ」

夏帆の通った専門学校では、二年生の時に全員で歌舞伎を観にいく。日本の伝統を学んで欲しいという学校側の方針だ。しかし初めて観た歌舞伎は退屈で、何を言っているかよくわからなかった。席も後ろの方だったので、夏帆はほとんど居眠りしてしまった。三味線の音や、邦楽の唄というのは、なんと眠りを誘うものだろうかと、それが唯一の発見だったかもしれない。

レポートを書く段になり、はたと困った。何も覚えていなかったからだ。そんな時、同級生の一人がこんなことを教えてくれた。

「そんなの簡単だよ。舞台の衣装の色がとても新鮮で面白いと思った、って書けばいいのよ」

なるほどと思い、筋書きを見ながら適当に書いた覚えがある。が、夏帆はもう一度、歌舞伎を観たいなと考えるようになっている。そして本を読むのは相変わらず苦手だけれど、時々は代官山の蔦屋《つたや》書店のライブラリーへ行き、古いファッション誌をめくることもあった。夏帆の心をとらえたのは、五〇年代のパリオートクチュールの世界だ。女らしく美しいフォルムのドレスを、夏帆はスケッチする。学生時代も、昔のドレスを写すようにという課題があったけれど、こんなに熱心にはしなかった。

　橋本さんは約束してくれる。

「ナッちゃんをもう一回パリに連れていってあげるよ。その時にオートクチュールのコレクションを見てくればいい」

　このあいだも橋本さんは、よく頑張っているご褒美だといって、素敵なハンドバッグを買ってくれた。それは前から夏帆が憧れていたブランドのバッグだ。くちゃっとガマ口をつぶしたような形がとても可愛い。安いものでも二十数万するものだ。しかし橋本さんが何の造作もなく買ってくれた。

「これと二万円のバッグとが、どう違うか比べてごらん。きっと勉強になるから」

と、ちょっと面倒くさそうなことを言うのは、女の子にものを買ってあげる理由をつけたいからに違いない。橋本さんがよく口にするのは、

「ナッちゃんに何かプレゼントしたいと思っても、一緒に店に行くのは堪忍して欲しいな。金持ちのオヤジが、若いコをそれで釣ろうとしているのがバレバレだから」

　というものだ。だからいつものチョコレート方式がとられる。これは最初のやり方からとった名前だ。まず夏帆が店に行き、じっくりと品物を選ぶ。そして十万円の手付金を出して品物をお取り置きしてもらう。その後、橋本さんが行ってカードで支払うというやり方だ。が、もうチョコレートの箱に現金を入れて渡してもらわなくても、夏帆の

財布の中にそれくらいの現金はある。なぜなら一ヶ月に一度か二度会うたびに、橋本さんはお小遣いをくれるからだ。最初はお金をもらうことにとても抵抗があったが、橋本さんの言葉で気持ちがぐっとラクになった。

「これはさ、お勉強代だよ。これで本やＤＶＤを買うといい」

そうだ、自分と橋本さんとの関係は、パトロンと愛人、などというものではない、絶対に。橋本さんは、夏帆の会社のオーナーの遠山さんから頼まれている、自分の教師役なのだ。教師がテキスト代を渡してくれているのだと、最近の夏帆は考えるようになっている。

この頃、デザイン画を描くのがとても楽しい。ネットで、パリコレやニューヨークコレクションを見ることはあるが、もうそのまま真似たりすることはなかった。いろいろなアイデアが浮かんでくる。それは小学校の時と同じだ。あの頃、お姫さまのドレス、いつかパーティーに呼ばれた日のワンピース、海外旅行へ出かけるためのパンツルックと、いくらでも絵を描いた。最初はお絵かき帳を買ってくれていた母親もすっかり呆れて、

「そんなにいっぱい描くならもったいない。これを使いなさい」

と裏が白いチラシになったものだ。

今、夏帆は、会社のデスクに座り、夏用のワンピースのデザインをしている。ウエス

トをしぼり、スカートは思いきりフレアにした。昔のイタリア映画に出てくるような夏のワンピース。襟ぐりは深めのスクエアカットにし、ノースリーブだ。これは花のプリント柄を選びたい。

そして流行のレースを使って、パフスリーブのブラウス、襟のところには細く黒い飾りリボン、そして黒のショートパンツを組み合わせる……。けれどもこれだけでは平凡だ。どうやったらもっと自分だけの面白さが出せるのだろうか。

同級生の俊に相談することにした。有名デザイナーを母にもつ彼は、いわば帝王教育を受けているからだ。

「そうだな、僕は子どもの頃から適当にやっているから、そういうことはよくわからないな。僕を昔から可愛がってくれてて、ファッションジャーナリストをしている人がいるから、一度訪ねてみるといいよ」

後でメールで送ってくれた佐倉ミサコという名に見覚えがあった。時々ファッション誌で署名記事を書いている女性だ。俊の母親とこの人は、大親友という仲らしい。

「ちょっと見はおっかないおばさんだけど、すごく親切な人だよ。大切な友だちに勉強させてほしいって言ったら、どうぞって言ってくれたよ」

あらかじめ俊が言っておいてくれたので、原宿のオフィスにひとりで出かけた。ブザーを押すと、出てきたのは眼鏡の中年女性だ。写真で見るよりもずっと太っていた。六十を過ぎているだろうか、黒いパンツに白いタキシードジャケットが似合っていると言えないこともなかったけれど、いかんせんあまりにもおばさんじみていて、夏帆は少しがっかりしてしまった。

「まあ、本当にデザイナーをしているのね」

名刺を眺めて、ふぅーんとつぶやいた。

「あの、うちの会社、ご存知ですか？」

「いいえ、知らないわ。申し訳ないけど、若い人向けの低価格の、山のようにあるブランド、いちいち憶えていられないの」

はっきり言われてしまった。彼女は本棚を背にしていたが、そこには横文字の本や写真集がぎっしり並べられていた。かろうじて夏帆が読めたのは『ファッションの哲学』と『イタリアン・ヴォーグの歴史』というものであった。ひどく場違いなところへ来たような気がする。

「それであなたは、何をしたいの」

眼鏡の奥の目が、いいかげんなことを喋ったら許さないわよ、と語っているようだ。

「あの、私……専門学校を出て、小さなブランドを二つ替わってます。まあ、デザイナーといっても、腕のいいパタンナーさんが横についていてくれて、私のデザイン画をちゃんと形にしてくれるっていう感じでしょうか」

「あなたの経歴ならそうでしょうね」

ミサコは頷いた。

「それで、私のやっていることといったら、パリコレやミラノコレクション、ニューヨークコレクションをインターネットで見て、それをちょっとアレンジして、安い生地で原価計算して、っていうことだったんです」

けれども昨年、本物のパリコレクションを見て、本当に感動したこと。そしてパクってばかりの自分の仕事がすっかりイヤになったことなどを、手短かに心をこめて喋った。

「なるほどね……」

彼女の目が少しずつだが柔和になっていくのがわかる。

「それであなたは、どういうデザイナーになりたいの」

「自分だけのものをつくれるようになりたいんです。ひと目で私がつくったものだってわかるもの。そして……」

夏帆は生まれて初めてそのことを口に出してしまった。

「ゆくゆくは、私のブランドを立ち上げたいんです。夢だとわかってますけど」

「気持ちはわかるわ。だけどね、残念ながら、この二十年、日本のファッション界はまるっきり停滞しているわ。かつてはね、コム・デ・ギャルソン、イッセイ・ミヤケ、ヨウジ・ヤマモトが海外に出ていって、世界中を驚かせたけど、今の若い人にそんなパワーも才能もない。せいぜいが海外ブランドの焼き直しの日本ブランドばかりだわ。そういう中で、あなたみたいな若い人が出ていくって至難の業よ」

「私はそんな、世界的デザイナーになろうとは思っていませんし、なれるとも思っていません。とにかく今は、ネット上のパリコレ横目に、ちょこちょことデザイン画描くような仕事はもうやめにしたいんです」

「今、どんな勉強してるの」

最後まで聞かずに、不意にミサコは問うてきた。

「古いファッション誌やビデオを観たり、布の勉強をしてます」

「それもいいけど、手っ取り早いのは古着を見ることね」

「えっ」

「七〇年代、八〇年代、おそろしいほどにたくさんの才能が世の中に出ていった頃の古着には、たくさんのヒントが隠されているのよ。あのね、今でも現役のデザイナーたちは、パリやロスの古着屋に行って、シャネルやサンローランの古着をたくさん買い付けてくるのよ」

「シャネルですか……」

「そうよ、今のファッションの多くは、彼女へのオマージュとリスペクトだと私は思ってるの」

なんだか難しい話になってきそうだと夏帆は身構える。

「ここだけの話をするわね。ある有名なファッションブランドが日本に進出した時、買い漁《あさ》ったのがコム・デ・ギャルソンとジュン・クラヨシの古着だって言われてるわね」

「ジュンですか……」

それは一時期つき合っていた譲一の勤めているアトリエだ。ジュン・クラヨシは日本の大御所として今もパリコレ、ニューヨークコレクションに参加している。

「あなたに時間とお金があるんなら、ロスに行くようにすすめたいけど、まずは下北沢のこの店に行ったらどうかしら」

ミサコはスマホで、すばやく地図と電話番号を出した。

「この店は、ジュン・クラヨシの古着をいっぱいストックしているはずよ。ぜひ見てきなさい。そうすれば八〇年代の日本人デザイナーが、どういうことを考えたかわかるはずだわ」

次の日曜日、夏帆は教わった下北沢の店へ出かけた。ジュン・クラヨシのものは古着といってもかなりの値段で、夏帆は橋本さんからもらっていたお金を、全部使わなくてはならなかった。家に帰り彼のワンピースを広げた。スカートがプリーツになっているが、アシンメトリーだ。右と左で幅を変えてリズムをつくっている。上は不思議な形の袖になっている。夏帆ははさみを使って分解してみた。縫い代が大きく取ってあり、そこにまたギャザーが寄っていた。

「手が込んだことしてるなぁ……」

形と仕掛けを、スケッチブックに写し取っていく。あまりの面白さに、夜明けまでずっと服と格闘してしまったほどだ。


「こんなのダメよ」

パタンナー台の前で、チーフデザイナーの水谷さんが言った。

「このスカート丈、なんて中途半端な丈なの。それからレースをこんな使い方してはダメよ。ちっとも可愛くないじゃないの」

「こういう風に裁ちっぱなしに見せて、それで女の子の可愛さを引き出そうと思うんですけれども」

「こんなのローティーンの女の子は着ないわよ。ねえ岡崎さん、ちゃんと今年の売れ筋を考えてくれなくては。流行のレースはできるだけ甘く可愛らしく見せる、大切なアイテムなのよ。それをこんなにギザギザにすることはないじゃないの」

「でも、この方が面白いと思ったんですけど」

「あなたが面白い？　ヘンな言い方するのね。うちの服はふつうの女の子が着て、可愛いな、素敵だな、と思ってくれればそれでいいの。あなたの芸術作品をつくってるわけじゃないのよ。あなたこの頃ちょっとヘンよ。時々ものすごいものをつくるけど、パターンつくる手間がもったいないから、やめてちょうだいね」

こんなことにへこたれるものかと夏帆は思う。会社で描くデザイン画の十枚に一枚、自分が本当につくりたい洋服をまぎれ込ませておく。デザイン画の段階でチーフデザイナーにはねられることがあるから、絵を加減して可愛らしく無難につくる。そしてパターンが上がってきてから、もっといろいろいじることにしているのだ。いつ製品化されるかわからない。しかし本当に〝自分の〟デザインを描いている時、夏帆は楽しくてたまらなかった。

スマホが鳴っている。出ようか出まいか迷ったのは、叱られたばかりの水谷さんがすぐそこにいたせいではない。見知らぬ番号が表示されていたからだ。夏帆はスマホを持って廊下に出た。

「もし、もし……」

「もし、もし、そっち、ナツホっていう人？」

なんて失礼な人だろうかと夏帆はむっとする。

「あなたこそどなたですか」

「私、ナコ。ユータの母親なんだけど」

「あっ！」

驚きのあまり、すぐに言葉が出ない。ユータを智行に押し付けた後、沖縄で目撃されたという女芸人ではないか。

「それで何か、ご用なんでしょうか」

「そう、ご用なんですよねー」

それが癖なのか、芸風なのか、相手は奇妙な喋り方をする。

「なんか、ユータのことで、そっちにすごく迷惑かけたんだって」

「そうです。最初の頃は、私が会社休んだぐらいです」

「えーっ、会社って。そっち、ＯＬさんなの？」

「そうですけど」

「ショーゲキ！　トモがふつうのＯＬさんとつき合ってるなんて。私はまた、そっちのこと、お笑いコンビのナントカっていう片割れの、本名だと思ってたわ」

なんて常識のない失礼な女だろうかと思うが、そう驚かなかったのは、智行からいろいろ聞いていたせいに違いない。こういうとんでもない喋り方も、夏帆の想像していた奈子という女そのものだった。

「それで私に、いったい何のご用でしょうか」

「あのさ、トモのやつってすごくズルくて、自分が育ててるようなこと言ってたワケ。そして私、懲らしめるためにもさ、もうちょっと苦労させてもいいかなって思ったワケ。そしたら、そっちの実家に預かってもらってるっていうじゃない。それはものすごくワルいかなって。だから私がやっぱりちゃんと引き取らなきゃマズイかなあと思って、連絡したワケ」

ちょっと待ってよ、と夏帆は叫んだ。

18

奈子が指定してきたのは、渋谷マークシティの中のスタバであった。あまりにもありふれた場所なことに、夏帆は少々拍子抜けしてしまった。

「私のこと、わかるかナァ」

奈子が問うてきたので、夏帆はええ、と答える。顔は何度かネットで見たことがある。

「でもさァ、私、すごく変わったと思うよ。だからさ、そっちの方の特徴を言ってよ」

「私の特徴ですか?」

夏帆は言葉に詰まった。自分の特徴というものを考えたことがなかったからだ。美人というのでもなく、とりたてて可愛い、というのでもない。ちょっとおしゃれで、ちょっと目立つ女の子……そう、つまり渋谷を歩いている何千人という女の子の一人だということに今さらながら気づいた。

「じゃあ、何か目印になるものをしていきます。ストローハットか何か」

「そんなもんかぶってるコ、いっぱいいるよ」

「それじゃ……」

「赤いカチューシャしてきなよ」

奈子は言った。

「私さ、この頃、緑色のカチューシャ、気に入ってよくしてるんだ。赤と緑ですごく合うじゃん」

「そうですね……」

スマホを切った後、不思議な気分になった。どうして自分は、相手の言うとおり赤いカチューシャをしなくてはならないのだろうか。よっぽどやめようかと思ったのであるが、仕方なくショップへ行き、赤いカチューシャを買った。口惜しいからいちばん安いプラスチック製のものにして、その日夏帆は渋谷へと向かった。

大好きなアイスラテを手にして、席を探す。混んでいたが奥の方にやっと席を見つけた。まわりを見渡しても、緑色のカチューシャをしている人などいない。遅れてるのだろうか。それにしても自分から言っておいて、約束の時間に来ないとはあまりにも失礼だ。が、夏帆は智行の言葉を思い出してやっと胸をなだめた。

「過激でシュールな芸やってたんだけど、あまりにも変わってるから、客はみんなひいちゃうんだよなぁ。本人もとにかく変わってる女なんだ」

そうだ、智行が言うぐらい、相手は変わり者の女芸人なのだ。そんな人に常識を求めるのは無理というものであろう。

その時、一人の若い女がにこにこしながらこちらに近づいてくるのが見えた。奈子だ。ひと目でわかった。白いコットンのワンピースにサンダル、といういでたちはこのあたりでいくらでも見る服装だ。しかし夏帆は、彼女が奈子だと確信を持った。瓶の底に少したまったような濃いハチミツ色の肌に、大きな目がキラキラと光をはなっていた。配置がもう少しうまくいっていれば美人で通りそうな顔立ちだ。が、どこかが微妙にずれている感じがある。彼女のことを芸人といえば、多くの人が納得しそうな顔だ。しかし彼女の頭には、カチューシャがない。一瞬人違いかと思ったが、やはり彼女は近づいてきて、そしてこう問うたのだ。

「夏帆さんだよね」

「そうですけど」

「よかった、私、ナコ。ユータの母親です」

にこっと笑った時の歯並びがあまりよくない。これがきちんと揃っていたら、かなりいい得点を取れるだろう。しかしこのいたるところから発せられる「惜しい感」が、奈子にある魅力を与えていた。混雑しているスタバの中でも、彼女一人が目立っているのである。

「ちょっと待ってて。私もコーヒー買ってくるから」

そう言って奈子は、カウンターへ行き、たちまちホットコーヒーのマグカップを手に戻ってきた。目の前に彼女が座った時、夏帆は先ほどからしてみたかった質問をした。

「ねえ、どうして目印のカチューシャしてこなかったんですか」

「あ、あれ」

奈子はコーヒーをひと口すすり、そしてこともなげに言った。

「今日はしたくない気分だからしなかった」

「ひどいじゃない」

夏帆は、自分の髪を飾っていたものを乱暴にはずした。

「だってカチューシャしてきなよ、って言ったのはそっちの方でしょ。目印にしようって。これって、すごく失礼じゃないですか」

「どうして」

奈子は首をかしげた。

「カチューシャなんて、気分でするもんじゃん。私はしたらどう、って提案しただけ。したくなかったらしなくても全然平気じゃん。よく考えたら、お互いのスマホの番号だって知ってたんだし」

「そうですね、はい、はい」

夏帆はめんどうくさくなってきた。ちゃんと会社勤めをしている自分が、こんな女を相手に本気で腹を立てても仕方ないと思い直した。

「それでユータのことですよね」

「そう……。私、トモがちゃんと育ててくれてると思ったら、トモのカノジョのそっちが育ててくれてたんだってね。本当にありがとう。でも、私もなんとかやれそうだから、引き取ろうと思ってさ」

「どうして、なんとかなりそうなんですか」

「うん、ちょっと結婚しようかなァと思ってるワケ。那覇のライブに、私、ずっと出てたんだけど、そこのオーナー、まさか独身だとは思ってなかったワケ。四十で半分ハゲてたしさ。だけどつき合うようになったら、結構いい人だし。向こうは私のこと好きらしいし、結婚しようかなァと思って。だからユータ、引き取って沖縄で暮らせるんだワ」

「そういう人が、子どもを平気で殺したり、置き去りにするんじゃないの？」

きっぱりと言った。

「そんな、おかしいこと言わないでよ。私はああいうワイドショーに出てくるような母親じゃないよ」

「似たようなもんよ。まるで犬のコ置いてくようにユータをトモにおしつけてさ、今度は返せって言うわけよね。ユータは犬のコじゃないよ。あ、犬のコの方がずっと大切にされてるか」

「そっちって、言ってること、結構キツイね。確かにふざけ半分でそっちに嘘言ったり、ユータを置いてったのは悪かったけど、事情を言うとさ、長くなるワケ。ちょっとトモを懲らしめたかったからね」

「あの後、トモは困って私のところへＳＯＳしてきたんだから。もう充分懲らしめたんじゃないの」

「だけどさ、ユータを妊娠した時、まず言ったのがさ、本当にオレのコか、っていうすっごい卑怯な言葉なんだワ。私、あの頃、セックスしてたのは、トモ一人きりだったし、そのことちゃんと知っててたくせにさ」

隣でアイスコーヒーを飲んでいた女の子二人が、「セックス」という言葉に反応してちらっと顔を上げた。夏帆はとっさに、こういう女とスタバの狭いテーブルで会ったことを後悔した。

「それでね、子どもを産んで、大きくなって顔見せたら納得すると思ったのに、あんまり可愛がってくれない、っていうか、本当にオレのコかってまだ疑うワケ。これってどういうことだと思う？」

突然質問されると、どぎまぎしてしまうが、なんとか答える。

「それは……、ナコさんに……」

なんだか親しげにナコさん、などと呼んでしまったが、苗字《みょうじ》を知らないので仕方ない。

「ナコさんに、他の男の人がいると思っているからじゃないかしら」

「そうよ、そこなんだよッ」

奈子はテーブルをばたんと叩いた。

「トモって、私のことを疑うワケ。ほかにオトコがいるんじゃないかって。でも私は、見た目よりもずっとケッペキだからさ。つき合う時は必ず一人だよ。二股、三股かけたりしないもん。トモって、案外やきもち焼きなんだよね。そっちにもいろいろ大変だったんじゃない？」

「いいえ、別に……」

「ふうーん、性格変わったのかも」

奈子は唇をきゅっと突き出し、考える表情になった。その顔はとても可愛らしく、わざとらしくて、やはり芸能人なのだと思わずにはいられない。

「それで私もちょっと頭にきてたところに、そっちが妊娠してるって聞いてさ、こら、父親だったら、ちゃんと子ども育てろ、っていう感じでさ、家を出たワケよ。そりゃ大変かもしれないけど、いざとなったら、実家もあんだし。ジィちゃん、バァちゃんも責任とれこ、って感じ。アハハ」

ここでなぜか大きな声で笑った。

「それでそっちには本当にご迷惑かけたし、感謝もしてんだけど、そろそろユータを引き取らなきゃヤバイかも、って思うようになったワケ」

ユータがいなくなってしまう。その時、恐怖に近いものを夏帆は感じた。もう一年近くいて、両親にもすっかりなついている。カタコトの言葉で面白いことを言って家中を笑わせる。春の原っぱのようなにおいの髪に、顔をうずめる幸せ。あれもなくなってしまうんだろうか。

「あの、これって、トモは知ってるんでしょうか」

「もちろんじゃん」

大きく頷いたが、先ほどまでの軽さは消えている。

「お前から頼んでみろ、って言われたんだ」

「それってすごく勝手だと思うの。押しつける時は勝手に押しつけといて、いきなり返せ、とか言うの、あまりにも常識はずれだと思う」

「昔からそういう男じゃん」

こともなげに言う。

「そっちは知らないかもしれないけど、三、四年前なんかもっとひどかったんだもん。もう私と一緒に暮らしてたけど、ちょっと一時間ぐらい留守にするとさ、もう女の子連れ込んでたもん。あっ、こんなこと言ってごめんね」

「別に、いいですよ……」

夏帆は静かに微笑む。そうでもするしかなかった。

「でも、そっちとつき合うようになってから、トモ、すごく頑張ってるみたいだし、真面目になってるみたいだし。私にさ、そろそろ身を固めようかな、なんて言ってたのもホントのワケ？」

「まあ、それは……」

当然承知はしているが、奈子まで知っているというのは、そう嬉しいことではない。智行とこの女とは連絡を取り合っていたのだろうか？

「そっちさ……っていうか夏帆さん、トモとユータのこと本当にサンキュー」

「いいえ、そんな別に」

ユータはともかく、智行に関してお礼を言われることではない。

「トモはさ、もう夏帆さんのものだとしても、ユータはやっぱり困るワケ。私が引き取らなきゃって思ってる。ねえ、どうしたらいい」

「何がですか」

「決まってるじゃん。ユータを返してもらうのにさ、何をしなきゃいけないのか聞いてるの」

「はっきり言いますけどね」

もうこちらをジロジロ見ている二人組も気にならない。夏帆ははっきりとこの非常識な女を睨みつけた。

「返すも何もないでしょう。ユータはあなたの子どももなんだから。だけど一度はほっぽり出して、やっぱりいるから返して、っていうのは違うと思うの。私はユータを智行から預かったんだけど、仕事があるんだもの二日が限界だったわ。だから今、実家でめんどうをみてもらってます。両親も孫みたいに可愛がってるわ。あのね、両親は昭和のふつうの人たちだから、あなたみたいな人の考え方は通用しないと思う。ちゃんと筋、っていうか礼儀を通せ、そうでなきゃユータは返さない、って言うに決まってる」

「そうかァ」

奈子は何かを思い出すように、ゆっくりと頷いた。

「夏帆さんの両親って、そんなにユータのこと可愛がってくれてたんだ」

「最初は、どうしてこの子を、って感じだったけど、今はそりゃ大切にしてる」

きっと両親は手放そうとしないだろう。当たり前だ。誰が考えたってわかる。こんな常識の欠如した、わけのわからない女に育てられるくらいなら、ユータはずっと実家にいた方が幸せになれるはずだ。

「今度の日曜、どう」

「えっ？」

「私さ、とにかく夏帆さんの両親に会う。そして筋ってやつを通す、それならばいい？」

父にも母にもクギをさしておいた。とんでもない女がユータを引き取りたい、とか何とか言ってくるけど相手にしないでほしい。一度は幼子をほっぽり出した女なのだ。今さら引き取りたいと言ってくるのはムシがよすぎる。

「だからパパは、ちょっと説教して彼女を追い返せばいいのよ」

「そういうわけにはいかないさ。本当の親なんだから」

「だから会えばわかるけど、もうまるっきり母親の意識なんか欠如してる、チョー非常識人。あれじゃ絶対、今に幼児虐待になるね」

約束の三時きっかりに家のインターホンが鳴った。ドアを開けると、そこに見知らぬ女が立っていた。淡いクリーム色のスーツを着てたたんだ日傘を手にしている。

「私よ、ナコ」

にっこりと笑った。不揃いの歯に見覚えがある。

「夏帆さんの両親に会うからさ、ちゃんとしてきたワケ。スーツなんて、私にとっちゃコスプレなんだけど」

応接間で奈子は、両親に深々と頭を下げ、虎屋の水ようかんの詰め合わせを手渡した。

「ユータの母でございます。このたびは本当にお世話になり、感謝の言葉もございません」

夏帆は呆然《ぼうぜん》として声も出ない。なんと奈子は、洋服だけでなく、中身も取り替えたかのようだ。

「本当にお恥ずかしい話なんですが、生活に疲れていたのと、いろいろな理由があって、ユータを父親に押しつけてしまいました。しかし沖縄でなんとか生活のめどがついたので、ユータを連れて帰りたいんですが……」

父は奈子をじろりと見た。何かを確かめようとしているのが傍目《はため》にもわかる。

「そうは言っても、あんたのような無責任な親に、あーそうですかと、ユータを渡すわけにはいかないな。今度沖縄で、やっぱりいらない、って言っても私たちはおいそれと迎えに行くわけにいかないしね」

さすがに父親だと夏帆は思った。言っていることに説得力がある。こんな女の一人や二人、追い払うことなど造作もないことだ。

「ナコさんっておっしゃったわね……」

母親もいいときに出てきてくれる。

「私たち完璧に情がうつって、ユータのことが可愛くてたまらないの。だからこそ幸せになってもらいたいのよ。一度は捨てた母親のところへ行って、あの子、ちゃんと育ててもらえるのかしら」

「もちろんですよ」

「なぜかしら、なにか信用できない気がして仕方ないのよ」

「困りました。どうしたら信用していただけるんでしょうか」

女二人がやりあっているうち、ドアが勢いよく開き、ユータが飛び込んできた。

「ママ、ママ！」

「ユータ！」

二人はぎゅっと熱い抱擁《ほうよう》をかわした。

「ユータ、あっちへ行ってなさい。おばちゃんの大切なお客さんと、大事なご用があるの」

夏帆の母親がとりなしてもまったく相手にしない。

「ママ、ママー」

奈子は、ユータの鼻の頭といわず、耳といわず、キスの雨を降らせた。

「ママー、ママー、どこ行ってたの」

「ちょっと旅行よ」

「ママがいなくて、ユータ、淋しかった」

「ママだって淋しかった」

「ママー、ママー、もうどこにも行かないで」

「どこにも行かないよ。ユータと一緒だよ」

二人はもう一度、強く抱き合った。ユータは母の背中にまわした指に力をこめる。小さな手が必死にジャケットをつかんでいるのが見えた。

「負けたな……」

いつのまにか父親が傍に立っていた。

「子どもはやっぱり、親のところへ行くのがいちばんいい。どんなに可愛がってくれる他人よりも、ひもじい思いをさせられたって、本当の親がいいんだ」

「だけどさ、あの女、ユータのこと捨てたんだよ。今は気取ってネコかぶってるけど、常識のカケラもない女だよ」

父親は返事をしない。

ユータは母親の肩に頭をあずけ、うっとりとしている。その様子を見ていたら涙がこぼれてきた。

「バカ」

とつぶやいた。もちろんユータにではなく、自分にこれほど恋しい思いをさせた、ここにいない男に対してだ。

19

ユータを孫のように思い始めていた両親は意気消沈しているが、夏帆が意外だったのは、自分の喪失感である。よく「胸にぽっかり穴が開いたような」という表現があるけれども、本当にあるべきものがない、という感じだ。感情にまかせるまま、夏帆は、ユータをしっかり抱き締めた。ユータは栄養がいきとどいてしっかり肉がついていたので、確かな量感があった。やわらかく温かい。そして香ばしいにおいがした。ユータの髪に顔をうずめてしばらくいると、あまりの心地よさにうっとりとしたものだ。愛すべきものが結晶となり、自分に抱かれているような気がした。それがある日、突然いなくなってしまったのだ。今頃は沖縄の海で遊んでいるだろうかと考え、

「ユータ、ユータ……」

とつぶやくと涙がにじんでくる。

しかし夏帆は、自分のこんなセンチメンタリズムを智行には語らない。彼の前の恋人が産んだ子ども、という気持ちもあったが、何よりもユータに対する愛情は、智行への愛情とまっすぐつながっていると知っていたからだ。ユータを抱き締めているようで、実は父親である智行を抱き締めていたに違いない。ユータに対する愛は、いつか智行の

子どもを産んでみたいという母性愛のあらわれなのだ。

が、こういうことを口にすることは、智行の愛をねだっているような気がしてくる。

「いつかはきっと、あなたの子どもを産ませてくれるんでしょうね」

という要求ととられかねないのではないか。とにかく奈子とユータが現れてから話はややこしくなっている。以前のように、智行に対してストレートに自分の感情を伝えられなくなってきているのだ。どこかつい抑え気味にしてしまう。それはいつのまにか、

「より愛した方が負けだ」

という事実を知ってしまったからではないだろうか。

なぜなら、夏帆は橋本さんに対しては、いつもかなり強気になれる。それは橋本さんに好意や感謝のようなものはあっても、愛情は持っていないからだ。橋本さんの方はどこまで本気かわからない。けれども、

「僕はナッちゃんに夢中さ」

といつも言うようになった。

「ナッちゃんのよさって、たぶん若い男にはわからないと思うよ」

このあいだもホテルのベッドで、ふたりしばらくまどろんだ後で言ったものだ。

「それって、どういうこと？」

「ナッちゃんって、自分で思っているよりも、ずっとやらしいコだもん。なぜって……」

そして耳元で、橋本さんは夏帆に関してとてもイヤらしいことをいろいろ囁いたものだ。夏帆が初めて耳にするようなことをだ。

「そういうこと言う人、キライ！」

怒ってシーツを頭からかぶったら、

「そういうとこがたまんないよ」

橋本さんは布ごと夏帆を抱き締め、やたらキスをしてきた。

「おじさんはもう、ナッちゃんに夢中だよ。本当にどうしていいかわからないぐらいだよ……」

こういう言葉を聞けば聞くほど、夏帆の中に傲慢な気持ちが芽生えていく。これほど自分を好きな男に、たくさんのことを要求するのは当然なのだ、という気持ちだ。貧しい智行に対しては、愛情以外のことは何もねだったことがないのだ。

男の人の愛情というのは、なんて不思議なんだろう。それをある人から与えられれば謙虚にやさしくなれるのに、別の人からそそがれると、自分の中のイヤなものがむっくりと目を覚ます。

橋本さんの前で、夏帆はとても強欲になった。

「私、夏休みにパリかニューヨークへ行きたいなぁ」

「いいよ」

橋本さんはたやすく頷く。

「八月にボストンに用事があって行くから、ふたりで待ち合わせしようか。僕もここのところニューヨークはご無沙汰だったからちょうどいい。やっぱり今、ファッションの主流は、パリからニューヨークになってるのかな」

「そういうわけでもないけど、ニューヨークは、タカコ・リーが学んだところだから一度行ってみたいの」

「誰、それ」

夏帆は橋本さんに、心を込めてタカコ・リーのことを語った。

タカコ・リーは三年前にデビューして、今やいろいろな雑誌にとりあげられているデザイナーだ。まだ二十八歳の若さで、自分のブランドを立ち上げ大成功をおさめたのだ。日本人と中国人のハーフである彼女は、まるでモデルのように美しい。外資系の金融機関で働いた後、ニューヨークに留学しファッションを勉強したという経歴も、サクセスストーリーに手を貸した。彼女は独特の哲学を持っていて、それは、

「女に本当に必要な服は五着でいい」

と、信じられないほど少ない数で、第一回のデザインを展開させたことだ。トレンチコートにピーコート、そしてワンピースに、白いシャツにスカート。それらの服は一見ごくシンプルなようであるが、タックやボタンになみなみならぬセンスと遊び心が光っ

ている。生地も上質でリーズナブルなものを選んでいた。

タカコ・リーのこの意見と洋服は、まずバイヤーの男たちの心をとらえ、次にマスコミの女たちに迎え入れられた。さまざまなファッション誌や女性誌で、タカコ・リーの特集が組まれ、彼女の服はまたたく間に都会の女たちに広まっていったのだ。

「私も今期、一枚ワンピースを買ったけど、本当に素敵なの。白い麻のすとんとしたデザインなんだけど、カッティングが素晴らしいの。タカコ・リーは、ニューヨークでファッション工学のほかに、建築も学んだっていうけど、わかるような気がする」

「ふうーん、すごいね」

橋本さんは興味を持ったふりをしたが、まったくうまくいっていない。正直な人なのだ。

「じゃ、とにかくニューヨークへ行こうよ」

その〝ニューヨークへ行こうよ〟という言葉の響きが、夏帆はとても気に入った。まるでミュージカルのタイトルのようだ。

「ニューヨークってどんなところなの」

「そうだなぁ、僕の印象だといつも工事してる、っていう感じかな。それから歩いている人の速度が速い」

「ふうーん」

「東京よりも速く歩いているんじゃないかな。だけどニューヨークは、やっぱり若い時にいっぺん行かなきゃ。この頃の若い人は、みんなネットやビデオ見て海外に行った気になってる。そこへいくと、ナッちゃんはえらいよ。ナッちゃんは若いのに、見たいものややりたいことがしっかりと決まっている。そういうことって、今の時代大切な財産だよ。それから僕は、さしずめナッちゃんのファイナンシャル・プランナーだな」

橋本さんは夏帆の髪をやさしくなでる。そんな時、夏帆はとても幸せな気持ちになる。愛している人に愛されているからではなく、自分がとても価値のある人間だと思わせてくれる男の人がいること。女の子というのは、そのことだけでも充分幸せになれるのだもの。

七月になって、旅行代理店から夏帆のもとにeチケットと、ホテルの確認書がメールで送られてきた。航空チケットはビジネスクラスだ。夏帆はいまだかつてこの席に座ったことがない。それだけでもすごいのに、ホテルはフォーシーズンズだった。ネットで調べてみると、ニューヨークでも最高級のホテルとあった。夏帆はここで橋本さんと待ち合わせ、四日間を過ごすことになっている。帰りの便は別々だ。

「ニューヨーク便というのは、案外知り合いが多いから」

というのがその理由であったが、夏帆はまったく気にならない。橋本さんは結婚しているのだからあたり前だと思う。よく家庭を持っている男の人のことを本気で好きになり、苦しんだり泣いたりする女の子がいるけれど、あれは夏帆には理解できなかった。最初からそんな男の人を好きにならなければいいのにと思う。自分で障害をつくり、自分の恋をドラマ仕立てにしなければ気が済まない女たちだ。どうせならエネルギーは、もっとリアルな、本当の恋に使えばいいのに。本当の恋というのは、自分と智行のように、お互いに与え合うものが等分のつき合いだ。同じ量だからこそ未来があると夏帆は考えている。いずれ智行と自分は結婚するのだ。ともに人生を歩むことになるだろう。そういう男の人こそがいちばん大切なのだから。他の女の人との人生を歩み始めている男の人を、本気で好きになるなんて愚かなことだ。

もちろんこんな考えを、夏帆は橋本さんに言いはしない。だからこそ橋本さんはとてもすまながって、その申し訳なさが、ビジネスクラスやフォーシーズンズになったりするのである。

ニューヨークで過ごす日のことを考えると、夏帆は楽しくて仕方ない。ついそんな態度が出てしまうのだろう。

「夏休みどうするの？」

と先輩に尋ねられた。

「あ、私、勉強を兼ねてニューヨークへ行ってくるんです」

「まぁ、すごいわねぇ。ニューヨーク」

ほんのわずかな夏のボーナスの額を知っているからだろう。相手はニューヨークという言葉に反応した。

「でも格安チケットで、泊まるところもインターネットで、ものすごく安いところを見つけたんですよ」

夏帆は用心して答える。

「あー、そうだってね。今、五、六万でニューヨークへ行けちゃうのよね。若い人ってそういうチケット見つけるの、うまいもんね」

「そうですね。香港行くぐらいの料金でチケット買えちゃいますよ」

まさか夏帆がビジネスクラスで行くなどとは思ってもいないに違いない。

はずんだ気持ちはずっと続いていたから、「ハシモト」という表示が出たスマホの画面に、夏帆は思い切り明るい声で出た。

「はーい、ハッシ、元気ですぅ？」

が、向こうからはまったく知らない女の人の声がした。

「あなた、岡崎さんね」

「はい、そうですけど……」

「私、橋本の家内ですけどね」

あっと小さく叫び声をあげた。

「別に黙らなくてもいいのよ。あなたのことは娘が気づいたのよ」

「娘さん……？」

「そう、娘は今、ボストンに留学してるの。うちの主人は時々、娘の様子を見に行くんだけど、私に言った日にちと、娘のところにいる日にちが合わないの。ママ、きっと女の人とどこかで待ち合わせするんじゃないのって、娘が言うから調べてみたのよ」

大変なことが起こっているというのはわかった。しかし夏帆が通話を切らなかったのは、橋本さんの妻の声がそれほど嫌な感じではなかったからだ。まだ若く、知的なしゃべり方だ。ふつうの時にふつうにしゃべっていたら、感じのいい人だと思わせるような声であった。

「あの、私、別に、そんな……」

「いいのよ、そんなに怯えなくても。私、あなたと会って抗議しようとかいうつもりはまるっきりないから」

「ですから……」

「橋本はね、こんなこと初めてじゃないの。昔は私も相手の女の人に会ってキーキー言ってたりしてたんだけど、今はもうそんなパワーもないし。あなた、来月の五日にニューヨークにいらっしゃるんでしょう」

「…………」

どうしてそんなことを知っているのだろう。

「橋本はね、脇が甘いというか、とにかく秘密を隠しとおせない甘ちゃんなのよ。スマホもね、しょっちゅう家に置き忘れるの。ロックかけてるから安心だと思ってるんでしょうね。だけどね、番号は誕生日の数字をずっと使ってるの。前と一緒よ。間抜けで笑っちゃうでしょ」

「そうなんですか」

それが本当だったら、とんでもなく不注意だと夏帆は思った。

「開いてみたら、旅行代理店からのメールも入ってたし、そこにあなたのスマホの番号も書かれていたから、呆れてしまったの。どうして不倫旅行するのに、もっと用心深くしないのかしら」

「不倫旅行なんて、そんなのと違います」

私は洋服のデザインをしていて、それを勉強させてくれようとして、橋本さんは応援してくれているだけなんです。その最中にちょっと何かあったって、不倫なんていうのとまるで違います。夏帆はこう説明したい思いにかられた。が、奥さんに話しても無駄なことだろう。そのくらいわかる。

「旅行代理店の確認書で見たけど、岡崎さんって若いのよね。確か二十四歳でしたっけ」

「そうです」

「娘と二つしか違わないわ……」

この時から、奥さんはとても嫌な口調になった。軽蔑と憎しみが少しずつ伝わってくる。

「前の女の人は、二十八歳だった。どんどん若くなっているわ」

「そうですか……」

「ねえ、いくらお金が目的だって言っても、あなた、そんな若くて愛人やっているの、どうかと思うわよ」

「私は愛人なんかしていません」

夏帆はきっぱりと言った。私のいったいどこが愛人だって言うのだろうか。毎月きまったお手当をもらっているわけでもない。宝石を買ってもらったこともない。一流ブランドの洋服やバッグを買ってもらったのは、勉強のためだ。洋服だって単に着飾りたいだけじゃない。買ってもらったものは、材質や縫製の仕方、裾のまつり方を丁寧に観察した。ああ、こうしたことをどうやったらわかってもらえるんだろうか、奥さんという人に。

「私はやりたいことがあるんで、橋本さんに応援してもらっていただけです」

「だけど一緒にニューヨークに行くんでしょう。費用は全部橋本が出して。ねえ、世間ではこういうのを愛人っていうのよ」

アイジンという言葉の陳腐さと俗っぽさに、夏帆は背筋が寒くなる。私はそんなんじゃない。

「あなた、すごくみっともない、恥ずかしいことをしているのよ。恥を知りなさい」

「…………」

「でもね、私はこれ以上あなたを責める気はないわ。前の女はね、私は橋本さんを愛してる、とかとんでもないことを口にしたけど、あなたはそういうことを言わないだけマシね。自分の身の程をわきまえてるから」

あ、私のしたことはこういうことだったのだ。ちっとも愛していない人と旅行しようとしていた。私は本当にアイジンかもしれないと夏帆は今、初めて思った。

20

その夜のうちに、橋本さんから電話がかかってきた。

「ナッちゃん、本当にごめん。まさか女房が君のところに電話すると思ってなかったよ」

夏帆は返事をしない。怒っているふりをするつもりはなかった。それならば本当のことを言うべきかもしれないが、それは相手に対して失礼というものだ。そうかといって、

「橋本さんのことは、別に愛してもいなかったし、好きでもなかった。自分にはちゃんと恋人もいるんだもの。ただ奥さんから、お金目当ての愛人、と言われてすごく傷ついた。なぜって、確かにそのとおりだと思ったから……」

とこんなことを言えるわけもない。最低限のマナーというものだ。このくらい夏帆にもわかっている。

「ナッちゃん、怒ってるんだろ。怒ってるよね……」

別に、と小さく返事した。これは本当のことだ。

「僕は本当にナッちゃんに謝らなきゃいけないよ。うちって、うまくいってる夫婦じゃないのに、女房っていうのはものすごく嫉妬深いんだよ。ナッちゃんにイヤな思いをさせて、本当にごめん。これって、どうやったら償えるんだろう」

相手の饒舌を聞きながら、夏帆はこの言葉は、いつか見たドラマそっくりだなぁと感心していた。脚本家って、どうしてあれほど世の中のことがわかるのだろうか。いや男の人は、こういう時、ありきたりのことしか口にしないに違いない。

男の人というのは、奥さんのことを嫉妬深くとても嫌な性格だと言う。それなのに、ほとんどの人は別れない。最後には、奥さんに頭が上がらず、あちらの言いなりになる。そして奥さんのせいでこうなったとは言わない。子どもを持ち出すのだ。

「だけどさ、今度のことはさ、娘が気づいちゃったから、話がこじれたんだよ」

やっぱりそうだ。夏帆は一瞬笑い出したくなるような気分になったけれど、これはよくお笑い芸人が口にする〝自虐ネタ〟というやつだろう。

「とにかく僕はナッちゃんに会いたいんだ。会ってちゃんと謝りたいんだよ」

「そんなこと、別にいいですよ。また奥さんに知られたら大変だもん」

「いや、ちゃんと会って謝らなきゃ、僕の気が済まないから」

今の言葉で、橋本さんは自分と別れるつもりなのだとわかった。なぜなら、まだ続けるつもりだったら、

「気にしないでくれ」

「今後のことはどうにかするから」

などというフレーズが続くはずなのだ。このことだけでも、〝愛人〟というのと、ふつうの恋愛というのは違うのだなあと、夏帆は思う。ふつうの恋なら、別れる時はちゃんと会って、泣いたり、喧嘩したりする。一回では済まないで、その後も電話やメールで、ぐずぐず連絡し合う。けれども〝愛人〟の場合は、電話通告して、あと一回会えばことが済むらしい。極めて事務的だ。なぜならばお金が介在しているからである。

「そういうわけにもいかないよ。きちんとしなきゃ」

きちんとするというのは、たぶんお金のことだろうと、夏帆は胸がドキドキした。今までも高価な食事をごちそうしてもらったり、高級ブランドの洋服を買うためにかなり

のお金を出してもらったりしていた。しかし〝愛人〟というのは、別れる時にまとまった額のものをもらえるのだ。

自分の行ったつき合いやセックスの履歴がお金になる、これはすごいことではないだろうか。耐えがたい屈辱だと思う女の子もいるかもしれないけれど、夏帆はそうは思えなかった。今まで男の人と何度か恋をしてきたけれども、別れる時にお金をもらったことは一度もない。そういうものだとずっと考えていた。けれども世の中には、傷つけたからといって大金をもらう女の子がいるのだ。それだけの価値があるからということを男の人が教えてくれるのだ。

「別にきちんとしてくれなくてもいいですよ」

試しに夏帆は言ってみた。お金が欲しかったからではない。自分に本当にそのようなことが起こるか知りたかっただけだ。

「だけどそういうわけにはいかない」

「私、本当にいいです。めんどうくさいし、奥さんにこれ以上言われるのイヤだし」

めんどうくさい、というのは真実であった。

しかし相手はその言葉を、夏帆の怒りととったようだ。

「じゃ、こうしよう。ナッちゃん、あのニューヨーク行きのビジネスチケット、好きなようにしてもいいよ。払い戻してもいいし、お友だちと行ってもいいし。あっ、そうだ、お友だちの分のビジネスチケットの料金、百万円、いつか聞いといた口座に振り込んどくよ。だからお友だちと行きなよ。それからあっちでのお小遣いとして二百万円、全部で三百万円でいいかな。もちろん、お金で済むとは思っていないけど、これでちょっとは僕の誠意を感じてくれればいいけど……」

夏帆は途中で空恐ろしくなってきた。金持ちの男の人とつき合った場合、別れる時にお金が支払われると聞いたことがあるけれど、三百万円という額の多さに驚いてしまったのだ。

「そんなこと……」

つぶやいてスマホを切った。その後、橋本さんからのメールがすぐに届いた。

『怒らせちゃったみたいでゴメン。お金のことを言うなんて本当にイヤらしいね。だけど他にナッちゃんにどう謝っていいのかわからないよ。どうしていいのか、メールでもいいから答えてくれ』

その後、夏帆はよく眠れなかった。悲しかったり、怒っていたからではない。自分の心に驚いていたからだ。

「どうして私って、もっと潔癖じゃないんだろう」

今まで自分のことを、ふつうに生きてきたまっとうな女の子だと思っていた。橋本さんとのことも、お金やセックスがめあてではない。いや、それもとても楽しかったけれ

ども、「勉強のため」という気持ちはいつも持っていたはずだ。そんな自分なのだから、お金の話を持ち出されたら、

「そんなの馬鹿にしないで」

と怒ってもよかったのだ。それなのにちっともそんなことは考えなかった。それどころか、お金をもらえることになってちょっと嬉しい気分にさえなっているのだ。あれが三百万円という大金ではなく、百万円ぐらいだったら、ラッキーと即座に承諾したに違いない。

「私はいったいどうしたらいいんだろう」

もう橋本さんとは二度と会う気はなかった。問題は三百万円をもらうかどうかだ。それに五十万円。ネットで調べたら、ニューヨーク行きのビジネスクラスチケットは、正規の料金で五十万円であった。そこからキャンセル料を引かれたら四十五万円ぐらいになるかもしれないが、それでも大変な金額だ。とにかくチケットだけでもキャンセルしなくてはと夏帆は考える。

しかし一晩たって次の日になったら、また考え方が変わった。せっかくの機会だから、ひとりでニューヨークへ行ってもいいのではないかと思うようになったのだ。もちろん、チケットは、格安チケットにする。そして差額をホテル代や買い物にあてるのはどうだろう。

「そうだ、トモと一緒に行くのもアリかも」

前から恋人の智行も、ずっと海外旅行をしたいと言い続けていた。貧しい家に育った彼は、ハワイやグアムといった観光地にも行ったことがないのだ。

しかし他の男の人との、いわば手切れ金で恋人と旅行に出かけるというのは、やはりいけないことではと思い直した。彼は夏帆の給与やボーナスの額をだいたい知っている。そこからニューヨーク行きのチケットを二枚買う、というのはありえないと思うに違いない。

チケットをまだ持ったまま、あれこれ考えているうちに、夏帆はチーフデザイナーの水谷さんに呼ばれた。

「ねぇ、岡崎さん、このあいだパタンナーの矢野さんとやりあったんですって」

「別にやりあったわけじゃありません。ただ生地のことで意見が違っただけです」

「生地を変えてくれって言ったそうね」

「ええ、化織だとどうしても考えているようなフレアが出ないんです。ですからシルクにできないかってお願いしました」

「ねぇ、でもね、このワンピの上代は八千九百円よ。シルクは使えないのよ」

「ですから、もうちょっと上げてもいいんじゃないかって言ったんです」

「ちょっと岡崎さん、これを見て」

水谷チーフは、目の前のパソコンの画面を開いた。

「これはあなたが強引にラインにのせたもの。上代が一万五千円のワンピよ。各店でこれだけ売れ残ってるのよ、それから……」

今度は画面に数字が出てきた。

「生地代、ボタン代含めて、これが原価……、工場の手間賃……、あなた、どのくらい損失を出してるかわかるわね」

「………」

確かにつきつけられた数字は、夏帆のデザインしたものが、まるで収益を上げていないことをはっきりと示していた。

「このところ、あなた、何か勘違いしているのよね。うちはオートクチュールつくっているわけじゃないの。ローティーンの女の子、もしくは彼女たちの母親が買っていく洋服よ。流行のものを、ティーン向けに、嚙みくだいてあげて、そこそこの生地でつくってあげればそれでいいのって、私は口を酸っぱくして言ってきたはずよ」

「でもそういう女の子たちやお母さんたちだって、もうワンランク上のものが欲しくなるんじゃないでしょうか」

「そういう人たちは、うちとは別のブランドへ行くわ」

水谷チーフはきっぱりと言いはなつ。

「こんなご時世だから、高いものなんか売れないわよね。だけど流行のおしゃれなものを着たいってみんなは思ってる。そういうところでうちは商売してるのよ。岡崎さんは何かものすごい勘違いをしてるわ。うちみたいなところが、ハイブランドの真似をしたって仕方ないのよ」

「そうでしょうか」

「あったり前でしょ。今はね、海外高級ブランドだって売れなくなったところは多いわ。みんな中国からの観光客でほっとひと息ついているところなの。ああいうところは、流行を発信してくれるところ。うちみたいなところはそれを安く広めてあげるところなのよ。ねぇ、そんなの、つまらないって岡崎さんは思ってるでしょ」

「…………」

「思ってるなら、うちを辞めて有名デザイナーのところへ行くなり、パリに修業に行くなりしたらどうかしら」

夏帆ははっと顔を上げた。水谷チーフは自分に辞めろと言っているのだろうか。が、チーフデザイナーの彼女に、部下を解雇する権利などないはずだ。これは嫌みというものだろうと心を落ち着ける。しかし事態はまるで違う方向となった。

「こんなことを言うのは嫌だけど、この頃岡崎さんって、着てくるものがすごく派手よね」

「そんな……」

「そのバッグも、ブランドものよね」

　確かに、二十数万円したものだ。

「社内でも噂になっているわ。どうしてそんな急に贅沢になったんだろうって。このあいだ遠山さんが、酔った時に言ったんですってね。あの子には見どころがあるから、金持ちのスポンサーをつけてやったんだって……」

　あまりのことに夏帆は息を呑《の》んだ。まさか遠山さんが、そんなことを社内の人間に言うとは思ってもみなかったのだ。

「うちは遠山さんのものよね、だからその人に対して、私たちは何も言えない。だけどね、岡崎さん、私はすごく嫌な気分なのよ。そういう人にお金持ちの男の人を紹介してもらって、高価な洋服やバッグを買ってもらう。そうしているうちに、上から目線でうちの洋服をあれこれ言う。パリコレをパクって、安い生地でつくり直してるだけじゃん、ってあなたは思ってるはずよね。そういう気持ちがまわりの人たちにも伝わってるってことを知ってほしいと思うわ」

「あの、水谷さん……私は何も……」

「この噂が社内中に伝わらないうちに、辞めてほしいのよ。私は岡崎さんを連れてきた人間だから責任があるのよ。ね、わかるでしょ」

まるで魔法が少しずつとけていったようだと夏帆は思う。

このあいだまで自分のことを、なんてついている女の子だろうかと考えていた。恋人はちゃんといて、彼のことは大好き。相手も自分のことを愛してくれている。そして面白くやりがいのある仕事があり、それを応援してくれているお金持ちのおじさんがいた。そのうえ、奇妙な関係だったけれども、ユータという子どもがいて、その子のことは本当に可愛かった。ぎゅっと抱きしめるたびに、いとおしさで涙ぐみたくなるほどであった。

しかしそんな満ち足りた生活は長く続かなかった。まずユータが夏帆の前から消えた。そして次に、あっけなく橋本さんがいなくなってしまったのだ。それもとても不愉快な形で。それだけで終わりではなく、夏帆は仕事さえ失くそうとしているのだ。

「もう少し考えさせてください」

と水谷さんには言ったものの、橋本さんとのことが知られるようになる前に、辞表を出した方がいいのかもしれない。パタンナーや営業の人たちの態度が、最近とげとげしくなっている理由がやっとわかったからだ。

この二ヶ月で、ユータ、橋本さん、仕事と、三つのものが夏帆の手からするりと抜けていった。まるで罰を受けているようにだ。

「だけどいちばん大切なものが残っているのだから」

と考えることにしている。智行との仲は順調というよりも、落ち着きを見せている。交際一年を過ぎると、最初の激しさは薄れる代わりに、安らぎが生まれる。メールや電話し合うことが日常的になり、お互いがいること、愛し合っていることがとても自然になる。

多くの恋人がここにいきつくまでに別れるというのに、夏帆はちゃんとたどりついている。お笑い芸人という特殊な仕事をしている恋人は、刺激的であったけれど、気が抜けないことも多かった。お金もないし、生活も不規則だ。そのうえ、いつも女の人の影がちらちらしている。貧乏なくせに、お笑い芸人というのはとてもモテるのだ。だから夏帆は、どれほどやきもきすることが多かっただろうか。

けれども智行は言う。

「ナッチが最高だ。ナッチといるのがいちばん楽しいし、ラクチンなんだ」

夏帆は仕事のことも楽天的に考えようとした。口座には三百万円が振り込まれている。そして正規の航空券なので、キャンセルしてもそのまま返してくれたチケット代、五十万円。それに加えて今まで貯金した分が四十八万円ほどあった。

「ねぇ、四百万円でネットショップをやるのってどう？　私、シュンと一緒ならやれそうな気がする」

同級生だった俊にまず電話で相談してみたところ、即座に、

「むずかしいと思うよ」

という答えがかえってきた。

「ネットショップなんて、考えてるほど簡単じゃないと思うよ。今、大手のところがやるべきことは全部やっているもの。今頃ネットショップやったって、若い人がとびつくとは思えないよ」

「でも、やってみなきゃわからないじゃない」

「確かにそのとおりだけど、ナッチのつくりたいのは、ワンランク上のものでしょ。だったら四百万円なんて、あっという間に消えるよ。今、ネットで売れてるのは若い人向けの安いものばっかりなんだ。だいいち、今、本当に洋服は売れないんだ。うちだって支店をひとつ減らしたばかりなんだ」

そうなのだ。夏帆や俊の愛する洋服の世界は苦難の一途をたどっている。

21

「でも私はやってみたいの。ねえ、シュン、ちゃんと話を聞いて」

夏帆は俊に向かって言った。電話ではちゃんと通じないからと、俊のオフィスの近く

のスタバに呼び出したのだ。

「私、もうじき会社を辞めると思う。ううん、辞めなきゃいけなくなってる。このままだと私は失うばっかりなの。もう手には何も残っていないの。だから何か始めないといけないのよ」

「ナッチ、会社を辞めるの。どうして」

「ちょっとイヤなことがあってさ。シュンにはいずれちゃんと話そうと思ってるけど」

「話すなら、今話してよ」

俊は男にしてはとても長い睫毛をしばたたかせる。今日はおしゃれなフレームの眼鏡をかけているため、その睫毛がレンズに貼りつかんばかりだ。

「僕とナッチはさ、これから運命共同体になるかもしれないんだから」

運命共同体……なんていい言葉なんだろう。

「そうだね、シュンにはちゃんと今、話さなきゃね」

夏帆はいろんなことを、俊にかいつまんで話した。会社の出資者に紹介されて、彼の金持ちの友人とつき合い始めたこと。そしてその人に、パトロンのようなことをしてもらっていたこと。二人でニューヨークへ行くはずだったのに、直前に奥さんの知るところとなり、キャンセルしたチケット代を手切れ金代わりにもらったこと、その他にも三百万というお金が口座に振り込まれていたこと……。

「ねえ、私のこと、軽蔑した」

「うーん、軽蔑はしないけどさ、ちょっとびっくりした」

僕はまた目をしばたたかせる。

「ナッチって、そういうことしない女の子だと思ってたから。ほら、世の中にはいかにも要領のよさそうな女の子っていっぱいいるじゃん。だけどナッチってさ、学校にいる時から、ものごとコツコツ一生懸命やってたよね。だからさ、いきなり階段二段、上がっていくような感じって、ちょっとびっくりだな」

「それで、四百万のほとんどが、手切れ金だったってどうよ、やる気なくしたとか……」

「仕方ないじゃん、ナッチにあるのは、今はそのお金とやる気だけなんだろ。これを使うしかないよねぇ。それにしても、そのオヤジ二人って、サイテーだな」

「そう？」

「だってそうだろ。お金で解決しようとするオヤジAもひどいけど、そのことをナッチの会社の人にしゃべるなんて、オヤジBはもっとひどい。こんなひどいオヤジ二人に振り回されたんだから、ナッチはお金をもらっても構わないよ。いいよ、今、僕が許すよ」

それを聞いたとたん、夏帆の目から熱いものがどっと噴き出した。鼻水も出てきてティッシュでかむ。もう一枚で涙も拭った。

「そう言われるとさ、自分がすごく可哀想でアホな女の子に思えてきた……」

「そんなことないってば。アホなコは、こんな風に次のことを考えないよ」

　俊は軽く夏帆の肩を叩いた。

「シュン、昔から思ってたけど、あんたって本当にいい人だよね。あんたが女の子を好きでいてくれたら、私もきっとシュンのことを好きになったと思うよ」

「いいじゃん、僕たちは恋人同士じゃなくても、運命共同体なんだから」

「ホントに私、その言葉好きだよ」

　そして俊は、「運命共同体」という言葉を実行しようとしてくれた。一週間後、夏帆は俊に表参道のカフェに呼び出された。

「ナッチ、ちょっとこれ見てくれる。僕のつくった計算書なんだけど」

　いろいろな数字が並んでいた。

「四百万でいったい何ができるのかって、僕もいろいろ考えたんだ。本当なら僕も出資すべきなんだろうけど、僕はまだ大した給料もらってなくて、貯金なんかゼロだよ」

　俊の母親はオートクチュールもつくる有名デザイナーであるが、息子を甘やかすことはないらしい。俊はいち社員として母親の会社で働いているのだ。

「この数字見てほしいんだけど、アイテムはぐっと少なくして、ワンピが15、ジャケットが15、スカートが15で始めるのはどうだろうか？」

「ずいぶん少ないけど……」

「そりゃ仕方ないよ。ナッチも知ってるとおり、今、中国の工場でつくってくれる最低の数は三百だよ。ネットで安い服をぱかぱか売るのが、ナッチの目的じゃないんだろう」

夏帆は頷く。パリコレやニューヨークコレクションから、使えそうなところを取り出し、安い素材でつくる。かなり雑な縫製で構わないなら、中国の工場で大量につくる。そういう服づくりを夏帆はもうしたくないのだ。

おととい辞表を書き、水谷さんのところへ持っていった。そうしたら、こう言われた。

「世の中、甘く見たら大変なことになるわよ。女の人っていうのは本当に気まぐれよ。そして年ごとにケチになっていく。そういう人たちに向けて服をつくるのが、どんなに難しいかっていうことが、まだあなたにはわかっていないような気がするわ」

もうあれは済んだことなのだ。夏帆はいろいろなことを思い出すと、涙が出てきそうになってくる。

本当は自分は、ものすごくつらい目にあったのかもしれないという思いだ。俊は控えめに言ったけれども、見方によっては、自分は女好きのオヤジAのオモチャにされた、ということかもしれず、オヤジBはそれを面白がって見ていた、ということになるのかもしれない。が、このことをもう深く考えるのはやめようと夏帆は決心している。

あまりにもいちどきに、たくさんのものを失ってしまったので、頭の中が少しぼんやりとしている。思うことはただ、

「この四百万円で、ちゃんと立ち直ってみせる」

というこどだけだ。詳しいことは智行にも話していない。ただ、

「会社を辞めて、友だちとネットショップを立ち上げることにした」

と告げただけだ。

「すごいじゃん」

と智行は驚いた。

「ナッチって決断力あるよな。時々びっくりすることあるよ。パッと決めてパッと始めるなんてさ。女って、ふつうもっとぐずぐずするじゃん」

「そんなことないよ。女っていったん決めたら早いよ」

「だけど、よくそんなお金があったね」

この時はかなりドキリとしたが、うまく言い逃れた。

「ネットなんて、そんなにお金かかんないよ。売る服の数だって本当に少しだし。それに一緒にやる友だちが有名デザイナーの子どもで、わりとお金持ちだから、何とかなりそう」

「ふうーん」

智行はそれ以上追及しなかった。彼は今、事務所の勧めでテレビの「漫才コンテスト」に出場しようとしている。そのことで頭がいっぱいなのだ。ずっとライブをやって

いるし、深夜枠の番組にもよく顔を出している。それなのに今ひとつブレイクしないのは、なぜだろうかと智行はずっと悩んできた。そして相方とも話して、このコンテストの出場を決めたという。

「オレさ、これ、最後のチャンスかもしれないと思ってんだ」

「そんな……最後のチャンスなんて、決めつけんのおかしいよ」

「そう言うけどさ、オレだってもうじき三十歳だもんな。三十歳で、年収百五十万以下って、ちょっとつらくね？」

「まあ、それはねー」

夏帆は遠山さんや橋本さんのことをちらっと思い出した。彼らにとって、百五十万円というのは、一ヶ月の飲み代にも足らないに違いない。世の中というのは、笑っちゃうほど不公平なもんだなァと思った。

「ナッチ、オレがさ、居酒屋の店長になってもさ、オーケーかな」

お笑い芸人が芸能界を引退した後は、知り合いの飲食店を任されることが多い。客寄せになるのと、接待術を心得ているからであろう。

「もちろん、全然オーケーだよ。トモであることに変わりがあるわけじゃないじゃん。だけどさ」

思わず次の言葉を口にしてしまう。

「やる前から、そんな弱音を言っちゃダメだよ。トモらしくないじゃん。前はさ、もっとガツガツやってたのにさ」

　時々鼻につくこともあったけれど、自信まんまんの智行が好きだった。自分ぐらい才能のある芸人はいない、ほんの少し幸運がこっちを向いてくれれば、すぐに人気者になるはずなのに、と言っていた智行は、子どもじみていたけれども、それだからこそ、とてもいとおしかった。

　それなのに、もう芸人を辞めることをイメージしている智行は、みじめで小さく見える。虚勢というものだって、前の智行にはよく似合っていたのに。

「そりゃ、オレだって弱気になるよ。事務所やテレビ局の連中に、いろいろ言われてみ？　オレって本当にダメかも、って思うよなァ」

「そんな人の言葉、信じない。自分のやりたいことをやる、とにかく前に行くしかないって思わなきゃさ」

「ナッチって、本当にパワーあるよなァ」

　智行が少々肩をすくめて言うので、それが決して誉め言葉ばかりではないとわかる。

「会社もさっさと辞めてさ、ネットショップ始めてさァ。オレにはちょっと真似できないかも」

「だってやるしかないじゃん」

どう言ったら、恋人にわかってもらえるのかと、夏帆はもどかしい気持ちでいっぱいになる。

「何もさ、会社辞めたくって辞めたわけじゃないよ。辞めて欲しいって言われたから仕方ないワケ。失業者になったら、生活できないからネットショップ始めるワケ。こんなの、パワーあるって言える?」

「言えるさ、ナッチはインターバルがないもん」

「インターバル?」

「そうだよ、ふつうの人なら、どうしようかって迷ったり、悩んで落ち込むじゃん、しばらくの間。だけどナッチはそれがない。次の日からもう立ち直って、何か始めるじゃん。そういうのって、本当にすごいと思うよ」

「そうかなァ……。そういえばさ、私さ、高校生の頃に本読んでたら、こういう言葉があったんだよ。『女の子にとっていちばん大切な才能は、どんなに嫌なことがあっても、ひと晩寝たら立ち直ることが出来ること』だって。

私、あの言葉をずうーっと憶えてるのかもしれない。それで自然とそうしちゃうのかもしれない。でもさ、これって男の子にもあてはまるよ。男の子にとっても、いちばん大切なことだよ」

それには答えず、智行は小さく笑ってみせた。

お金は出せないけれども、運命共同体として、できる限りのことはすると俊は約束してくれた。生地屋、縫製工場は、すべて俊の紹介によるものであった。

「これはさ、僕にとってもすごい勉強だと思うんだ。だから表立っては手伝ってはくれないけれど、うちの母親もこっそり応援してくれてるんだ」

彼の母親がつくる服はセレブの夫人たちに人気だ。品のいいスーツやワンピースのプレタポルテは、大きなデパートには必ず置かれている。赤坂や銀座にも店舗があり、従業員も多い。しかしこの何年かは、不況や着るものに対する意識の変化で、売り上げはぐっと落ちているという。

「母親はいずれ、僕にバトンタッチするつもりなんだ。自分はもう『YUKO　OKAMURA』のブランドを壊すことはできない。顧客のためにも頑張る。だけどシュンは自分がデザインしなくてもいいから、いずれ新しい若いブランドを立ち上げて欲しい、っていつも言ってるもの」

そのためにも、俊が積極的にインターネットビジネスの世界にかかわることを認めてくれているらしい。

彼女はオートクチュールの生地は、フランスやイタリアに買い付けに行くが、プレタポルテ用の生地は、群馬県桐生市の工場を頼っていた。俊に連れられて初めてそこを訪れた夏帆は、その価格にすっかり驚いてしまった。木綿にしても絹にしてもとても上質なものだ。今まで夏帆が使っていたものとはまるで違う。たとえばこれでワンピースをつくったとする。洋服の値段は原価の三倍だから、六万円近いものになってしまう。

「こんな値段のものを、インターネットで買おうなんていう人、いないと思うよ」

「そうだね、だけど安い生地だと、ナッチの考えているものはつくれないんだよね」

夏帆は頷く。ワンシーズンで捨てられるような安い洋服が、今の世の中には氾濫している。二回手洗いするとくたくたになってしまうような生地を、中国の工場に出してつくる。そういうものでも若い肌はちゃんと着こなしてしまうのであるが、夏帆はもの足りなかった。シンプルだけれど上質な生地を使い、ちょっとした遊び心があるもの、その遊び心というものにこそ、デザイナーの才能が表れているはずだった。自分にその才能があるかどうかはわからない。けれどもこの頃の夏帆は、ひと晩に何十枚もデザイン画やアイデアを描いても飽きることはなかった。少し前までパリコレをどれだけ上手にパクるかしか考えてなかったのに、何か新しいことをしたいと、頭と手が訴えている。

たとえば夏帆が考えている秋冬のためのワンピースはイエローだ。そう、生まれて初めて着て衝撃を受けた、高級ブランドの黄色だ。シンプルなAラインにするけれども、袖は工夫してチューリップの形にしたい。このワンピースに個性を持たせるためには、どうしても上質のフラノでなければだめだ。

「そうだね……じゃナッチ、こうしようよ」

　俊はワンピースの値段を三万五千円と書き直した。

「原価の二倍っていうことにしようよ。そうすれば価格を抑えられる。原価の二倍っていうことになると、儲《もう》けもほとんどないけれど、最初十五枚からのスタートなら、リスクは少なくなると思うよ」

　そのためには二つ重要なことがある。生地屋と工場は落とせないとしたら、パタンナーはうんと安くやってもらわなくてはならない。しかし技術はちゃんと持っている人でなくてはならなかった。

　業界にいる者なら誰でも知っていることであるが、洋服の生命線を握るのは実はパタンナーである。これについては夏帆に心当たりがあった。

「会社にいた時に仲良くしてたパタンナーが、出産のためにいったん辞めたの。彼女だったら安くやってくれると思うわ」

　休んでいたから自分のよくない噂も聞いていないと思う。なんとか彼女に頼めば、自宅で安く仕上げてくれるはずだ。

「それからさ、このブランド、広告費はまるっきりかけられないから、口コミとマスコミが頼りだよ。ファッション誌に載せてもらうか、有名人に着てもらうかしない限り、まず売れないと思うよ」

「うーん」

夏帆は考え込んだ。知っている女性誌の編集者は何人かいたが、急に電話をかけるほど親しい仲ではない。有名人となるとお手上げだ。知り合いのタレントやモデルなど、いるはずもなかった。

「あ、ちょっと待って」

ＴＡＴＳＵＹＡがいた。この頃レギュラー番組を三つ持ち、ゴールデンのバラエティにも出演している。彼に頼めば何とかしてくれるかもしれない。

「そう、そう、いちばん大切なことを忘れちゃうところだったよ」

俊は言った。

「このブランドの名前、まだ決めてないよ」

本当にそうだった。

「僕はやっぱりこれがいちばんいいと思う」

俊は大きく「ＮＡＴＳＵ」と書いた。

「ナッチの夏。これできまりだよね」

22

愛がこういうことにとてもうるさいのはわかっている。だから当然のことながら、TATSUYAに会う時につき合ってもらう。

場所は渋谷のビルの中にある居酒屋だ。居酒屋といってもワインもたくさん揃っていて個室もある。ふだん友人とは行かない高級な居酒屋を、TATSUYAの方から指定してきた。

夏帆が先に待っていると、ドアを開けてTATSUYAが愛と一緒に入ってきた。その瞬間、店の中の小さなざわめきが風のようになだれ込んでくる。

「TATSUYAだ」

「ウソー、本物じゃん」

久しぶりに見る彼は、Tシャツにダメージジーンズという、どうということのない格好であるが、チェーンや親指のリングは、「フロムハート」のものだとひと目でわかる。格段にあかぬけていたし、同時に前にも増して不遜な雰囲気を身につけていた。

「久しぶりじゃん」

座るなりTATSUYAは言った。

「ナッちゃんのこと、トモから聞いてるよ。なんか仕事辞めたんだって」

「あのさ、TATSUYAはこの後、夜のラジオに出るから、八時までしかいられないんだ』

愛がまるでマネージャーのように口をはさんでくる。前は世話女房のようであったが、今はもっと居丈高《いたけだか》だ。しかしこのくらい我慢しなくてはいけないと夏帆は自分に言い聞かせる。

「忙しいのにごめんね」

「いいってば。ナッちゃんがどうしてもオレに用事っていうんだもん。ちゃんと会うさ。あ、オレ、ウーロン」

オーダーを聞きにきた店員に、ふり向きもせず言った。この後の仕事のことがあるのだろう。そうなると夏帆も酒を飲みづらくなってくる。愛はソーダを注文し、夏帆もそれにならった。

「オレ、ここで夕飯食べてくから、がっつりいくワ」

「TATSUYAさん、今日、水ナスと生ハムのサラダがうまいですよ」

顔見知りらしい店員があれこれ勧め、去っていった後、TATSUYAが問うてくる。

「それでさ、ナッちゃんがオレに頼みっていったい何」

「あのね、これを見て欲しいの」

夏帆はファイルを取り出した。それは出来上がったばかりの「NATSU」のワンピースだ。本当は実物を持ってきたかったところだが、写真だけにしておいた。これは俊が知り合いのカメラマンとモデルに頼んでくれ、とても安くつくったものだ。いろんなポーズをとらせず、白いスタジオでごく無機的に撮った。それがいい結果となり、まるでハイブランドのカタログのように見せている。

「私のブランドを立ち上げたの。インターネットでもうじき売り出すのよ。これは宣伝のためにつくったファイル」

「ふうーん……」

TATSUYAがまったく興味を示していないのはあきらかであったが、芸人らしくオチをつけた。

「だけどダメだワ。このワンピース、オレが着るにはちょっと小さくね？」

まったく面白くなかったが、愛がぷっと吹き出した。しかしこれがきっかけになり、夏帆は切り出すことができた。

「ううん、これ、TATSUYAに着てもらおうと思ってるんじゃない。私が着てもらいたいのは、モデルのカナコちゃんとか、タレントの伊藤さゆちゃんなんだけど、TATSUYA、『深夜キング』で彼女たちとすごく仲がいいじゃん。ねぇ、頼んでみてくれないかな。いっぺんでいいから、このワンピを着て欲しいの。あの二人、今、若い女の子たちにすごい人気だから、いっぺんだけでも着てくれたら、ものすごく嬉しいんだけど」

「うーん、それってむずかしいよ」

TATSUYAは、あっさりと即座に答える。

「シロウトさんは知らないだろうけどさ、あのコたちって、がっちり事務所がおさえてさ、勝手なことって、これっぽっちもできないワケ」

「そうなの!?」

「スタジオで着る衣装はもちろん、私服だって、どこそこのものを着ることになってるんだもん。あのさ、カナコのブログって、今すごい人気じゃん。あの中でさ、洋服でも食いもんでも、紹介されると売れ行きまるっきり違うっていうよ。だからさ、いろんなところが、ブログに出してもらうのに五十万払ってるんだよ」

「ウソーッ」

思わず大きな声を出した。

「そりゃそうだよ。そのくらいカナコのブログに出してもらうって大変なことなんだよ。だからさ、タダでこの服着ろって、オレが頼めるわけないじゃん」

ブログのことは知らなかったが、人気モデルや女優に、自分のところの洋服を着てもらうため、どれだけ多くの代金を払わなくてはいけないかということは聞いていた。だからこそTATSUYAに頼むことにしたのだが、

「ごめん、オレ、ちょっとムリだワ」

たった十分で断られてしまった。

「そうだよね……図々しいこと頼んでゴメン……」

夏帆は頭を下げた。どうせこのことは智行の耳にも入るだろう。そのためにも礼儀はきちんとしておかなくてはならない。

「別にいいよ。できないこと、オレはさ、はっきり言うから。だけどさ、カナコにしても、さゆにしても、おしゃれ大好きだからさ、ふらっとどこかの店に入って買ったり、ネットで選ぶことあるみたいだよ。そういうのに賭けてみりゃいいじゃん」

最後の言葉に軽い皮肉が込められている。つまりいろいろな手をつかうより、正当にやれ、ということなのだ。

「あのさ、私なんかまだ下っ端だからそういうこと一度もないけどさ、うちのセンセイなんかも、ちやほや攻撃すごいよ」

愛の言うセンセイとは、自分がアシスタントとしてついている有名スタイリストのことである。

「人数限定した九割引きバーゲンとかさ、プレゼントも多いし。今、お洋服売れなくて、自分のところのスタイリングしてほしいから、みんな必死なの。だけどうちのセンセイだって、やっぱり売れてる女優さんとは、ずうっと仲良くしなきゃいけないからさ。すごーく気を遣ってるよ。芸能界の人って、友達なんかいないからさ。いつもいいように呼び出されてる。買い物にも、コンサートにも、お芝居にもつき合ってる。それだけ一生懸命なわけ。あのさ、私思うけど、この世界ってヒエラルキーじゃん。いちばんてっぺんにさ、洋服着てくれるタレントさんとか女優さんがいて、私たちその下でへいこらへいこらしてる。みんな頑張ってんだよ。それなのにさァ、TATSUYAに頼もうっていうの、ちょっと調子いいんじゃない」

「本当にそうだね」

夏帆は素直に言った。

「私が甘かったかもしれない。わざわざ呼んだりしてごめんなさい」

「いいよォ、別に。ナッちゃんはトモの彼女なんだしさ。話聞くぐらい何でもないよ」

そうしている間にも料理が運ばれ、TATSUYAはすごい勢いで納豆オムレツを食べ始めた。夏帆は彼が握り箸なことに気づいた。いや、前にテレビのバラエティ番組に出ていた時にも、あれっと思ったことがある。その点、智行はちゃんと箸を持つことができた。智行はもうじき今日のことを知るはずだ。TATSUYAに頼むことを、どうして彼に言わないでおこうと思ったのだろう。機嫌が悪くなるのがわかっていたからだ。しかし夏帆はそうしないではいられなかった。恋人を怒らせてでも、したいことがあったのだ……。

「じゃ、オレ、そろそろ行くワ」

TATSUYAが立ち上がった。

「ここは払っとくから」

「あっ、ダメだよ。今日は私がお願いして来てもらったんだから」

「たまにはいいじゃん。じゃっ、また」

二人が出ていき、しばらくもしないうちに送っていった愛が戻ってきた。こういうしぐさが、二人の結びつきの深さを示しているようだ。

「愛、今日はどうもありがとう」

「ううん、TATSUYAってさ、あれで案外やさしいところがあるからさ。カナコに話すぐらいはしてあげるって、エレベーター待ってる時に言ってたよ」

「本当にありがとう」

「でも、もうこんなお願い、これっきりにしてね。私とナッチの関係で会ってくれたんだから」

「うん、それはわかってる」

「TATSUYAってさ、ひな壇で共演してる人、すっごく大切にして気を遣ってるんだから」

最後の口調は妻のそれだった。

インターネットショップ「NATSU」を立ち上げたものの、購入してくれた客はまだいない。

「そんなに焦ることないよ。まだ四日目だよ」

と俊が慰めてくれた。こうしたネットショップは、みんなが知ってくれるまで時間がかかる。お金がないために広告をうてなかったのだから、そう性急に結果を求めてはいけない。しかし、

「だけど何かやんなきゃな。このままではマズイかも」

と俊はつぶやく。

「誰の目にもとまらず、話題にもならなかったら、ネットの服なんて売れないって聞いてるよ」

だけど具体的にはどうしたらいいだろうかと考えると、二人は途方にくれてしまうのだ。俊は母親の関係で知っている、何人かの雑誌編集者に「NATSU」のことを取り上げてくれないかと頼んでくれているということであったが、彼らからは何の連絡もない。

だからTATSUYAから電話がかかってきた時、夏帆はどれほど嬉しかっただろう。

「あ、この番号、トモから聞いたんだ」

その時一瞬、どうして愛から聞かなかったのだろうかと、夏帆は不思議な気分になった。

「あのさ、ナッちゃんの服の話したらさ、カナコが結構興味示してさ、ネットで探してみるって。気に入ったら着てもいいって」

「えっ、本当。それっ、本当なの」

「あのさ、どうせわかることだから言っちゃうけど、オレとカナコ、つき合ってるワケ。オレもこんなにマジになったのは初めてかなァっていう感じで、今、ほとんど一緒に住んでる」

そういえば愛の言葉を思い出した。TATSUYAはこのところ仕事が急に忙しくなり、会えない日が続いていると。

「そんな、愛はどうなるの……」

「そこなんだよなァ……」

彼は大きなため息をついた。

「愛ってものすごいやきもち焼きじゃん。このことがバレたらどうしようって、ヒヤヒヤしてるんだ」

「でも一緒に住んでる、っていうなら、もうわかるんじゃない」

「それはまだ気づかれてないと思うよ。オレ、あんまり忙しいから、都心に寝るだけのワンルームマンション借りたことになってるから。だけどさ、愛は気づかなくたって、写真週刊誌にはとっくにバレちゃったよ」

最後の言葉に、ほんのかすかに得意げなニュアンスがあった。カナコといえば、今若い女の子たちを中心に、カリスマと呼ばれているモデルだ。帰国子女でものおじしない言動だからか、最近バラエティでも人気を集めている。こんな〝大物〟とつき合っていることが彼には自慢なのだ。

「その写真週刊誌の方は、うちの事務所とカナコの事務所が、なんとか必死でとめようとしてるんだけど、たぶん出るんじゃないかなァ」

「それじゃ、大変だよ」

愛が、男の人にどれほどひたむきになるか、学生時代からよく知っている。ましてやＴＡＴＳＵＹＡといったら、それこそありったけの愛情を捧げているといってもいい。まだ今ほど売れていない頃からつき合っていて、いろいろな面で尽くしてきた。本人は結婚できると信じている。

「愛は、すごく傷つくと思うよ」

傷つくという言葉を使った。〝怒るよ〟でも、〝泣くよ〟でもない。とにかく大切な友達を絶望の淵に立たせないでほしいと、夏帆はそのことだけを考える。

「あのさ、前からオレ、愛にいつも脅かされてるんだ。もし私を裏切るようなことがあれば、あの写真をどこかに売り込んでやるって」

「あの写真って？」

「ナッちゃんは見たことないかな。ほら、オレが寝てる写真。口あけて、裸の肩出して寝てるの。愛は待ち受けに使おうとしたから、ダメって怒ったんだ」

　それは見たことがある。そのことが終わった後、無防備に寝ている男の写真はとてもなまなましく、夏帆は思わず目をそらしたものだ。

「それだけじゃないんだ……。その、オレがシャワーを浴びた後、フルチンで撮られてんのもあるんだ。そん時は笑ってたんだけど、今となってみると本当に困るよ。愛はやるっていうと本当にやる。オレ、爆弾かかえてるようなもんだよな」

「………」

　ことの次第が呑み込めてきた。ＴＡＴＳＵＹＡは、カナコに「ＮＡＴＳＵ」を着せる条件に、愛に写真を消すように説得してくれというのだろう。

「でもたぶん、愛は私の言うことなんか聞かないと思うよ」

「そうじゃないよ、ナッちゃん。愛のスマホから写真を消して欲しいんだよ」

「えっ、私が？」

「あいつ、この頃オレのこと何かと警戒してるんだ。一回写真を消そうとしたの、ちゃんと憶えてるから、オレには絶対にスマホさわらせない……」

　夏帆の胸の鼓動が激しくなってくる。まさか自分にその写真を消せと命じてくるなんて。

「愛のやつ、ナッちゃんだったら平気だと思うよ。だからさ、隙を見て、写真のデータ削除してくんないかな」

「そんなことできない。たぶんロックかかってると思うし」

「ロックなんかカンタンだよ。あいつ、わりと単純なとこあるから。ナンバーはオレの誕生日だもの」

「私は……TATSUYAの誕生日なんて知らない」

本当にそうだ。誕生日さえ知らない男のために、どうして親友を裏切らなくてはいけないのだろうか。

「あのさ、じゃ、言うよ。簡単だよ、十一月の十日生まれだから、1110ってことになるワケ……」

「憶えられない……」

本当にそうだ。夏帆の頭は、その四ケタの数字を受け入れないよう拒否しているのだ。

「あのさ、ナッちゃん、愛はそもそもやっちゃいけないことをしようとしてるワケ。だけどあいつは頑固だから、人の言うことなんか聞かない。だからナッちゃんに、いさめて欲しいんだ。ただそれだけのことだよ。そんなに深く考えることないじゃん。ふざけてやったことを消して欲しい。オレが頼んでるのは、ただそれだけのこと。だけどオレは恩に報いるよ」

突然、彼は古風な言い方をした。

「ホント、恩に報いるよ。ナッちゃんの望んでること、きっとしてあげられるよ」

23

今までにも、悩んだことはいくらでもある。

就職がうまくいかなかったり、恋人の心が離れてしまった時だ。けれどもこれほど苦しんだことは初めて、といってもいい。なぜなら、夏帆は今、試されているのだ。

親友の愛のスマホから、自分の写っている画像を消してくれとＴＡＴＳＵＹＡは言った。夏帆に交換条件を出してきたのだ。

「画像を消してくれたら、恋人のモデルに、ＮＡＴＳＵの洋服を着るように頼んでみせる」

夏帆はいまだかつて、これほど卑怯な申し出を受けたことがなかった。自分が立ち上げたばかりのブランドの洋服を、何とか売りたいという夏帆の心に付け入ろうとしているのだ。そのために親友を裏切れと命じているのである。

「私はそんなこと、絶対にできっこない」

夏帆はひとりごちて、その親友という言葉の気恥ずかしさに気づく。

「愛って本当に親友なんだろうか」

専門学校の時に知り合い、ずうっと仲よくしてきた。他にもいっぱいクラスメイトがいるのに、愛とこれほど仲よくなったのは、性格が真逆だからに違いない。慎重であれこれ考え過ぎる夏帆に比べ、愛は明るい分、ちゃっかりしている。何度いいように使われたかわからない。課題が間に合いそうもないと泣きつかれ、徹夜で作業を手伝ったこともある。スタイリストのアシスタントというのは、本当に低い収入だ。お小遣い程度しかもらえない。だから今でも家から仕送りしてもらっているものの、愛はいつもお金がないとこぼしている。だから二人で飲んだりする時は、ついこちらが払ってしまうことになる……。

いつのまにか友だちの欠点を、少しずつあげている自分に夏帆は気づく。さらにこういう声さえわき起こるのだ。

「愛はサイテーのことをしようとしているんだもの」

恋人の寝顔をスマホで撮るのはよくあることだ。しかしその恋人が売れっ子芸人ならば、話は別だろう。愛は自分と別れるならば、その写真をマスコミに売ると迫っているらしい。なんという卑劣な行為だろう。自分は彼女をいさめてやるのだ。いけないことをしていると教えてやるのだ。が、いったい何のために……。自分にそんな権利があるのだろうか。自分は純粋に友人に警告するつもりなのか。答えはノーだ。ＴＡＴＳＵＹ

Aは言った。もし自分を救ってくれたら、売れっ子のモデルに、NATSUの服を着させてみせると……。

　自分は嘘をついている。自分はよくないことをしようとしているのだ。しかし愛もよくないことをしようとしているのだから、〝ちゃら〟になるのではないかと、夏帆は結論づける。それが間違った結論だとわかっていながらも、夏帆はそうせずにはいられない……。


　久しぶりに家で飲もう、と誘ったのは、それだけが目的ではない。これから冬に向けて出すNATSUの服を、愛に見てもらいたい、ということもあった。原価が高い冬物は、失敗は許されなかった。そうかといって無名のインターネットショップの服を、女の子たちは容易にクリックしてくれないのである。

「うーん、こういうのってむずかしいもんねぇ」

　パソコンのデザイン画を見ながら愛が言う。

「上代が高いのは、いい生地を使っているからってのはわかるけど、そういうのはネットじゃわかんないじゃん」

　不景気のためもあって、最近海外ブランドの代わりに、伸びているいくつかの日本ブランドがある。そういうところの特徴は、生地も縫製もクオリティを保ち、シンプルでありながらどこか遊び心がある。つまり、夏帆がめざしているものと同じなのだ。

「だけどみんなデパートやセレクトショップに入っているのは、自分の手で品質を確かめるお客を相手にしているからだよ。ネットでさあ、この生地感わからせるっていうのは、結構大変かもね」

有名スタイリストについて、一流のものを見ているだけあり、愛はなかなか鋭いアドバイスをくれる。そしてビールを飲み、コンビニで買った唐揚げと、夏帆手づくりのサラダを食べているうちに、やはりいつものように恋の話になっていく。愛は先日、芸能ニュースにとりあげられた人気芸人の名を、ひどく憎々しげに口にした。

「あいつって、かなりひどいことしてんだよ」

売れない時期をずっと支えてくれていた恋人がいたのに、つい最近キー局のアナウンサーと入籍したのである。

「前のカノジョって、彼の結婚のこと、ワイドショーで見るまで知らなかったんだって。おとなしいふつうの女の子だから、かなりなめられてるんだってみんな言ってる」

TATSUYAを通じて、愛は若手の芸人たち何人かとも親しい。こうした情報も入ってくるのだろう。

「でもさ、TATSUYAにこのこと話してる時、あんまりロコツな風にならないように、ちょっとあんまりだよねえ……って言ったんだ。そしたらあいつ、黙り込んじゃってさあ。気持ち、わかるってサインなんじゃない……」

「………」

「あのさ、私も実はちょっとだけわかるような気がする。口惜しいけどわかるの。あの芸人だって、TATSUYAだってさ、うんと頑張ってつらい思いしてさ、今の自分になったわけだよね。一段も二段も高いところに立ったら、違う景色が見えるのはあたり前かもしれない。だったらさ、相手の視界に入るように、こっちだって高いところにいかなきゃいけないんだよね」

「うん、うん」

「私もさ、いっきに一流のスタイリストになれたらいいなあって思うことある。だけどやっぱり、今も独り立ちできないアシスタントだよ。それでもいい。そんなの関係ないってTATSUYAは言ってくれてたけど、今は、ちょっとムリがあるかなあって……」

「そんなことないよ。愛はさ、そこいらのタレントよりずっと可愛いし。本当だよ」

「いいんだ、捨てられても仕方ないかもってこのごろ考えるんだもの。結構本気でね……」

愛の大きな目から涙がこぼれ落ちた。

「今日は飲むから」

と言って、さっきつけまつ毛もとり、マスカラもアイライナーも落とした目だ。それでも二重がはっきりとした黒目がちの瞳から、涙はとめどなく流れていく。

「でもさ、このまま黙って捨てられるのってすごぉく口惜しいし、悲しい。私みたいな女の子がいて、ちゃんと恋人だったたってことをさ、世間に知ってもらわないとさ、私、生きてきた甲斐がないような気がするんだ」

「生きてきた甲斐なんて、そんな大げさすぎるよ」

「だってそうじゃん。私、本当にＴＡＴＳＵＹＡのことが好きで好きで、レギュラーが決まるようにお祈りしたし、励ましてきた。あっちも言ってた。愛がいるからこんなに頑張れるって。ＴＡＴＳＵＹＡがさ、つらくて落ち込んでる時はさ、私は必死で慰めたよ。元気になれるように頑張ったよ。ああいう時のこともさ、なかったことにされちゃうの、私、すっごく悲しいワケ」

「わかるよ……」

　夏帆は言った。智行はＴＡＴＳＵＹＡとは比べものにならない。けれどももし彼が有名人となり、テレビに出まくるようになった後、あっさりと捨てられたらどんな気分になるだろうか。それは芸能人を恋人に持つ女の子の宿命なのだろうか。なかったことにされるか、昔の恋愛ということでちょっとしたネタにされるかのどちらかなのだ。

　缶ビールを二人で五本空けると、そうアルコールに強くない愛は、シャギーカーペットの上に背中を丸めて寝てしまった。

「愛、ちょっと風邪ひくよー」

「うー、今日も早朝ロケだったから……。うーん、気持ちいい。もうちょっと……」

「じゃあ、終電ギリギリまでそうしてなよ」

ブランケットをかけてやりながら、夏帆はテーブルの上に無造作に置かれたスマホから目が離せない。この小さな箱の中に、友情も男女の愛も、そして仕事の成功もすべて詰まっている。これを現実に出してみせるのも、壊してみせるのもすべて夏帆次第なのだ。

愛のスマホを手にとってみた。操作は自分のものと変わらない。そして画面にロックという文字が見えた。ＴＡＴＳＵＹＡの言葉を思い出す。

「愛って、暗証番号、オレの誕生日使ってるんだ」

ＴＡＴＳＵＹＡの誕生日を聞いたはずだが、すっかり忘れてしまっていた。自分のスマホで調べてみた。一九七八年十一月十日生まれ。これはどういう番号になるのだろうか。１９７８では芸がなさすぎるが、試しにうってみたがロックはそのままだ。もう一度やってダメだったらすべてを諦めようと思い、１１１０とうつと、ロックが開いた。画像に進むと、いきなりＴＡＴＳＵＹＡの寝顔が飛び込んできた。口を開け、まったく無防備に寝入っている。裸の肩とよじれたタオルケットとが、先ほどまで何があったかを語っていた。そして後の二枚は、下半身が露出していた。バスルームから出てきた彼を撮ろうとしていたところ、彼がふざけて腰をおおっていたタオルをはずしたのだ。ストリッパーのように、腰にしなをつくっている一枚もあった。

「やだー！　ここまでやるー！」

「何言ってんだ、コレ見たかったんだろー」

愛とTATSUYAのはじけた声が聞こえてきそうだ。愛し合っている時は、ちょっとした悪ふざけだったのが、今は陰険なおそろしい取り引きに使われようとしているのだ。消去しようとしたが、やはり指が動かない。もしこのことを知ったら、愛は自分に裏切られたと泣くだろう。自分の服を宣伝してもらいたいばかりに、友人を売ったのかと。

夏帆はしばらく考え、そして再び操作を始めた。画像を自分のスマホに転送したのだ。そして愛の持っている方はすべて消した。消えた画像の代わりに、メッセージをつけた。

『愛へ。TATSUYAから相談受けた。いくら恋人だからって、こういうものをぶちまけるのは絶対によくないよ。画像は私が預かった。消したわけじゃないから安心して。それから私、TATSUYAにちゃんと約束させるから。もし他の人と結婚するようなことがあっても、たったひと言でも、過去に自分を支えてくれた女の子がいた。彼女にはすまないけれども別れることになった、と、どこかで謝ってほしいということ。それからもしかすると、TATSUYAは私にしてくれることがあるかもしれない。それは許してほしい。愛がロックを開けてこれを見た時、私のことを怒るかもしれない。だけど私は、愛のためにこうするのがいちばんいいと思うよ。この画像を返してあげる時は、愛にも大切な仕事とか家族とか、失いたくないものがいっぱい増えて、TATSUYAとフィフティ・フィフティになった時だよ。愛、お互いに頑張ろう。そしてずっと友だちだよ』

TATSUYAから言われたのは、

「自分の事務所宛てに、NATSUの製品をすべて送ってくれ」

ということであった。彼にはこう言ってある。画像を消すことはできなかった。愛との長い友情にかけて、そんなことはやはりできない。そのかわり画像は自分が預かり、将来本当に思い出だけに使われる時がきたら、返すことにしていること、そして別れても何かのインタビューで愛のことを語ってほしいこと、そのことを条件にした。するとTATSUYAは、低い声でこう言ったのだ。

「なんだそれ、今度はナッちゃんがオレを脅迫するってワケか」

そう取られても仕方ないと夏帆は思った。しかしTATSUYAは約束を守ってくれたのだ。

ある朝、何気なくテレビをつけた夏帆は、あっと思わずマグカップを手から落としそうになった。芸能ニュースのレポーターが、カナコが話題のイベントに出かけたと告げている。カナコが着ているのは、まさしく「NATSU」のワンピースであった。ほれぼれするようなまっすぐで長い脚が、ミニ丈から伸びている。なによりも、はつらつとした彼女のキャラクターと、ハーフのような目鼻立ちに、あざやかなカナリアイエローはよく似合っていた。しかもおしゃれな彼女は、シンプルなこのワンピースにひと工夫をしていた。流行のフォークロア風の透けるスカーフを幾重にも首に巻きつけている。小さなメタルがじゃらじゃらついたそのスカーフは、ワンピースにとても似合っていて、まるで付属物のようだ。

「やっぱり、この人、すごい……」

デザイナーの夏帆自身が見惚れてしまった。近くにあったスケッチブックを手元に持ってきて、テレビに映る彼女のスタイルをデッサンした。だてにカリスマとか、ファッションリーダーと言われているわけではなかった。スカーフの色といい、分量といい、こうあるべくしてあったとしか言いようがない。やたらスカーフやアクセサリーをつける女は多いが、それが服の個性を殺す現場を何度も見てきた。カナコはこの服の魅力は、生地のよさと発色のよさだとひと目で見抜き、さらにそれをひき立てようと面白い布を持ってきたのだ。

さらに信じられないようなことが起こった。

「カナコさん、いつも素敵なファッションですね」

女性のレポーターの問いかけに、カナコは悠然と微笑む。カメラが近づくと、彼女が腕にもスカーフと同じテイストのブレスレットをしていることに気づいた。

「いったいどこのブランドなんですか。きっとすごい海外ブランドなんでしょうね……」

「いいえ、とんでもない。これ、ネット通販で買ったものなんですよ」

まさかーと、取り囲んでいる記者たちからいっせいに声があがった。

「本当ですよ。この頃は通販でも、すっごく可愛くていいものが出ていて、私、結構買ってるんですもの」

スタジオに戻ると、MCの女性アナウンサーが、まんざらお世辞でもなさそうに言う。

「あのカナコさんが、私たちと同じように、通販で買ってるなんてびっくりですよねぇ。でもとっても可愛いワンピース、私も欲しくなっちゃいましたよ」

しばらくしてから、俊から電話があった。

「今、ネットで、NATSUの名前がとびかってる」

「どうして、ひと言もうちの名前なんか言ってなかったよ」

「そんなこと、すぐにわかるよ。かえって言ってくれなくてよかったんだ。今、あのワンピースはNATSUというところらしいっていう情報がいくつも上がってる。おお、今も買い物カゴに入った……」

僕はどうやらパソコンで売り上げを見ているらしい。

「ナッチ、やったな。やっぱりカナコ効果はすごいよ。この分だと、今日だけで三十枚はいくかもしれない」

「三十枚！」

夏帆は大きな声をあげた。在庫の全部かもしれない。

「それからナッチ、急きょスカーフのデザインをしな。カナコがしたスカーフは、ワンピについてる、と思ってるコが多いんだ。小物はペイしないから、つくらないつもりだったけど、こうなったら勝負に出てみようよ。これから当分、ワンピとジャケットには、スカーフの提案をしてみよう。今からだったら冬物には間に合う。ナッチ、僕たち、動き出したんだよ」

が、これが本当に自分の望んでいたことだったんだろうか。

24

モデルのカナコのおかげで、同じ型のワンピースは百八十枚売れた。パタンナーや生地屋、そして縫製工場に支払っても、そう多くはないが利益が出た。三ヶ月足らずで黒字になるというのはすごい快挙だと俊も興奮している。

「ネットで成功するとこなんて、百にひとつあるかないかだよ。ネットショップ立ち上げても、消えてくとこがほとんどだよ」

「だけどさ、私たち、本当に成功したんだろうか」

「えっ」

「だってそうじゃん。今回は、たまたまカナコが着てくれたから何とかなったんだよ。他のものはそんなに売れてないし……」

俊はこういう時、やはりお坊ちゃんだと夏帆は思う。どうしてカナコが、夏帆のデザインしたワンピースを着てくれたか、おそらく想像もできないだろう。

「カナコが着てくれなかったら、今頃私たちどうなっていたかわからないよ」

「そりゃそうかもしれないけど、カナコのおかげでＮＡＴＳＵの知名度はすごく上がったんだよ。これってすごいことだと思う。だからもうひとつヒットがあったら、もっと固定客がつくはずだよ」

俊はこんな風に分析した。

「ナッチ、だからさ、小物ももっとつくっていこうよ。バッグやアクセは一個の利益は少ないけど、口コミが拡がりやすいし、相乗効果で服も売れていくことが多いんだよ」

「だけど私、小物のデザイン、やったことないよ」

本当にそうだ。二人が卒業した専門学校でも服飾科と工芸科とでははっきり分かれていた。

「それじゃどうかな、誰かに頼むっていうのは」

「だけどもう一人のお給料なんて、絶対に払えないよ」

「パタンナーのアキちゃんみたいに、バイトで頼めばいいよ」

そうして二人が思いついたのは、工芸科にいた牧山ひな子だった。ひな子のつくり出すバッグは在学中から有名で、卒業の時にクリエイティブ賞をもらっていた。クリエイティブ賞というのは、各学科の優秀な学生に贈られるものだ。卒業した後、ひな子は有名デザイナーが率いるアパレルメーカーに入ったのであるが、早々に辞めてしまった。今は小さなアトリエにいると聞いたことがある。

「だけど私、ひなちゃんのメアドも、電話番号も知らないよ」

「そんなのすぐにわかるさ。ひなちゃんって、昔、太田とつき合ってたことがあるからすぐに聞いてやるよ」

俊があちこちに電話をして、すぐに牧山ひな子と会うことになった。原宿のカフェに現れたひな子を見て、夏帆も俊も驚いてしまった。ぽっこりとお腹が膨れていたからだ。

「もう六ヶ月になるんだ」

照れたように微笑んだ。アトリエも辞めて、高校の同級生と結婚したというのである。

「それって、〝できちゃった婚〟っていうやつ？」

夏帆はつい聞いてしまった。

「まあね。だって子どもでもできなきゃ、とても踏ん切りつかないじゃん。まだ二十四歳なんだもん」

「そりゃそうだよね」

その時ふと智行の顔を思い出した。自分とのことは本気だ。きっといつか結婚するつもりだ、と智行は言っているけれども、その〝いつか〟というのが、日にちがたつほどにあやふやな頼りないものになっていくような気がする。何かが足りない。愛情なのかお金なのかと悩むこともあるけれど、踏ん切りというのがいちばんあたっているだろう。お互いの運命を変えてもいいと思うほど激しいものが起こらないのだ。どうして愛情がそれほどのパワーを持てないのかとつらいところだけれども、もうここまできてしまった。安定が愛というものの力を弱めているのは、悲しいことに事実だった。そうかといって、妊娠というナマナマしいものに、嵐のようにすべてを奪われたくもなかった……。

「ナッチ、どうしたの」

俊が顔をのぞき込む。夏帆がぼんやりしていたのだろう。

「ううん……同級生でもうお母さんになる人がいるんだなァと思って……」

「そんなの珍しくないよ―

ひな子は白い歯を見せて笑った。目が小さく地味な顔立ちだが、肌が綺麗なのと服のセンスが抜群にいいのとで人目をひく女の子だ。たぶん男の人にもモテるだろう。

「私と同じクラスの奥田裕奈なんて、卒業の年に結婚してすぐに出産してたもん。ほら、ナッちゃんとシュンと仲よしの美莉もそうじゃん」

「そうだよね」

おととしの結婚式以来、子育てに追われる彼女とはほとんど会っていない。

「やっぱりさぁ、がしがし仕事するのもいいけど、女だったらさ、結婚して子どもも産んでゆったり仕事するのもアリなんじゃない。ほら、私たちの仕事って家でもできるもの。私さ、これからさ、家でぼちぼちバッグや小物つくろうと思ってたから。こういうのに誘ってくれてすごく嬉しい」

あっという間に相談がまとまった。俊がてきぱきと契約を決める。ひな子にはひとつの作品ごとにデザイン料と、売り上げによっての歩合が払われることになった。

「あのさ、これ、アトリエ辞めてから家でちょっとつくってみたんだけど……」

ひな子は袋の中から小さなバッグをふたつ取り出した。

「あ、かわいい」

夏帆は声をあげた。バッグのひとつは黒い革の上に、白い革のフリルがバラの花のように重なっている。

「これ、すごく手が込んでるよね」

「前に勤めてたアトリエで、加工だけはしてもらったんだ」

ひな子は得意そうに言った。もうひとつは市松模様だったが、白と黒のアンバランスな分量が新鮮だった。

「これ、試しに十個つくってもいいかな。たぶん市松の方が使いやすいかもしれない」

「うん、いいよ。あなたたちに任せるよ」

もうじき母親になる余裕なのか、ひな子は万事におっとりしていた。


工場から上がってきたバッグをひとつ、丁寧にラッピングして夏帆は手紙を書いた。ちゃんとした手紙を書くなんて何年ぶりだろうか。自分の文章がとてもヘタになっているうえに、字も汚くなっていることが恥ずかしい。が、手紙を書くより仕方なかった。夏帆は相手のメアドを知らなかったし、パソコンで文字を打つには大切すぎる相手だからだ。

『カナコさん、こんにちは。カナコさんの住所を知らないので、事務所の方にこの手紙を出します。でもただのファンレターとして捨てないでください。私はＮＡＴＳＵのデザイナー、岡崎夏帆といいます。三ヶ月前カナコさんが着てくださったイエローのワンピースをつくった者です。人気モデルのカナコさんは、たくさんのお洋服を着ていらっしゃるので、私のつくった服のことなど憶えていないかもしれません。だけどカナコさんがファッションビルのオープンの日に、あのワンピースを着てくださったおかげで、私の方は会社の運命が変わったんです。本当にいくら感謝しても足りないぐらいです。カナコさんのおかげで他の製品も動いて利益が出ました。そして私たちはバッグやアクセサリーもつくることにしたんです。このバッグはその第一号です。どうかプレゼントさせてください。いつの日かまたカナコさんが着てくださるような服をつくること、それが今の私の夢です。この手紙を最後まで読んでくださってありがとうございました』

コンビニで宅配便を頼んだ後、夏帆は少し後悔した。スタイリストの助手をしている愛は言ったものだ。売れっ子のタレントやモデルは、流行を左右するほどの力を持っている。彼女たちが着ている洋服や小物に皆が殺到するのだ。だから彼女たちに一度でも着てもらおうと、いろいろなブランドが商品を贈る。中にはブログに一回出してもらうことを条件に、大金を払うところもあるのだ。そんなところへバッグや手紙を送ったとしても、いったい何になるというのだろう。もしかすると封も開けられないかもしれない。カナコにしても、ただの一度、義理から袖を通した服のことなど忘れているだろう。

それから二日後、夏帆のスマホが鳴った。

「もしもし、岡崎さん」

早口の少し鼻にかかった声だ。

「はい、そうですけど……」

「私、モデルのカナコだけど」

「えぇー！」

みっともないほど大きな声が出た。スマホ番号を書いた名刺を手紙の中に入れておいたが、まさか本当に電話をくれるとは考えてもみなかった。

「バッグ、ありがとう」

「とんでもないです」

「あれさ、色とデザインはすっごくかわいいけど、取っ手がちゃちいよね。ちゃんとしたメタリックにした方がいいよ。そのことを言おうと思ってさ」

「ありがとうございます。あの、それから……」

そこで夏帆は口ごもる。洋服を着てくれた礼を、いったいどのように言ったらいいのか迷ったからだ。が、やはりＴＡＴＳＵＹＡの名前を出すしか仕方ないだろう。

「このあいだは、ＴＡＴＳＵＹＡさんを通じて私の服を着てくださって、本当にありがとうございました。心から感謝してます」

「ああ、あのことね」

カナコはふんふんと歌うように言った。

「私、いくら頼まれたって、本当に気に入らなきゃ着ないわよ。ＴＡＴＳＵＹＡは別に私に勧めたわけじゃないわよ。あいつの部屋に行ったら、ソファのとこに投げ出してあって、それを私が見つけたの。だからあいつにそんなに感謝しなくてもいいってば」

「そうだったんですか」

でも……と、つい夏帆は問うてしまった。

「TATSUYAさんと一緒に暮らしてるんですよね」

「えー、あれ？」

カナコがスマホの向こうで、鼻を鳴らしたのがわかる。

「一緒に暮らす、なんていってもたった半月ぐらいのことだよ。あいつが私のとこ来て、ちょっと居ただけ。あいつったら、そんなこと言ってんの？」

「ううん、そんなんじゃなくて」

TATSUYAを窮地に陥れては大変だと、夏帆は必死になった。

「ちらっと、私がそうかなぁと思っただけで、TATSUYAさんが言ったんじゃありません」

「ふふ、そんなに必死にならなくてもいいよ」

カナコは笑った。

「ただささ、そんなに本気でもない男のことが雑誌に出たら、やだなぁと思っただけ」

「わかります……」

「ま、だからさ、TATSUYAが今後恩着せがましいこと言っても、全然気にしなくてもいいから」

「はい。本当にありがとうございます」

「岡崎さんって、すごーく丁寧だけどいったいいくつなの」

「二十五になったばっかりですけど」

「やだー、だったら私よりひとつおねえさんじゃん」

「本当ですか」

カナコは大人びた美しさを持ち、何年も前から女性誌の表紙を飾っている。だから自分よりも年上だと夏帆は思っていた。

「いきなりタメ口きかれるとちょっと引くけど、岡崎さんみたいに丁寧にされると、こっちもどうしていいのかわからないよね」

「ごめんなさい……」

「ほら、また」

二人は同時に笑った。

「それでさ、岡崎さんって明日の夜、空いてる」

突然問うてきた。

「えー、なんで？—

「あのさ、私がプロデュースしたバーが、広尾にオープンするの。だからちょっと遊びに来ない？」

「えー、私なんか行ってもいいの」

「おいでよ、おいでよ、あのさ、私の友だちのスタイリストで、NATSUの服をめちゃくちゃ誉めてるコとかも来るから紹介するよ」

「なんか夢みたい……」

　あのモデルのカナコが自分をパーティーに誘ってくれたのだ。これってまるで現代のシンデレラではないだろうか。しかしお城に行くには、有名人とかギョーカイ人といったドレスが必要だが、夏帆はそのどちらも持っていない。が、カナコはこう言ってくれたのだ。

「入り口のところで、カナコに招待してもらった、って言えば全部OKだから」


　明治屋の前、銀行の角を曲がるとカナコの店はすぐにわかった。ドアは小さかったけれども、祝いの花が道路にまではみ出していたからだ。それにテレビカメラが一台ドアの前に待機していた。

　入り口にいる黒服の男に、夏帆は教えられたとおりカナコの名前を告げた。

「どうぞお入りください」

木の扉を開ける。中は思っていたよりも広い。そこでは三十人ぐらいの人たちが、グラスを手にざわめいていた。男も女も若く、今どきのおしゃれをしている。が、夏帆たちが知っているパーティーとはまるで違うことに気づく。かぶっている帽子も、ニットもデニムもアイテムは同じだ。が、そうした小物は、はるかに上質なものだとわかる。流行というものが、まさしく流れる川だとすると、夏帆がふだん目にする若者たちは下流の住民で、こちらは上流の人々だろう。さまざまなトレンドを源流に投げ入れ、それをいち早く身につける人々。流行は川となって下流へくだる。その間に生地や何もかもが驚くほどの安さに変化していくのだ。

カナコはすぐにわかった。おそろしく高そうな黒レースのミニドレスに、スエードのブーツを組み合わせていた。テレビで見るよりはるかに美しく、背が高かった。そして驚いたことに彼女は夏帆に向かって手をふってきた。

「あー、岡崎さん、こっち、こっち」

挨拶をした後、夏帆は尋ねる。

「どうして私だってわかったの」

「やーね。おたくのホームページ見ればすぐにわかるじゃん。かわいい人だな、と思って。私、ブスがつくる服なんて絶対に信用しないもん。劣等感がどっかに見え隠れする服なんかさ……あっ、エリコさん、こっち、こっち」

再び手をふる。向こうから薄い茶色のレザージャケットを羽織った女が近づいてきた。中にTシャツを組み合わせていたが、光るアクセサリーの使い方が抜群であった。

「エリコさん、こちらNATSUの岡崎さん……えーと、もうナッちゃんでいいか」

「もちろん」

「こちらはスタイリストの、羽沢《はざわ》エリコさん」

女性誌でよく見かける名前だ。カナコや夏帆より七つ八つ年上かもしれない。丸顔のどちらかというと素朴な顔をしている。白い肌にエクボが愛らしいが、それがクールな印象を遠ざけている。まったく隙のない服装と対照的だ。

「NATSU、私、前から注目していたのよ」

「本当ですか。ありがとうございます」

「本当よ。もう安っぽい子どもの服には、うんざりしていたから……あ、ちょっと……」

エリコさんは傍を通り抜けようとしたウェイターの盆からシャンパングラスを二つ取り上げ、ひとつを夏帆に渡した。実に洗練されたしぐさだった。カナコはといえば、二人から離れ、もう別の男としゃべり込んでいる。それもとても自然な動作だった。

「ナッちゃんよね……。若いのによく勉強してると思った。布のこともよくわかってるよね。質感と〝てり〟をちゃんと計算してる……。あ、こんな上から目線でごめん」

「いいえ、ものすごく勉強になります。本当です」

「それと……あ、ちょっと……」

彼女は盆からシャンパングラスをつまむような感じで、人混みから若い男を呼び出した。

「こちらはカメラマンの中谷《なかたに》くん。世界中のセレブを撮ってる人。ナカちゃん、こちらはＮＡＴＳＵのナッちゃんよ。今、すごく注目されてるデザイナー」

「はじめまして」

こういうところの人々は、名刺を差し出す代わりに握手をする。

「はじめまして」

シャンパンだけではなく、すべてのことに夏帆は酩酊《めいてい》していた。

25

ごく自然に次の店に誘われた。

タクシーが停まったところは、麻布十番のそば屋だ。エリコさんは常連らしく、店の者たちに声をかけ、ずんずん奥に入っていく。そう広くない個室があった。中谷さんのほかにも遅れて三人がやってきて、結局六人でテーブルを囲むことになった。

そのうち二人の男性は雑誌の編集者、もうひとりの女性はフリーのファッションライターだ。彼女はこのあいだまで、男たちが勤めている出版社で働いていて、NATSUを知っていると言った。

「カナコちゃんが、おたくのワンピを着た時は、ちょっとした騒ぎになったのよ。聞いたことないブランドだけど、どこのだろうって」

「ありがとうございます」

夏帆は礼を言ったが、その後の会話は続かない。この場の空気にすっかり呑まれているのだ。

みなは白ワインに焼酎、板わさにじゃこサラダといったものをにぎやかに注文していく。そば屋といっても、料理をたくさん揃えている店らしい。

「あ、ここはそばの実コロッケもすっごくおいしいよ。それも人数分頼もうよ」

「いいね、賛成。この店すごくいいじゃん。エリコさん、よく来るの？」

「うん、撮影が長びいてさ、ちょっとお腹が空いてるって時によく来る。夜遅くまでやってるし、タレントが一緒の時もこの個室使えるし」

「俺も今度ここ使おうっと」

「そうしなよ。あとで店長紹介しとく。店長ってさ、ほら、西麻布の『ラアローマ』にいた人よ」

「えー、イタリアンの人じゃん」

「そう、そう。いつかおそば屋やりたかったんだって」

「ふうーん、面白いね」

そうしながらいつしか仕事の話になっていく。カメラマンの中谷さんが、出版社の男たちに尋ねた。

「先月号のさ、おたくのイタリア特集、今どきよくあんな豪華なロケできたね」

「そりゃ、航空会社のタイアップだもの」

「タイアップにしたってすごいよ。岩波彩果を連れてってんだもの」

「彩果もさ、もう二十七じゃん。女優として下がせまってきてる。前から事務所も文化人路線狙ってるから、この頃女性誌わりとオーケーだよ。エッセイ書く旅もんだと、ギャラもうるさいこと言わないしさ」

「僕があのコ撮ってた五年前って、もうそりゃうるさくてさ、写真チェックの時は、この角度やめろとか、ギャーギャー言うからさ、すっかりイヤになっちゃったよ」

「あの頃、おっかねぇマネージャーのおばさんいたからなァ」

「だけどさ、あのおばさんが、彩果をあれだけの女優にしたんだからたいしたもんだよな」

人気女優の名をこともなげに語る中谷さんというのは、いったいいくつなのだろうかと夏帆は思う。三十代半ばにも見えるし、二十代の終わりにも見える。いずれにしても

名前を知られたカメラマンらしいので、後でネットで調べてみようかなと、夏帆は考える。その時、

「それでナッちゃんも行くよね」

エリコさんに突然言われ、夏帆はえっと声を上げた。

「やあねぇ、今の話、ちゃんと聞いてなかったの」

エリコさんが笑った。

「来週の土曜日、この人たちの応援に行こうという話になったのよ」

出版社の男たちと中谷さんは、フットサルのチームをつくっている。深夜までやっている豊洲のコートで練習をしているのだが、今度試合があるというのだ。

「相手も忙しい業界の人たちだから、夜の九時にキックオフなのよ。それで行ける人たちみんなで応援に行こうって」

「カナコもOKって言ってたよな」

「そう、そう。事務所の若いコ連れてくって」

「いいね、みんな張り切っちゃうよ」

「だけどあなたたちって、勝っても負けても飲み会になるんだから」

こうしているうちにワインの瓶は三本も空き、十一時になる頃、夜食は終わった。支払いは男たちが分担してくれたようだ。

皆はがやがやと夜の道に出た。深夜の麻布十番は他にも人が歩いているが、この一行は大層目立つ。男も女もしゃれた格好をし、もの慣れた様子をしているからだ。ファッション業界の人たちを何人も知っているが、このような華やかさはなかった。特に、中谷さんに目がひかれていくのはどうしてだろうか。とりたてて美男子というわけでもなく、背もふつうの高さだ。短い髪に眼鏡をかけている。顎にうっすらたくわえた髭《ひげ》がそれらしい雰囲気だが、こんな外見の男はいくらでもいる。それなのに目を離すことができないのは、一流の仕事をしていると聞いたせいだろうかと夏帆は思う。

やがて近づいてくるタクシーを拾おうと、皆は手を挙げ始める。

「あの、私は電車で帰りますので」

夏帆が言うと、あ、そうとエリコさんは車に乗りこんだ。

「来週の応援のことは、さっき聞いた番号に電話するから。じゃーね」

中谷さんと夏帆が残された。

「あの……、中谷さんは」

「僕は東麻布だからすぐそこ。歩いて帰れるから」

「そうですか」

少しほっとしている。こんな大人の男の人と、二人で電車に乗るのは気づまりかなと思ったのだ。といっても、麻布十番の駅まで自然と二人で歩くことになった。中谷さんは何も喋らない。沈黙に耐えられなくなったのは夏帆の方だ。

「あのう、中谷さんはどんな人の写真撮ってるんですか」

つまらない質問だと思ったが仕方ない。ただ黙って夜道を歩くよりはずっとよかった。

「僕はカメラマンだから、頼まれれば誰だって何だって撮るよ」

中谷さんはそう答えた後、ぶっきらぼうに聞こえたことを気にしてか、こうつけ加えた。

「明日は新橋演舞場に行って、市川宗鶴《いちかわむねつる》を撮るし……」

「はあ……」

まったく聞いたことのない名前だった。

「歌舞伎役者の……。君って歌舞伎観たことない？」

「ありません」

事実はちょっと違う。夏帆の出た専門学校では、歌舞伎の衣装の色遣いを勉強する講座があったが、夏帆は居眠りしていて何も憶えていない。

「宗鶴ってもう七十歳ぐらいのお爺さんだけど、踊りがすごいよ。『道成寺《どうじようじ》』なんか踊ると、本当に少女になるんだ。僕は二年前から、彼を追ってずっと舞台写真撮らせてもらってるんだ」

「そうですか」

「歌舞伎はどうでもいいから宗鶴はいっぺん見なよ。ぞくぞくっとするぐらいいいからさ」

「はい……」

中谷さんは自分のことをとてもつまらない女だと思っているに違いない。けれどもまるで知らないことに、どうして上手なあいづちがうてるだろう。しかし興味はある。今芽生えたばっかかりの好奇心だ。しかしそれを相手に伝えると、とても嘘っぽくなると夏帆は用心する。

「じゃあね。気をつけて」

地下鉄の入り口で中谷さんは立ち止まって言った。

「今日はありがとうございました。ご馳走さまでした」

階段を降りかけて振り返った。予想していたとおり彼の姿はそこにはなかった。どうして中谷さんが自分の姿を見送ってくれていると一瞬でも考えたりしたのか、夏帆は電車の中で「バッカみたい」とつぶやいてみる。

フットサルの試合を初めて観たが、とても面白かった。コートが狭く、たった五人で戦うので選手の動きがとても敏捷《びんしょう》なのだ。中谷さんは結構活躍して、シュートを二本決めた。

「おじさんなのにすごい」

初めて会った日、家に帰ってネットで検索した。三十四歳という年齢に驚いてしまった。ロンドンの大学で写真を学び、しばらく滞在していたと書いてある。中谷さんを有名にしたのは、あるロック歌手に気に入られて、彼のツアーに同行したことだ。それがアメリカの雑誌に載ったのがきっかけで、ハリウッド女優やダライ・ラマの撮影も手掛けた。写真集を二冊出し、ニューヨークと東京、上海で個展を開いたこともある。今は日本に帰ってきて、主にエディトリアルの仕事をしていると彼の経歴は語られていた。

コート上の中谷さんは、どう見てもその年齢には見えない。サッカーパンツから見える脚もしっかりと筋肉がついていた。

結局中谷さんが所属しているチームがその日は勝ち、真夜中の祝勝会となった。朝までやっている近くの焼肉屋へ行き、皆で乾杯した。

「ねえ、ねえ、マサキってどうして走るのあんなに速いの。びっくりしちゃった」

カナコが何のためらいもなく、中谷さんの下の名前を口にする。ずっと以前からの知り合いだとわかっていても、夏帆は少しドキリとした。

「えー、言ってなかったっけ。僕さ、高校までずっとラグビーやってたんだもの。花園行くちょっと手前までいったんだ」

「えー、ホント、知らなかった。だけどさ、ラグビーなんてちょっとダサくない」

カナコの言葉に、中谷さんはわかってないねーと、外国人がするように肩をすくめた。

「あのね、ヨーロッパじゃ、サッカーは庶民のスポーツ、ラグビーは貴族の子どもが体を鍛えるためにやるもんなの。だから、僕はラグビー強かったから、ロンドンで結構尊敬されていたの」

「ふうーん」

カナコは疑わしげに唇をとがらせた。ほとんど化粧もせず、髪をラフに結っているだけだが、カナコはそれでも本当に美しかった。白く透きとおる肌に、アイメイクをしていない大きな目は、かえって清らかに見える。仕事の関係というだけで、これほど親しいものだろうか。もしかすると二人はつき合っているのだろうか。近くに座っているので、二人の会話はよく聞こえた。

「それで宗鶴の撮影うまくいってるの」

「ああ、あの爺さんすげえよ。今、あの年でお軽《かる》をやってるんだけどさ、色っぽくてぞくぞくしちゃうもの」

「えー、宗鶴のお軽か。私も見てみたいな。それで勘平は誰なの」

「道之介が演《や》ってるよ」

「まあ、孫ぐらいの年の勘平だけど、それもアリかもしれないわね。私も演舞場行ってみようかな」

カナコがすらすらと歌舞伎の話をし始めたので、夏帆は本当に驚いてしまった。勉強好きの頭のいいモデルだとは聞いていたが、歌舞伎もちゃんと観ているのだ。夏帆よりも年下だというのに。

夏帆はかつて橋本さんから与えられた「勉強」を思い出した。あれは海外ブランドの高価な服を、自分の体で確かめること、贅沢な場所でもおじけづいたりしないということだった。でも今、目の前で繰り広げられている勉強は、あれとは違うものなのだ。

フットサルの試合から二日後、夏帆は銀座にいた。俊から、「NATSUの商品に興味を示している、デパートの仕入れ部長がいる」と聞いて二人で売り込みに出かけたのだ。ていよくあしらわれた、という感じがしないでもなかったが、その若い部長は、

「もっと商品点数を増やしてくれないことには、こちらも動けない。ジャケットとワンピースだけでも、あと五点ずつ売り出したらどうかな」

と、いろいろアドバイスしてくれたのである。

帰り道、二人で銀座四丁目に向かって歩いている最中、夏帆はふと俊に尋ねた。

「ねえ、シュンは歌舞伎観たことある」

「あるよ、高校生の頃から、母親が時々連れていってくれたんだ」

有名デザイナーの母を持つ俊なら、そう不思議ではなかった。

「ねえ、新橋演舞場って、ここから近いよね」

「そうだね。地下鉄でひと駅だよ。歩いて行けないこともない」

「今から行って歌舞伎って観られるの？」

「そうだなあ……」

　俊は腕時計を見た。

「今、十二時だからもう昼の部は始まってるよ。だけどさ、当日券があったら、次の幕から入れてくれるかも」

「次の幕から観られるの」

「歌舞伎って、ひと幕ひと幕でやることが違うから、途中からでもどうってことないし、今はお昼時間かな。食堂行く人いるから、お昼の休憩が少し長めにとられているんだよ。今きっと、みんなお弁当食べてる時間だよ」

　その言葉で背を押された。このあと用事があるという俊と別れ、夏帆は地下鉄で東銀座に向かった。

　新橋演舞場は思っていたよりふつうの建物だった。歌舞伎のポスターが夏帆の目に飛び込んでくる。「仮《か》名《な》手《で》本忠臣蔵《ほんちゅうしんぐら》」って、いったい何のことなんだろう。

　窓口に向かった。

「あの、今から観られますか」

「はい、一時三十分から二幕目が始まります。二階のお席なら空いてるんだ」

チケットの代金は七千円であった。コンサートよりも高いけれど、安いのか高いのかよくわからない。

ロビイに入るとひっそりとしていた。チケットを切ってくれた女性が言う。

「あと七分で一幕目が終わりますが、お入りになりますか」

「いいえ、結構です」

もうじき俊の言う長い休憩になるのだろう。左手にカウンターがあり、コーヒーや軽食が売られていた。まだお昼を済ませていない夏帆は、コーヒーとサンドウィッチを買った。廊下の椅子に腰かけ、ひと口コーヒーを飲んだ。熱くておいしい。人がどっと出てこない前にと思い、サンドウィッチを急いで齧った。

その時だ。

「あれー」

と声がした。そこにカメラを手にした中谷さんが立っていた。夏帆はサンドウィッチをごくんと飲み込む。撮影があるとは聞いていたけれど一回きりのことで、またここに来ているとは思ってもみなかったのだ。

「えーと、夏帆さんだったよね」

中谷さんが自分の名前をしっかりと憶えていないことに腹は立たなかった。ただこの事態をどう収拾していいのかわからず、夏帆は混乱していた。

「あの……、このあいだから、カナコからも、宗鶴っていう人のこと聞いてたから、一度観てみたいと思って……」

「そうか、嬉しいなァ」

にっこりと笑いかけた。ロビイは薄暗く、中谷さんの歯はとても白く見える。この笑顔を見ただけで、夏帆は充分に報われたような気がした。

「夏帆さんみたいな歌舞伎を一度も観たことない人が、宗鶴に興味持って、わざわざ来てくれたなんて嬉しいなァ」

「そんな……」

その時、ドアが開いてたくさんの人たちが廊下にあふれ出てきた。一幕目を観た人たちらしい。

「ちょっと僕、これから楽屋に行かなきゃならないけど、二幕目観たらまたここに来てよ。よかったら感想でも聞かせてくれたら嬉しいな」

じゃあねと中谷さんは去っていった。本当に足が速い男だった。

26

席は二階の後ろから三番目だ。このあたりにはちらほらと空席があったが、一階はぎっしりと人で埋まっている。ほとんどが年配の女性だ。夏帆のすぐ隣は三人組の初老のグループで、楽しそうにお弁当を食べていた。

「やっぱり歌舞伎なんて、おばさんが観るもんじゃん」

それなのにどうしてカナコのような時代の先端をいく女の子が、熱っぽく語ったりするのだろうか。まるでわからない。

やがて幕が開いた。ゆっくりとした音楽と歌声が流れてくる。何を言っているのか、これまたわからなかった。

ほどなく旅の格好をした二人が花道からやってくる。遠目にも、男のほうが若者で、女のほうが老人だということがわかる。これはドラマの大奥ものでよく見ていた。女のほうは紫の矢絣《やがすり》、御殿女中の扮装《ふんそう》をしていた。

「宗鶴！」

「桔梗屋《ききようや》！」

と男の人の声がとんだ。

ゆったりと流れる音楽の中、二人は顔を見合わせて踊りだす。日本舞踊というやつだ。夏帆は不思議な感情にとらわれる。退屈なのはものすごく退屈なのであるが、いつしか舞台の踊り手から目が離せなくなっていたのだ。そしてそれは若くて美男子の男役のほうではなく、老人のほうだ。顔だけ見ていると、顎のたるみで彼がかなりの年だということがわかる。足の運びも少しよたよたとしている。それなのにやはりそこには、あどけない少女がいるのだ。どうしてかわからない。確かにお爺さんがいるはずなのに、そこからかもし出される雰囲気は、桃色のふんわりとした若い女の子のそれなのだ。

「そうかぁ……そんな風に感じてくれたら嬉しいなぁ……」

中谷さんが言う。新橋演舞場前の喫茶店だ。二幕目を観終わってロビイに出たら、本当に中谷さんが立っていたので驚いてしまった。そしてちょっとお茶をしようと、誘ってくれたのだ。

広い昔風の喫茶店で、ショウウィンドウにはおいしそうなサンドウィッチも飾ってあった。

「僕、お昼まだだからあれを食べるけど、夏帆ちゃんは……」

夏帆さんがいつの間にか夏帆ちゃんになっていた。

「はい、いただきます」

「この店は、宮本亜門の実家なんだよ」

「へぇー、そうなんですか」

その名前は聞いたことがある。テレビでも時々見かける有名な演出家だ。日本だけでなく、ブロードウェイにも進出しているのだ。

「彼の写真も撮ったことがあるんだ。実家のことを話してくれた。新橋演舞場が子どもの時の遊び場だなんてすごいよね。だからあんなすごい演出家になれたんだろうね」

「ふうーん」

「今日出てた道之介にしても、歌舞伎の家の子どもは、三、四歳になると黒子の格好をして、ずうっと舞台の袖で正座して観るんだよ。そうして芝居がどういうもんか頭に叩き込んでいるのさ」

「そうなんですか……」

しかし、子役をまだ見たことのない夏帆に、その姿を想像することはとてもむずかしかった。やがてサンドウィッチが運ばれてきた。卵入りのそれをほおばる中谷さんの顔は、ちょっと可愛らしく、前よりもずっと近づきやすい。

「あの、ちょっと質問してもいいですか」

「どうぞ」

「あの、途中で勘平がちょっとあそこで休んでいこうって言うと、お軽があーいってすごく嬉しそうに答えるじゃないですか。お軽は全身使って、ものすごく嬉しそうにしてた。どうしてあんなに喜ぶんですか」

「ふふっ」

かすかに笑う中谷さんの唇の端に、卵の黄身がちょっぴりついている。

「初心者なのに、そういう肝心なことがわかるなんてすごいよ」

「えっ」

「あのね、勘平は無邪気に春の道を歩くお軽に、突然むらむらしちゃうんだ。だからそこの物陰でいいことしよう、って誘ってるんだ」

「やだ……」

「そういうことだよ。歌舞伎なんて別にむずかしいものでも高尚なものでもない。そういう艶笑がいろんなところにちりばめられているのさ」

「でもお軽は、ちっともイヤらしくない。とても可愛らしくていい感じですよ」

「それが宗鶴のすごいところだよなあ」

中谷さんは大きく頷いた。もうサンドウィッチは手から離している。

「ふだん会うとよぼよぼの、ちょっと品のいいだけの爺さんなんだ。だけどいったん舞台に立つと、少女にもなれるし、妖艶な美女にもなれる。それが一流っていうことなんだろうな」

「一流なんですか。やっぱり」

「そりゃそうだよ。芸の世界、いいや、サラリーマン以外のすべての世界、写真でも文学でも、アートでも、一流、二流、三流ははっきり分かれてるんじゃないかな」

「中谷さんは、一流が好きなんですか」

「そりゃそうだよ。僕が写真に撮りたいのは、やっぱり一流の人間だもんな」

その時、夏帆の口から自分の意志とは関係なく言葉がぽろりと出てしまった。それは夏帆が今まで生きてきた中で口にした、いちばん大胆な言葉であった。

「私もいつか一流になりたいです」

中谷さんが驚いた顔でこちらを見たので、夏帆は自分が発したものの大きさに気づく。こんなことはサンドウィッチを食べながら言うことではなかったのだ。

「夏帆ちゃんって、今、いくつだっけ」

「二十五になりました」

「ふうーん。それはちょっとむずかしいかもしれないなぁ」

頑張ればいつかなれるよ、という返事を期待していた。そうすれば自分が口にしたことも、ありきたりの思いつきとして、この場で処理されたはずなのだ。

「あのさ、こう言っては何だけど、一流になる人っていうのは、その年にはもう光を発してるよね」

「………」

「一度会っただけで、とらえがたいインパクトにやられるよ。すべての世界で、中年になってから一流になるなんてことはあり得ないって僕は思ってる」

「私、やっぱりだめなんだ」

どうしてこれほど落胆しているのか、驚いてしまう。自分は一流ではないし、一流にもなれない、ということに。なぜこんなに悲しいのだろう。あたり前のことなのに。

「私ってバッカみたい……」

心の中でつぶやいた。

「でも、一流半か二流の上になればいいんだ」

中谷さんはじっと夏帆の目を見て言った。

「本物の一流になったら、たくさんの不幸や孤独も背負うことになるよ。そういう人をたくさん見ている。夏帆ちゃんも僕も、実生活では幸せになりたいよね。一流になる人は、ほんのひと握りの選ばれた人たちさ。僕たちはそういう人にはたぶんなれない。だけど最初から二流をめざしていたら三流にしかなれない。一流を目標に頑張って頑張って、二流の上になればそれでいいんじゃないかなぁって、この頃の僕は考えるようになってる。それって、一流になれない人間の負け惜しみかもしれないけどさ」

そう言って笑う中谷さんの唇の端に、まだ黄身がついていて、夏帆はどうしようもないぐらいこの男が好きだと思った。

三幕目が終わったのか、目の前の劇場からは観劇後のたくさんの人たちが、ゆっくりと気だるげに出てきた。

「結局は運なんだよな」

智行が吐き捨てるように言う。彼の部屋近くのいつもの居酒屋だ。好物のゲソ焼きをつまみに、彼は焼酎のお湯割りを飲んでいる。

「だってそうじゃん。タン&カルビなんてさ、漫才ひとつできない奴らなんだぜ。それがさ、たまたまプロデューサーに気に入られて、レギュラーなんて、ちょっと信じられないよ」

このところ智行はついていない。深夜番組でちょっと人気が出たかと思われたとたん、ひな壇のその場所を後輩に奪われてしまったのだ。

「でもさ、トモたちのこと買ってくれている人たちだっているんだからさ、今度は昼のレギュラーだってオーケーかもしれないよ」

口に出して、それがまったくの気休めだと夏帆にもわかる。お笑い芸人というのは、それこそ無尽蔵に穴から這《は》い上がってくるアリンコのようなものだ。智行とつき合うようになってから、注意してテレビを見ているのだが、毎週のように知らない顔がそこかしこの番組に顔を出し、そして消えていく。残った何人かがふるいにかけられ、しぶとくひな壇に座る。そしてその中のさらに何人かが、やがて前に進みMCの座を勝ち取っていくのだ。

「私さ、あの番組好きだよ。えーと、日テレだっけ。TBSだっけ。ほら、イケメンの若手がスーツ着てずらっと並んでさ、綺麗な女優さんとからむじゃん。あれ、気がきいてるし、面白いよね」

人気の芸人たちが出ているのだが、あの中にいつか智行がまじってくれたらと夏帆は思わずにいられない。そして智行が明日、あの中に立っていたとしても、そう不思議ではないような気がしたのだ。

しかし智行は、フンと鼻を鳴らした。

「あれに出てるのって、要領がいい奴ばっかじゃん」

「そうなの……」

「そうだよ。そんなの常識。司会の野口さんに取り入ってさー、飲み会っていえば必ずついてってさー、楽屋じゃ肩もんじゃうような連中ばっかだよ」

「知らなかった……」

「今、野口さんに気に入られりゃ、レギュラー軽いもん。プロデューサーだって野口さんに頭上がんないっていうもんな。だけどやだよなー。あーまでしたくないよなー」

先輩のＴＡＴＳＵＹＡの機嫌をとっていることなど、すべて忘れたような口ぶりであった。

「漫才できねえ奴らが、おっきい顔して、ホント、マジでイヤになっちゃうぜ」

漫才の台本をきちんと書ける、というのが芸人としての智行の誇りなのだ。ネタ帳は夏帆も見せてもらったことはない。けれども分厚い大学ノートが、智行の部屋に何冊も置かれていることを知っている。彼も必死に大きなものに体ごとぶつかろうとしているのだ。

夏帆は店員が置いたカキフライにソースをかけた。熱々のそれはふたりの大好物である。いつもこの居酒屋で四皿ぐらいをふたりでとり、智行は三杯、夏帆は二杯の焼酎を飲む。こういうのがとても幸せだと思う自分たちは、いったいどのあたりにいるのだろうか。

「ねえ、トモ。ある人から聞いたんだけど、一流の人って、もう私たちの年ぐらいで、すんごい光をはなってるんだって」

「そうかなあ……」

智行はカキフライの皿に箸を伸ばす。

「そうでもないんじゃない。たけしさんだってさ、オレの年の頃は、浅草のフランス座でくすぶってたんだろ」

「でもやっぱりくすぶってたんじゃなくて、見る人が見れば、すごい光ってたんじゃない」

「だけど光がわかる人が見てくれなきゃ、何にもならないじゃんか」

「それはそうかもしれないけど、その人言ってた。たいていの人は一流半か二流の上にしかなれない。でもね、一流をめざさなければ二流にもなれないって……」

「ふうーん。そりゃ、そうだよな。あったりまえじゃん」

あの時、あれほど感動した言葉が、今、居酒屋のテーブルで小さくしぼんでしまった。

「あっ、オレ、もう一杯飲もう。あ、すみません。これもお湯で割って……」

比べてはいけないと思いながら、夏帆はついカナコや中谷さんたちと初めて飲んだ夜のことを思い出す。同じように焼酎を飲んでいた。料理もそうたいしたものではなかった。それなのに、どうしてあれほどキラキラ光っていた時間だったんだろう。話す内容も刺激的で、会話に出てくる人たちが有名人だったせいもある。が、それだけではない。一流をめざしている途中の人だったからだ。同じように二流でも、一流の場所に行けそうな人間と、後は三流に落ちていくしかない人間とがいるのではないだろうか。

中谷さんは言った。サラリーマン以外、クリエイターのすべての世界には、一流、二流、三流があるのだと。それならば、少しでも高みを目指そうとすることはいけないことなのだろうか。

その夜、夏帆は智行の家に泊まった。久しぶりのセックスはとても楽しく素敵だった。智行に抱かれていると、本当にこの人しかいないと夏帆は思う。何があっても智行のことをいちばん愛しているという自信が生まれてくる。が、それはセックスによってかなり加算されているのではないだろうか。セックスというものを引いてみて、本当の心というのは、どのくらい智行のことを思っているのか……。中谷さんのことが不意によみがえる。唇に卵をつけた大人の男の人……。

「あのさ……」

シャワーを浴びたばかりの智行に、思わず告げてしまう。

「私、ちょっと好きな人ができたかも」

「えっ、マジかよ」

彼の顔色が変わった。

「でも、まだ三回しか会ってないけどさ」

「それで、ヤッたのかよ」

「まさか、お茶飲んだだけ」

「そんならオーケー、セーフ！」

大げさに両手を横に開いた。

「だけど、お茶以上のことをしたらアウト！　浮気は絶対に許さないからな」

頭をぶつふりをする。

「うん、わかった……」

いつもだったらこれで充分な幸福を味わえた。そのために発した言葉だった。それなのに、夏帆の心にゆっくりと雲がひろがっている。

なってきた。

「これって違うかも……」

どうして嫉妬させたくて、中谷さんのことを口にしたのか、後悔で胸が一気に重たくなってきた。

カナコから電話があったのは、その次の日のことだ。

「あのさ、私の仲のいい友だちでさ、レストランを経営してる人がいるの」

カナコは少し鼻にかかった声をしている。そして早口だ。女には珍しく、久しぶり、などと言わずいきなり本題に入る。

「彼がね、今度、軽井沢にホテルをオープンさせるの。その広告に、私、NATSUのお洋服を着ようと思ってるんだけど」

「えー、本当」

「うん、広告代理店がからんだりすると、こんな自由はきかないんだけど、ほら、仲間うちの仕事だから。私、頼んじゃった」

「カナコさん、本当にありがとうございます」

「主にポスターだけど、旅の雑誌三誌ぐらいに出るみたいよ。だから、今あるのじゃなくて、新しくつくってほしいの」

「もちろん、私、頑張ってすごくいいのをつくります」

「カメラはマサキがやってくれるの一

心臓が大きく音をたてた。マサキというのは中谷さんの下の名前だ。

「あの人もこの頃、ものすごくギャラ高くなってんだけど、これは友だち値段でやるって。私ももちろん友だち値段。だからナッちゃんも悪いけど、お友だち値段にして」

友だち値段がいくらかわからないまま、夏帆はもちろんと大きく答えていた。

27

カナコから頼まれ、ポスターと雑誌用の衣装をつくることになった。

スタイリストに頼んで、どこからか借りてくればそれで済む話だ。カナコだったら、センスや実力のあるスタイリストを何人も知っているに違いない。それなのに夏帆に、新しいドレスをつくらせようとするのは、彼女の夏帆への友情と、面白いことをやりたがる心だ。

「お金がないスポンサーだから、〝お友だち値段〟でお願い。そのかわり、うんと面白いことやろうってことになってるんだ」

カメラマンは中谷さん、そしてスタジオの装置は、今売り出し中のアーティストに頼むことになっているという。

「軽井沢のリゾートホテルだから森の中でロケって、ちょっとありきたりだよね。それなら思いきりつくりものにしようっていうことで。でもさ、あんまりお金は使えないから発泡スチロールと針金でね……。こんな感じ……」

カナコは若いアーティストがパソコンでスケッチしたものを見せてくれた。まるでお芝居の大道具のように、キノコのような形をした木が何本か立っていて、その真ん中にブランコが下がっている。

「私がここに乗って、大きく揺らすことになってんの。私が思うにさ、白のワンピっていうのも、これまたありきたりでヤだな。できたらさ、『真夏の夜の夢』のパックのイメージでナッちゃんにつくってもらえたらなぁって思ってるの」

「あの……」

恥ずかしかったけれども、声に出して問うてみた。

「その『真夏の夜の夢』って何？」

「シェイクスピアの有名なお芝居よ。妖精やいろんな人が出てくる」

「ふうーん」

夏帆は心から感心してしまった。カナコは、自分よりひとつ年下なのにいろいろなことを知っている。このあいだの歌舞伎の話題でもさらっと仲間入りできていた。

「カナコさんって、どうしてそんなに何でもＯＫなの。いつもびっくりしちゃう」

「こんなことぐらい、ちょっと本を読んでいれば知ってるよ。とても知識だなんて言えないよ」

「でもすごいよ。私ってそんなに本も読まないし、お芝居も観てるわけじゃないしさ。同じ年頃だっていうのに、どうしてこんなに違うのかなっていつも思うよ」

「別に違わないよ。ナッちゃんとゼンゼン同じだよ。ただささ、モデルになりたての頃さ、みんな美容とボーイフレンドの話しかしなくって唖然《あぜん》としたことあるよ。こういうのってどうよ、って思う気持ちがあって、外の人とばっかりつき合うようになるとさ、自分がいかにもの知らずのコムスメかってわかるよね。それでちょっとつっぱっていろんなお芝居観たり、本読んだりしただけだよ」

「でもそこがすごいよ……」

その後がうまく説明できなかったけれども、夏帆はゆっくりとこんな風に話してみる。

「あのさ、私、今がカナコさんと同じように、唖然としている時かもしれない。みんなといるとすっごく楽しいんだけど、話している内容がよくわかんない。自分って何にも知らないなぁって、カナコさん見てると悲しくなっちゃうよ、ホント」

ふふっとカナコは、美しい唇をゆるめて笑った。

「私、ナッちゃんのそういう正直なとこ好きだよ。本当にアホなコって、自分がアホなことにまるっきり気が付かないでさ、よく人の輪に加わってくるじゃない。私、ああいうコたちを〝口角女〟って呼んでるんだけど」

「〝口角女〟？」

「ほら、飲み会や食事会に、男の人が自分のお気に入りの女の子を連れてくることがあるじゃない。そういうコって、自分は若くて可愛いだけで、その輪の中に入る資格があるって信じてる。だけどさ、話にはまるっきりついていけないから、口角をきゅっと上げたまま。ただ人の話を聞いてるの」

「あっ、いるかも」

「でしょう。モデル仲間でもずうっとこの〝口角女〟やってるコがいるのよ。私はすっごくみっともないって思うんだけど、ナッちゃんはさ、いつも真剣な顔をして人の話を聞いてる。ちゃんと喰いついてきてるよ。私、この頃わかったんだけど、サークルに入るってさ、ちゃんと資格がいるんだよね」

「資格かぁ……」

「そうだよ。私たちが頑張って仕事をしたり、いろんなこと勉強しようとするのもさ、みんなこの資格を手に入れるためかもね」

　愛に呼び出されたのは、年の瀬も押し詰まった時だ。クリスマスも終わり、正月に向けての準備が始まる街は、奇妙な静けさにつつまれている。お客がいない有名ブランド店のショウウィンドウを、若い店員が二人がかりで磨いていた。スツールを外に出し、ホースで店内を洗っている店主もいた。

青山の表通りにあるオーガニックカフェは、いつもよりずっと人が少ない。学生たちはとっくに帰省し、ＯＬたちも休暇をとっているのだろう。

愛と会うのは三ヶ月ぶりだ。ダッフルコートを脱ぐと白いニットにツイードのショートパンツを組み合わせている。とても短いパンツだが、愛の脚が長いのと、厚手のタイツをはいているので少しもイヤらしくない。

しばらく見ない間に、愛はますます目が大きくなったような気がする。

「メイク変えた？」

「まつ毛のエクステしてんだ」

「ウッソー、ぜんぜんわかんない。自前だと思った」

「でしょ。ヘアメイクの人にすっごくいい店教えてもらったんだ。今度ナッチも一緒に行こうよ」

他愛ない会話をしばらく続けた後、沈黙があった。愛が何を考えているのかわかる。あの写真のことをどう切り出していいのか考えているに違いない。

あの後の愛の行動は不気味だった。激昂《げっこう》した愛から何か言ってくるかと思っていたのだが、何もなかった。スマホに残した文章を、操作ミスで見ていないのかと想像したぐらいだ。

「あのさ、私、TATSUYAと別れた」

　ぽつんと言った。

「えー、ウソー」

「もうだいぶたつよ」

「知らなかった……」

「ほら、私もミエがあってさー、なんか言いづらかったワケ」

　愛はハーブティーに口をつける。ヌードカラーの口紅。何もつけなくても、愛の唇はいつも淡いピンク色をしている。タレントにもちょっといないほど整った顔立ちだ。専門学校にいた頃から、愛はいつも男の子に囲まれていた。傲慢でミエっぱりになっても不思議ではなかった。

「私さ、TATSUYAを失ったら、もう自分には何も残らないと思ってた。そのくらい好きな自分ってすごいと思ってたけどさ、それってTATSUYAが有名人だからってとこもあったかも」

「うん……そうかもね」

「あのさ、TATSUYAと結婚する時、テレビに出たり、週刊誌に出るかも。その後も奥さんになって、ふたりでバラエティ出るかもってさ、私、すっごくバカなこと考えてたと思う―

「女の子だったら、ふつうに考えるんじゃない」

「だからさ、ナッチに寝顔の写真抜かれた時、ものすごく頭にきた。ＴＡＴＳＵＹＡと何か取り引きしたんだって、裏切られたと思ったよ。そしてさ、怒ってＴＡＴＳＵＹＡに電話したワケ。だけど説明できなかった。だって、私、ＴＡＴＳＵＹＡの眠ってる間にこっそり寝顔撮ってるしさ、絶対消すっていう約束でふざけて撮った、すっぽんぽんの写真も残してた。何にも文句言えないってわかった時に、ナッチのメッセージにあった、こんなみっともない卑怯なことしちゃダメっていう言葉、ぐさっときたよ……」

「そんなさ、私だって愛に悪いことしたわけだし」

「ううん、ナッチはちゃんと宣言してやるべきことをやったんだもん。私とは違うもん。あのさ、それからさ……」

　愛はちょっと照れたように笑った。本当に可愛い笑顔だった。

「私、結婚すると思う」

「ウッソー！」

　カウンターにいた店員の女性が振り向くほど、大きな声を出してしまった。

「誰？　誰？　私の知ってる人？」

「ナッチは会ったことないよ。メンズのショップの人。ふつうの男の人。スタイリスト始めた頃から知ってて、つき合い始めたのはこの二ヶ月ぐらいなんだけどさ、突然結婚ってことになっちゃった」

「すごいじゃん。電撃っていうやつだね」

「TATSUYAのことは、もう諦めついたって感じ？　私、もう二十五歳だしさ。もう男の人のことでぐずぐずしてられないよ」

「うーん、私もそう言われるとつらいよ。私だってトモのこと、どうなるかわかんないしさ」

「ナッチは違うよ。ちゃんと仕事してるもん。ちっとも焦ってないじゃん」

「そうかなぁ……」

「そうだよ。私はナッチと違って何もないもん。何も持てなかったもん」

「それって、何か勘違いしてるよ。NATSUだって始めたばっかで儲かってないもん。明日はどうなるかわかんない、本当にちっこいインターネットビジネスだもん」

「ううん、ナッチはもう別の場所へ行こうとしてる。私にはわかる」

　愛は顔を上げる。くっきりと濃いまつ毛に縁どられた瞳がキラキラ輝いている。この美しい女の子の方が、自分よりはるかにたくさんのものを持ち、いつでも別の場所へ行けると思うのだが違うのだろうか。

　スタジオの中には、スケッチよりもずっと大きな木のオブジェが置かれていた。そして銀色の雲が漂っている。スケッチと違っていることといえば、ブランコのかわりに、鉄棒が置かれていることだ。

「若月君が、ブランコだと当たり前過ぎちゃうから、鉄棒でケンスイやれって、その方が確かに面白いよね」

このプロジェクトに関して、カナコはアートディレクターのような役割もしている。パソコンをのぞいては、あれこれ指示を出していた。若月君というのは、芸大の大学院に通う学生で、今注目を集めるアーティストだという。カナコに頼まれて彼もここにやってきたのだ。

「ケンスイってのはいいわよねー。私、できたら大回転してみようかなぁ」

「本当にできるのかよ」

中谷さんがからかう。

「やってみなきゃわからないけど、真似ぐらいはできるかも。私、腕の力はあるもん」

カナコはシアトルに住んでいた高校時代、チアリーダーをしていたと聞いたことがある。運動神経にだけは自信があるわ、とつけ加えた。

カナコは夏帆がつくった深い緑色のドレスを着ている。それは夏帆が何枚もデザイン画を描き、何度も試作を重ねたものだ。

夏帆は図書館へ行き『真夏の夜の夢』を読んだ。いちばん役立ったのは、イギリスの子ども向けの本で、綺麗な銅版画の挿絵がついていた。そこで妖精パックを見たら、ピーターパンに出てくるティンカー・ベルのような格好であった。感じはつかめた。そして考えたのは、緑色のガーゼを重ねたごくシンプルなワンピースだ。少し長めにしてクラシカルな感じにした。途中でカナコの提案を受け、襟ぐりをスクエアカットにしたのもよかった。アヴァンギャルドな背景の中で、カナコは妖精というよりも、森に迷い込んだ王女のように見える。

中谷さんは信じられないほど時間をかけて照明を直していった。スタジオマンたちに指示して、大きなレフ板でまわりを囲んだ。光の具合を皆でチェックする。

「いいわね」

カナコが言った。

「ナッちゃんのドレスがすごく映える」

「バックの色変えてみようか」

「そうね、それもいいかも」

ロールがまわり、背景の白い紙が緑色となった。そうすると森はもっと深い色になっていく。

撮影が始まった。カナコは次々とポーズをとっていく。小学生のようにケンスイを始めたかと思うと、鉄棒にぶら下がったままかなり大きく体を振った。スタジオでおぉと声があがる。

「いいね」

中谷さんが叫ぶ。しかし大回転というわけにはいかず、すぐにどさっと下に降りた。しかし腕がしっかり伸びてるのはさすがだった。

「それを何回かやってよ」

「かなりきついわ」

カナコは言ったものの、水平まで体が振れる。が、スカートはしっかりとものところではさんでいる。

「カナコさ、やっぱりケンスイでいこうよ」

中谷さんが言った。

「その方がスカートがふんわり綺麗に出る。ナッちゃんのつくってくれたとおりにふわふわ感を出そうよ」

「そうね」

今度は肘を曲げて鉄棒をにぎり、ケンスイを始めた。そのたびにスカートの裾が泳いでいるように揺れる。夏帆は嬉しさのあまりぼうっとしてしまうのだが、そうはいかなかった。予算の関係上、スタイリストがついていないので、夏帆があれこれ気配りしなくてはならない。

「入ります」

中谷さんに声をかけてカナコのところへ駆け寄り、裾の乱れを直したり、襟を整えたりする。

シャッター音が続く。中谷さんが撮影しているところを初めて見た。大きなカメラをまるで肉体の一部のように持っている。しなやかな動きだ。中腰になったかと思うと、背伸びしてシャッターを押していく。

途中で中谷さんは言った。

「今度は鉄棒をのけて、カナコだけ立ってみようよ」

「わかった」

カナコはメイクを直して木の前に立った。長い髪をそっとはらったりしてポーズをつける。ときどき微笑んだかと思うと、ちょっと悲しそうな表情になったりする。一流のプロのモデルというのは、こんな風にさまざまな顔をつくれるものだろうかと今さらながら驚いてしまう。

「よっしゃー」

中谷さんが突然大声をあげたので、終了の合図かと思ったら違っていた。

「少し風を入れよう。スタジオさん、左からお願い」

スタジオマンの青年がすぐさま大きな扇風機を持ってきた。風が起こり、カナコの髪もドレスもなびいていく。この方がずっといい。まったく妥協せず、とことんいい写真を撮ろうとしている中谷さんに夏帆は感動した。中谷さんだけではない。ずっと長時間、何度も同じポーズをとらされているカナコ、そして若月君、ヘアメイクの女性、スタジオマンの青年たち、みんながひとつになっていいものをつくろうと夢中になっている。自分もその中の一人だと思うと、夏帆はたまらなく誇らしい。

「よっしゃ！」

中谷さんはまた叫んだが、今度は終了だということがわかった。

みんなでパソコンの前に集まる。そこには緑色の美しい世界があった。その中で緑色の薄ものをまとった美しい女が微笑んでいる。

「いいじゃん」

中谷さんが右手でカナコの肩を抱く。

そして左の手で夏帆の肩をつかんだ。

「カナコ、最高だよ」

「ナッちゃんのドレスも最高だ」

やったねーと若月君が言い、夏帆はもう少しで涙が出るところだった。

「ナッチはもう別の場所へ行こうとしてる」

という愛の言葉を本当にそうだと思った。

28

　ＮＡＴＳＵのデザイナーとして初めて雑誌に出た。女の子たちに人気がある女性誌が「おしごと特集」を組むことになった。その中で、「ネット上でファッションブランドを立ち上げ、話題になっている新進デザイナー」ということで取材依頼があったのだ。

　編集者の女性の話によると、カナコが着たワンピース以来、ＮＡＴＳＵのことはマスコミの人たちにも知られ始めているという。

「そんなにキバッツじゃなくて、可愛くて、どこか新しい」

　そして安っぽくないところがいいんですと彼女は言った。

「もう私たちのトシになると、十代の子みたいにビラビラは着られないじゃないですか。その点、ＮＡＴＳＵの服は、どこかきちんとしてるんですよね」

　それこそ夏帆のめざしているものであった。

「編集長とも話してるんですよ。もうちょっとしたらＮＡＴＳＵの特集を組みたいね、って……」

　そんなことになったらどんなにいいだろう。けれどもＮＡＴＳＵの服に、まだ点数が少ないので特集を組むことはむずかしい。ちゃんと利益の出るものを、あと五、六着つくりたいところだ。そうすればもっとみんなに認知してもらうことができるに違いない。

そんな夏帆の話を編集者は手際よくまとめてくれた。そして大きなものではなかったけれど、写真の夏帆はとても綺麗に撮られている。センスがよくてしかも頭がよさそうに見える。笑顔も自然な感じだ。

この雑誌を両親はさっそく買ったらしい。

『お父さんたら、水戸のお祖母ちゃんのところに送ったみたい。とても喜んでるんだよね』

母からのメールにあった。そして智行といえば、

「おっ、カッコいいじゃん。女実業家って感じじゃん」

と素直に喜んでくれた。この時、夏帆は心から安堵し、そんな自分に少々驚いている。心のどこかで、マスコミに出た自分に智行が嫉妬しやしないかと恐れていたからに違いない。

「これからガンガン出て、ガンガン稼いでくれや」

智行は言った。

「そしたらオレ、ヒモになっちゃうからさ」

この言葉をすばやくジョークにしてみなければと夏帆は思った。

「残念でした。毎月、赤字ギリギリだよ。ヒモになるなら、別をあたった方がいいよ」

「だったら誰か紹介しろよ。うーん、売れっ子のモデルとかいいなぁ。カナコなんか最高なんだけど。まさかTATSUYAさんの元カノに手出せないしな」

「カナコさん、コワイよ。イヤになったらすぐ捨てられるよ。トモには絶対無理」

こんな軽口を叩きながら、私たちはお互い相手の様子をうかがっているようだ、と夏帆は思う。智行とつき合い始めてもう二年近くがたつ。安定という言い方もできるかもしれないが、動きがない、と言った方が正しいだろう。最初の頃は「本気だ」、「ちゃんと考えてる」という言葉があったけれども、今は淡々と日がすぎている。

このところ智行の仕事はあまりうまくいっていない。深夜のテレビはレギュラーをはずされ、最後のチャンスと賭けた漫才コンテストは予選落ちしてしまったのだ。後輩の追い上げも激しく、同じ事務所から出たコンビが、急激に人気を集めている。が、智行が愚痴をこぼすこともない。運のいい者の悪口を言うこともなくなった。そういうことを口にするのはまだ余裕がある証拠で、もっと深く重苦しいものが彼の頭の中を占めているようであった。

「いったい何を考えているんだろう」

この頃の智行が本当によくわからない。そうかといって彼に心のひだを打ち明けられ、悩みを相談されても自分はどうしようもできないだろう。

カナコが着てくれたおかげで、ＮＡＴＳＵのワンピースは爆発的に売れたが、その後はまずまずといったところだ。生地屋や工場にお金を払うと、自分と俊の取り分などわずかなものである。儲かるところまでは、とてもいっていない。しかし何かが毎日大きく動いている、という心の張りがある。ＮＡＴＳＵが少しずつ世間に知られていきつつあるという手ごたえは確実にあった。そうした自信が友人関係にも影響していて、この頃はカナコやその友人のアーティスト、マスコミ関係者とつき合うことが多い。業界の有名人だから、というわけではなく、彼らと会うと、あきらかに「ステージが違ってい る」という感じがする。居酒屋で愛とふたり、恋や仕事の悩みを口にするのも楽しかったが、ここで交わされる会話は、刺激的で前向きなことばかりだ。彼らの仲間に入るためには、夏帆も何かを持っていなくてはならなかった。カナコの言うとおり、

「サークルに入るには資格がいる」

のである。夏帆の場合、それがＮＡＴＳＵなのだ。この若さでネットショップを立ち上げたデザイナーということで、皆は自分のことをリスペクトしてくれているのだとしみじみ思う。

が、そんな自分の心のはずみを、智行に言うつもりはもちろんなかった。

「これじゃあ、昔のテレビドラマみたいだよ」

何回か見たことがあるような気がする。女の子が仕事で頑張ると、若い恋人たちの関

係にヒビが入るというストーリーだ。男の方のプライドが影響するのだ。自分たちにそんなありきたりなことは起こらないだろうと思っていたけれども、夏帆は智行の顔色をうかがうようなことが多い。自分が雑誌に出たときの智行の反応も気がかりだった。

「やっぱりナッチ、可愛いじゃん。このページ見てるとモデルみたいだよ」

と言ってくれる彼のことを本当に好きだと思う。が、その「好き」という言葉が、単純に大きく相手側に届いていかない。それよりも「好き」という言葉は自分の中に戻ってきて大きく響いていくような気がする。「好き」は、いつからこんな風にこだまのように還《かえ》ってくるようになったんだろうか……。

夏帆が衣装をつくった、軽井沢のホテルのポスターは、とても評判がいいようだ。カナコの友人であるホテルのオーナーは、ぜひ皆に泊まりに来てほしいと言っているそうだ。

「安いギャラしか出せなくて申し訳なかったから、ぜひ一泊招待したいって」

夏帆は軽井沢というところへ行ったことがない。幼い頃、家族でドライブしたことがあるらしいが、そんな昔のことは憶えていなかった。

「ゴールデンウィーク前にオープンするんだけど、それが落ち着いた五月の末頃にどうかって言ってるよ」

そのうえ週末は避けてほしいという要望で、皆は仕事をやりくりするのにかなり苦心した。おかげで軽井沢に出かけるのは六月の半ばになってしまった。一緒に出かけるのはカナコに、仲良しのヘアメイクのリュウジさん、そしてアーティストの若月君と、一緒にオブジェを作った仲間二人、カメラマンの中谷さん、夏帆の七人だ。

軽井沢の駅に着くと、ミニバスが用意されていた。これから中軽井沢にあるホテルへと向かうのだ。途中にぎやかな商店街が続いていて、人の多いことにも夏帆は驚いた。

「旧軽《きゅうかる》っていって、ゴールデンウィークや夏休みともなると、まるで原宿の竹下通りみたいになるよ」

後ろの席に座っている中谷さんが教えてくれた。

「軽井沢ってよく来るんですか」

「うん。仕事でも何度か来てるけど、その前に僕は、高校の時にラグビーの合宿で毎年来てた」

そういえば中谷さんは、学生時代、ラグビーをやっていたことを思い出した。今日の中谷さんは、どうということもないTシャツにデニムという組み合わせだが、今どきの若者のような肉薄の体型ではない。腕にしっかりと筋肉がついているのを、夏帆はちらりと見る。もちろん部屋は別々といっても、中谷さんと旅に出るというのは、とんでもなく素敵なプレゼントをもらったような気分だ。

バスは新緑の中を通る。林の中に建っている別荘は意外なほどこぢんまりとしているが、途中、塀が長々と続く豪邸があった。

「ユーちゃんちだよね」

ヘアメイクのリュウジさんが、カナコに同意を求めた。

「そう、そう、ユースケんちの別荘だよ」

カナコはバスの中のメンバーに向かって説明をした。

「ユースケってさ、製薬会社の四代目か五代目の、この頃ちょっと珍しいドラ息子で有名な遊び人なのよ。あの別荘でよくパーティーがあって、私たちも招かれたんだけど、パパのワインコレクションは好き放題飲むし、女の子はとっかえひっかえだし、すごかったわよね。私もリュウちゃんと一緒に二、三回行ったんだけど、来るメンバーがどんどん悪くなって行かなくなったの」

「そしたらさあ、びっくりよ」

あきらかに女性に興味が持てないタイプのリュウジさんは、独特の口調でつけ加える。

「去年の夏、クスリやってたとこを通報されたのよ。ねえ……」

へえーと、バスの中の人々はいっせいに声をあげた。

「でもパパがうまくもみ消したのよ」

カナコは怒りを含んだ声で言った。

「ほら、週刊誌やテレビ、あそこの会社で出してる広告ハンパじゃないからさ。どこも報道しないのよ。でもそんなのあり？　私の昔のカレシなんかさ、一回のクスリでその後の活動おじゃんよ。もうあそこのカゼ薬、一生飲まないことにしてる。栄養ドリンク配られても、私、突っ返しちゃうもんね」

最後はジョークで笑わせたが、カナコの目は遠いどこかをキッと見つめていた。彼女の前の恋人はミュージシャンだと誰かに聞いたことがある。カナコの大人びた美しさには、夏帆には想像もできないさまざまな経験があるに違いなかった。

車はやがて一軒の建物の前で停まった。小さなホテルと聞いていたけれど、本当にそのとおりだった。二十室しかないという。このあたりによくあるメルヘンチックな建物ではなく、ガラスとコンクリートを使ったスタイリッシュな建築だ。中からチノパンツにジャケット姿の中年男性が出てきた。

「やあ、いらっしゃい。ようこそ」

この男がオーナーの笹本だと夏帆は見当をつける。カナコの友人で、都心に何店かレストランを出している。このたび念願のホテル経営に乗り出したのだ。

「笹本さん、素敵なホテルね」

彼にバッグを手渡しながら、カナコは建物全体を眺めて頷いた。

「さすがに工藤啓の設計だけあるわ。あの人、今、若手じゃナンバーワンだもんね」

「軽井沢にコンクリートはどうかと思ったんだけど、これだけあったかい雰囲気つくれたのはさすがだね。さあ、中に入ってくれよ。カナコの好きなクリスタル冷やしてるよ。さあ、みなさんもどうぞ、どうぞ」

「紹介は中でゆっくりするわね」

カナコは女王のように先頭に立って歩く。彼女にはいつも圧倒される。自分よりもひとつ年下なのに、その知識の深さ、人脈の広さといったら驚くばかりだ。帰国子女、一流大学卒業、カリスマモデルといったものを取りはらっても、カナコという人は本当にすごいとつくづく思う。どうして彼女のような女性が、自分を友人と認めてくれているのか夏帆にはわからない。

「ナッちゃんのその正直なところがいいの」

とカナコは言うけれども、正直な女ならいくらでもいるはずだった。その正直さに何か独特の色彩があるのだろうと、この頃の夏帆は考えることにしている。

夜は庭でバーベキューをすることになっていた。ホテルからも黒服の男とウェイターが手伝いに来てくれたが、あらかたのことは自分たちでした。中谷さんの手際のいいことに夏帆は驚く。火のおこし方から肉の並べ方まで、他の人たちと動きがまるで違っていた。

「アメリカでさんざんしてたから」

と中谷さんは笑った。

「あいつら、料理するのは好きじゃないんだ。台所が汚れるのもイヤがるし、魚焼くにおいも大嫌いだから、すぐ庭でバーベキュー始めるんだ」

カナコは黒いスリップドレスに着替えていた。六月でも陽が落ちると軽井沢は肌寒くなる。それを知っている彼女は、ラメの入った灰色のストールをまとう。それは暗闇の中でカナコの白い肌をひきたてて、今夜のカナコはうっとりするほど綺麗だ。親友の愛も、芸能人やモデルに負けないぐらい美人だと思ったことがあるけれど、カナコを見ているとそれは間違いだとわかる。美しさの格がまるでかけ離れていた。チェアに座るしぐさも、グラスを持つ指の動きも、すべて洗練されている。その横に笹本はぴったりと寄り添い、クリスタルというとんでもなく高価なシャンパンを、彼女だけに惜しみなく注いでいる。

「あのオーナー、カナコさんにめろめろですね」

他のメンバーはテーブルで食事をしたり酒を飲み始めていたが、中谷さんは火をいじっているのが楽しいらしい。グリルの前を離れなかった。夏帆もその傍に立つ格好になった。

「もう、カナコさんに夢中っていう感じ」

「そうだな。たいていの男が、カナコにまいっちゃうよな。彼女は美人だし頭がいい。

だな」

気配りもできるけど、意地悪も上手だ。男はいっぺんで彼女を好きになっちゃうみたい
「中谷さんもですか」

はずみでつい尋ねてしまった。

「僕？　うーん、そうだなあ。友だちとしては最高だけど、女としてつき合ったらちょっとしんどいかも」

「なぜですか」

「カナコと僕って、よく似たとこがあるんだよ。外国が長かったせいかもしれない。ツーカーでお互いの手の内がわかっちゃってさ。男と女としてつき合うにはあれはつらいかも」

「あの聞いたんですけど……」

夏帆はあきらかに「よく似たとこがある」という言葉に嫉妬していた。

「中谷さんって、昔、カナコさんとつき合ってたことがあるって」

「あぁ……、つき合いかけたってことだよ。カナコがデビューしたての頃、まだお互いのことがわかってなかった頃」

「そうですか……」

火を見ていた。手にしているワイン、そして夜の闇と炎とが夏帆を次第に大胆にして

いく。

「あの、私、中谷さんのことが大好きなんです」

口にしたとたん、その言葉のせつなさと重大さに夏帆は思わず涙が出そうになる。本当に好きだ。出会った時から好きでたまらない。思わずほろりとこぼした言葉が、次の言葉に鎖をかけ、大胆に口からひきずり出す。

「中谷さん、私とつき合ってくれませんか。今、恋人がいないんだったら、私と、よろしくお願いします」

「うーん、なかなか魅力的な申し出だけどね」

中谷さんは、火かき棒で燃料のコークスをひとつ落とした。

「ちょっと違うかな。ナッちゃんとはこのまま友だちでいた方がいいと思うよ」

「でも中谷さん、今、恋人いないんでしょう。つき合っている人いないなら、ちょっとの間のスペアでいいんです。私とつき合ってください」

「そんなの、おかしいよ。恋人はタイヤじゃない。スペアがないからって困るもんじゃないよ」

「でも私、好きなんです」

もう後戻りはできないと、夏帆は見つめる。告白をしたのだ。今までしたことがないほど下手《したて》に出た。賭けをした。これで見返りがないなら、あまりにも自分がみじめ過ぎると夏帆は本当に泣きたくなってくる。

29

あの夜のことを思い出すと、わーっと大声を出して顔を両手で覆いたくなってくる。そうかと思うと、眠れない夜、チューブから香料の強いチョコレートをちびちび出すように、自分の心を満たしていくこともあった。

避暑地の夜、かなり飲んだワイン、そして肉を焼くための火が、夏帆を大胆にしていた。そしていくつかの言葉を次々と吐き出させていったのだ。

自分の気持ちを口にするのはとても重いことだ。学生の時や、十代の頃とは違う。ちゃんとした大人の人に向かって告白しているのだとわかっていた。けれども夏帆はそうせずにはいられなかった。

自分を試してみたかったに違いない。

今ちょっとした話題となっているNATSUのデザイナー。世の中で〝セレブ〟と呼ばれる人たちとも親しくなっている自分。もしかしたら今ならば、かなう恋、許される言葉もあるのかもしれないとちらっと思ったのだろう。

そんな傲慢さを、いつのまに自分は身につけていたのだろう。たぶんふだんから憧れ、しぐさのひとつひとつを見つめていたカナコを真似ていたのだろう。一瞬だけ、カナコが自分に宿っていたように錯覚したことを、なんて愚かだろうと思うけれども仕方ない。水が満ちてこぼれ出るように、心だっていつか満ちていけば、言葉にして吐き出すしかないのだ。

「そんな気もないのに、女の子とつき合うほど、僕はヒマでもないし、悪い男でもないよ」

「ヒマはともかく、悪い男になって……」

それはつまり遊ばれても構わないということを意味していた。カラダだけの関係というのは、この世でいちばん屈辱的なことだと考えるけれども、中谷さんなら構わないと思った。夏帆はそれだけ譲歩していたのである。

「悪い男か……ふっふっ、ナッちゃんって本当に可愛いね」

中谷さんは白い歯を見せて笑ったが、そこには何の希望もないことぐらい、夏帆にもわかった。

「ナッちゃんのそういうところ、本当に可愛くていいなぁと思う男は、きっといっぱいいるはずだよ。ナッちゃんはそういう男と恋愛すべきだよ。僕はたぶんその相手じゃないと思うよ」

「だから、つき合ってもないのに、そんなことわかんないじゃないですか」

「なるほどね、それも一理あるけどさ」

中谷さんは火に集中しているかのように、火かき棒をグリルの中に入れ、大きく炭を崩した。

「だけど僕はナッちゃんよりもかなり年上だし、男と女のことがまあ少しはわかる。男と女は、自分の心を知るためにつき合ったりはしないよ。最初からぐっときて、気がついたらそうなってる。恋する時ってさ、男も女も、同じ速度で、すごい早足で近づき合う。僕はさ、そういうもんだと思うよ」

つまり夏帆に対して、まるでその気はないということなのだ。夏帆のあまりの勇み足に、中谷さんは後ずさりをしているのだろう。

「わかりました」

やっとのことで夏帆はプライドというものを取り戻すことができた。

「でも私、希望持ってもいいですよね。ちょびっとでもいいから」

「僕みたいなおっさんに、そこまで言ってくれてサンキュー！」

中谷さんは微笑んだ。うっとりするぐらい素敵な笑顔で、やはり自分はこの人のことが大好きだと夏帆は思った。

「まっ、せっかく皆で仲よくやってんだ。このままでいこうや」

これってフラれた、っていうことだよねと、心の中で繰り返したが、あの時そうみじめにも悲しくもならなかったのは、中谷さんがあまりにあっさりと、しかもさわやかに断ってくれたからに違いない。といっても、ふたりの姿はやはり緊張したものに見えていたのだろう。

カナコの隣のチェアに座ったとたん、

「どうしたの」

と尋ねられた。彼女に隠すつもりはまるでなかった。それどころか、何かを共有したい気分だった。

「なんかふわんとした気分になって、中谷さんに好きって言っちゃった。でも全然そんな気はないっていってフラれちゃった」

「ふうーん」

カナコは思いのほか、深いため息をもらした。

「あの人って、わりと難易度高いかもね」

「やっぱり」

「若い頃からガイジンの女とつき合ってるからさ、何て言うかな、恋愛に関して理詰めのところがあるよね。ヘンに情緒に流れないっていうかさ。まあ、女にとってはやりにくい相手かも」

「私、高メ狙いすぎたのかなぁ……」

「そんなことないよ。私、思うんだけど、あの人、結構女好きだよ。だけど誠実な自分っていうのも好きなワケ。アーティストって、女に関しちゃ、ちゃらんぽらんな人多いじゃない。そういう人たちと一線を画そうっていうか、何ていうかさ……」

そして最後に言った。

「ま、単純じゃない分、魅力的だけどさ。自分でもそれがわかってるよね。そこがクセ者だけど。ま、仕方ないか」

とりとめのないカナコの中谷評であったが、夏帆はよくわかるような気がした。そして次の日は午前中、皆で佐久の方まで行き、ワイナリーや牧場で楽しんだ。予想していたとおり、中谷さんは何のわだかまりもなく、ソフトクリームを夏帆と一緒になめあったりしたものだ。

あの軽井沢の日から二ヶ月たち、その間、中谷さんとは四度ほど会った。小さなパーティーや飲み会で会ったので、デイトしたわけではない。中谷さんは以前と同じように夏帆を見ると、嬉しそうに声をかけてくれる。また仕事をしたいね、とも言ってくれる。この屈託のなさこそ、いちばんの拒否に違いない。

「これが大人のやり方っていうものなんだわ」

と夏帆にもわかってきた。しかし夏帆も同じようなクールさで、中谷さんのことを諦められるかと思ったらそうではなかった。あの告白の重みがじわじわと自分を歪《ゆが》めていく。あれだけの恥ずかしさに見合うものを、どうして自分は得ることができないのだろうか。ものすごくモテる、ということはなかったけれども、中学校の最初の頃から、告白は男の子の方からしてくれたものではなかったか。失恋は二回ほどあったけれど、それは途中からうまくいかなくなった時だ。最初はすべてあちらからであった。

カナコには「高メ狙い」と言ったけれども、それは嘘だ。夏帆の心の中には、確かに勝算があった。女の方から、それもふつう以上に魅力がある女の方から打ち明けて、きっぱりと断られるとは考えていなかったのだ。

夏帆は悲しい。自分のしたことを悔いている。そしてそうした夏帆の心にいっさい気がつかない智行のことを、どこかで軽んじてしまう時があった。

けれども夏帆は、智行にとても優しくしている。前よりもずっと心を尽くしているといってもいい。それは自分の不実さを償おうとしているからではなかった。彼が今、本当に苦境に立たされているからだ。

智行の相方は、漫才に見切りをつけ、故郷に帰ろうとしている。岡山で桃農家をしている家業を継ぐそうだ。

「十年たって見込みが立たなかったら、帰る約束をしていたって言うんだ」

しかしその約束をした日から十二年が経過していた。二年前というのは、深夜番組のレギュラーが決まって、「もしかしたら」と、かすかなチャンスの感触を感じていたはずだ。しかしそれはやはり気配でしかなかった。気体のようにまたたくまに消えてしまったのだ。人気というのはよく言ったものだ。この〝気〟がついているから、あやふやでまったく実体がない。

智行の相方は、この人気というものを追いかけていくことに、ほとほと疲れ果ててしまったという。

「会社にふたり呼ばれた。もう解散しかないってこと、とことん言われたぜ」

智行に残された道は、ピン芸人になるか、辞めるかのどちらかであるが、

「今のオレに、ピンが張れるわけないさ」

淋しそうに笑った。智行は今までこんな笑い方をしたことはない。時々見せた、口角が片方だけ上がる意地悪そうな笑い方は仲間の噂や愚痴を言う時の癖だ。そんな智行が以前は嫌いだったけれど、こんな風に静かな微笑み方はもっと嫌だ。もはや智行には、人を嫉《ねた》むエネルギーもなくなったかのようだ。

「そんなことわからないじゃない」

「いやー、こんだけやればわかるってば。それにオレはさ、やっぱふたりでやんのが好きなんだ。ネタ考えてさ、稽古やって積み重ねてって、間《ま》がうまくとれるようになる。どっと笑いがくる。そういう時に最高だって思うんだよな」

そんなタイプのお笑い芸人は、もう古いのかもしれない。今、人気を博すためには、テレビのスタジオでひな壇に座り、その時の言葉に寸時に反応する瞬発力を求められているのだ。

「だけどさ、オレの唯一強いところは、帰るとこがないことだよなぁ」

不意に言った。

「ほら、オレのうちって金もないし、親父《おやじ》もお袋も仲悪くて勝手にやってるからさ。もう実家なんてもんはない。帰れないと思うとさ、なんかしなきゃって思うもんな」

「そりゃ、そうだよ」

夏帆は頷く。智行の実家は九州の熊本だ。貧しいうえに両親の仲が悪いと聞いたことがある。突然小さな男の子を連れていった夏帆に、母親はこんなことを言ったものである。

「ナッちゃんがどういうおつき合いをしているかわからないけれど、ママはあんまり賛成できないわね。あったかい家でちゃんと育っていない人は、みんなこういうことするわね。ママは絶対に信用できないわ」

あの時、どれほど自分の母親のことを憎んだろうか。そして智行のような境遇の人間は、

「ちゃんと育っていない」

と言われたりするのだと実感した。今の智行の言葉も、半分は強がりに違いない。世間から「ちゃんとしていない」と偏見を持たれてきたことに反発しているのだ。

「トモ、頑張ろうよ」

肩に両手をまわし、頬と頬をぴったり重ねた。今朝、髭を剃《そ》らなかったのだろうか。ちくちくと肌をさす。智行のことが、本当に好きだ。愛していると思う。

「どんなことがあっても、私はトモの味方だよ。どんなことがあってもついていくよ」

いつかドラマで聞いた言葉、カリスマ歌手が叫んでいた歌詞を、舌に乗せて発音すると、人はどうしてこれほどせつなくやさしい気持ちになるのだろうか。

「だって、本当に好きなんだもん。本当に、ス・キだよ……」

目を閉じてその感触を楽しみながら、夏帆は髭を生やした別の男の人のことを思い出している。自由に心の中で思慕を深くしていく。確実なものは今ここにあるから。もう手に入ったものとこうして戯れながら、まだ手に入れられないもののことを考えるのは、なんと甘美なことなのだろう。

そして夏帆は考える。

「憧れる心と同情する心って、どっちが本物で強いんだろうか」

よくわからない。ただひとつ言えることは、心というのはなんて便利なんだろうということだ。自分の方から手を伸ばし、智行の髪をくしゃくしゃにする。そして何度もキスをする。そうしながら他の男の人のことも考える。だけど心は外から見えない。もう一人の男の人を考えるから、心は二倍深くなっていく。

そして久しぶりに智行の部屋に泊まり、夜明けまで何度かセックスをした。次の日の日曜日の午後、自分の部屋に帰ると、夏帆は中谷さんに会いたくて会いたくてたまらなくなる。そしてゆっくりとメールをうった。

『なんかすごい暑い日が続きますが、お元気ですか。ここのところずっとご無沙汰していますが、もしよかったら』

ここで「もしよかったら」という文字を消した。こういうネガティブな言葉は重苦しくなるから使わないほうがいい。

『ご無沙汰していますが、今度ご飯をご一緒してください。白金にすっごくおいしいトンカツ屋さん見つけました。沖縄のアグー豚を揚げてくれるんですよ』

メールは思っていたよりもずっと早く返ってきた。

『オーケー。トンカツは僕の大好物。だけどアグー豚のトンカツは食べたことがない。すごく楽しみだよ。日にち決めようか。僕は来週、水曜と木曜なら大丈夫』

ＯＫのマークの後、中谷さんはこんなエクスキューズを忘れない。

『だけどその後、打ち合わせがあるから9時まででいい？』

『もちろんですよ』

水曜日は朝から温度がぐんぐん上がり、今夏最高の気温になると、お天気おねえさんは告げる。何を着ていこうかと、夏帆はクローゼットを開けた。白いピケのコットンワンピースは、今年のＮＡＴＳＵの自信作だ。今も売れ続けている。これは六〇年代の雰囲気を出すために、ボタンを工夫した。大きな特徴あるボタンは、台東区の工場で特別につくってもらったものだ。本来ならこんな少ない数では注文を受けてくれないのであるが、俊が説得してくれたのだ。彼の母親の名前があったことは言うまでもない。

シンプルなデザインであるが、とてもいいコットンを使っているために、張りがあって体のラインが綺麗に出る。安さということでは他にいくらでもある。この頃、ＮＡＴＳＵは、ワンシーズンだけで捨てる洋服には飽きた、二十代中頃の女性が買ってくれるようになっている。

このワンピースに、ちょっとレトロな感じのするスカーフを合わせるのもいいかもしれない……。

その時、スマホが鳴った。智行も夏帆も大好きな、アメリカンポップスの女王の歌だ。

「起きてる？」

智行の声だ。

「あたり前じゃん。とっくに起きてるよ」

「あのさ、今日、会えるかな」

「今日……。うーん、ちょっとむずかしいかな。編集の人たちと女子会することになってる」

こういう時の嘘はなめらかに出た。

「そーかー。ちょっと会って話したいことがあったんだけど」

中谷さんにも会いたかったが、智行にももちろん会いたい。しかしある不安が頭をもたげる。彼が朝、こんな時間にかけてくるなどというのはめずらしい。どうしても会いたい、という用件は何だろうか。こういう時、夏帆はとてもせっかちで狡猾《こうかつ》だ。あれこれ考えながら夜まで過ごしたくはなかった。

「会って話したいことって何なの」

「あのさ、オレさ、昨日ムネヤさんに会って相談してきたんだ」

ムネヤというのは、一時代を築いた有名コメディアンだ。智行のことを以前からとても可愛がっていると聞いていた。

「オレさ、浜松に行くことにした。そこにムネヤさんがやってる洋食屋ができるんだ。まずは副店長からやって、いずれはオレに店を任せてくれるって。ナッチ、ついてきてくれるよな」

言葉を失う。こういう運命の動き方は、夏帆の好むところではなかった。

「意味わかんない」

夏帆は叫んだ。

「いきなりさ、浜松行くとかさ、ついてきてくれとかさ」

「だからさ、会っていろんなこと話したいって言ってるじゃん。だけど今日、お前忙しいって言うんだもん」

「わかった、わかったよ」

中谷さんの言葉を不意に思い出した。せっかくのデイトだというのに、「その後、打ち合わせがある」ので、九時までとあらかじめ言われていたのだ。

「それならさ、九時半ならどう。私、編集の人との飲み会、早く切り上げるからさ。白金あたりで、九時半」

「わかった。だけどオレ、白金のしゃれた店なんて、ひとつも知らねえよ」

「あのさ、それじゃ交差点の右、曲がったところにカフェあるからさ……」

説明しながら、そのカフェが中谷さんと行くトンカツ屋とは交差点を軸にして、まるで反対側にあることに気づく。まさか中谷さんと会っているところを見られるわけはないだろうが、用心して遠いところを指定したのだ。

とても期待していたのだが、アグー豚はあまりおいしくなかった。歯で噛むと脂がぎゆっとにじみ出る。ふたりはアグー豚を最後まで食べることができず、ふつうのヒレカツとメンチカツを頼み、分け合って食べた。

「やっぱりこっちの方がずっとおいしい」

ビールを飲みながら中谷さんが言う。今夜の中谷さんは、とても薄手の革ジャケットを着ている。まるで布のようななめらかさで、とても高価なものだろうと夏帆は見当をつける。

「沖縄でさ、よくアグー豚を食べたけど、やっぱりトンカツにするとしつこいかもしれないなあ……」

「中谷さん、よく沖縄行くんですか」

「毎年行ってた時あるよ。僕のさ、大切な収入源のひとつに、食品会社のカレンダーってくるのがあってね。そのために毎年、与論や竹富行ってた」

そうして得たお金で、ニューヨークやアフリカへ行き、好きな写真を撮ることができるのだという。

「写真集出したって売れるわけがないからね。たいていのカメラマンは、そうしたコマーシャリズムの恩恵によって、自分の世界をつくれるんだよ」

「じゃあ、中谷さんも、自分の写真撮るためには、嫌いな仕事もしてるってこと」

「嫌いな仕事ってことはないけどさ、これはお金のためにやってるって自覚はしてるよね。広告の仕事がくると、心からラッキーって思うもの。この頃、出版社も不景気だろ。エディトリアルの仕事で、海外ロケはぐっと少なくなっているから、自分の金つくるしかないしさ」

「ふうーん」

夏帆はヒレカツと一緒に頼んだお新香をごくっと飲み込む。

「あの、中谷さんはカメラマンやめようと思ったことありますか」

「ないなぁ」

あっさりと言う。

「親に一眼レフ買ってもらった中二の時から、絶対にこれを仕事にしてくって決めてたから」

「だけど、カメラマンで生活できなかったらどうしようって思ったこと、ないんですか」

「うーん、あのね、写真ある程度やってたら、どんなことやっても食べていけるもの。スーパーのチラシ撮ってもいいし、雑誌の小さいカット撮ってもいい。カメラ離れてサラリーマンやるとかさ、まず考えたことないなあ」

「それじゃ、たとえばですよ……」

その時、白衣姿の若い店員がやってきて、ご飯と赤だしはどうしますか、と尋ねた。

夏帆はご飯はいらないと答えながら、智行ももうじきこういう仕事をするのだろうかと考える。

「あの、自分の夢を捨てて、違う仕事に就こうっていう人、中谷さんはどう思いますか？　軽蔑します？　間違ってると思う？」

「そんなの仕方ないよ」

中谷さんは首を横に振る。

「夢は必ずかなう、なんていうのはあるわけないってみんな知ってる。僕はたまたま運がよかっただけだよ。夢を諦めるっていうのもさ、実はとても勇気がいることなんだもの」

「勇気？」

思わぬ言葉が出たので夏帆は驚いた。夢を途中で諦める、などということはとてもみっともなくみじめなことだと思っていたからだ。

「だって新しい人生踏み出すって、とても勇気のいることじゃないか。僕のまわりでもいるよ。自称カメラマンっていうことでさ、仕事もないくせに、プライドだけは高くてまわりに迷惑かけてる奴。あのさ、こんなこと言うと、ものすごくエラそうに聞こえるかもしれないけど、自分の限界を見極めるっていうのも、ひとつの能力だしさ。諦めるっていうのも勇気なんだよ」

特に若いうちはね、と、中谷さんはつけ加えた。

「今、ナッちゃんのまわりは、キラキラした人ばっかりであふれている。だけどそれがすべてじゃないよ。そのキラキラした人の下にはさ、何十倍もの満たされなくって、自分の夢とは別の道を歩いていった人がいるんだよ。僕はさ、そういう人をたくさん見てきたからさ。ちゃんとそっちに向ける視線も持っていようと思うよ」

そこに丼によそわれた大盛りのご飯と、豆腐のお味噌汁《みそしる》が運ばれてきた。中谷さんは、しっかりと口を開けご飯をほおばっていく。リズミカルに口に運ばれていくご飯と、都会的な髭をたくわえた顔とは、あまり似合っているとはいえない。

「中谷さん……ご飯、好きなんですね……」

「ああ、僕、ご飯大好きなんだ。明太子とかおじゃこがあれば、軽く三杯はいけるね」

「三杯もですか」

「うん、僕はおばあちゃんっ子だったから、ご飯残すの、すごく怒られたんだ。ちゃんと食べるうちに、ご飯大好きっ子になったんだよな」

そう言いながらご飯を食べる中谷さんの姿は、とても無防備で可愛らしく、

「この人のこと、やっぱりすごく好きだ」

と、夏帆は泣きたくなるような気分になる。

「あの、中谷さん、またこんな風に会ってくれますか」

「もちろんOKだよ。すっごく楽しかったしさ」

「それから私が、私が、もし、遠いところへ引っ越すことになっても、会ってくれますか」

「えっ、ナッちゃん、どこか海外に行くの」

「いえ、そういうわけじゃなくて、地方に引っ越すかもしれなくって……」

ドラマだと、相手の男の人は、ここで、

「どうして、いったいどこへ」

と真剣に聞いてくれることになっている。そしてすぐ、

「じゃあ、そんなのやめなよ。遠くに行くのはやめてくれ」

と言うことになっている。

けれども中谷さんは、そのようなことをいっさい言わなかった。

「じゃあ引っ越し前に、また、おいしいものを食べに行こう」

と立ち上がる。

「ナッちゃん、トンカツが好きだったらさ、今度恵比寿に行こうよ。昔からやってるおいしいとこがあるからさ」

そして、

「カナコとかみんな誘ってわいわいやろうよ」

とつけ加えることを忘れない。なんて大人なんだろうと夏帆は思う。相手の心を先まわりして推しはかり、そして巧みに傷つけないように払いのける。さっきまで少年のように丼ご飯をほおばっていた人とは、まるで違う。こういうのを狡《ずる》いというのだろう。けれども夏帆はこうした狡さに惹かれてしまう。大人の狡さに、身も心もからめとられたいと激しく思う。けれどいったいどうしたらいいのだろう。一方で決断を迫られようとしているのに、もう一方は永遠にのらりくらりとしようとしている。だから夏帆は一歩踏み出す。そうせずにはいられない。

「恵比寿、ぜひ。でも、やっぱりふたりきりがいいな」

中谷さんはちょっと驚いた顔をしたけれども、すぐにいつもの優しい笑みを浮かべた。

「わかった。じゃ、メールするよ」

「いつ？」

「来月」

友だちの頻度だと思う。恋人の頻度は週単位だからだ。

タクシーを拾う中谷さんと別れて、夏帆は交差点を渡る。まだフラれたと決断を下してはいない。始まったばかりだと思わなくては、どうしてこの屈辱に耐えられるだろうか。そしてこの屈辱を心に秘めたまま、夏帆は別の男に会おうとしていた。そして少し意地の悪い気持ちになっている。他の男から与えられた屈辱を、別の男に分け与えずにはいられない。そんなことができるのは、彼が完全に自分の男だからだ。

自分の男。もう二年以上愛し合った本当の恋人。この男がいるから、自分はこれほど傲慢にもなれる。女は同時に一人の男しか愛せないと、まだ信じている人がいることが夏帆には驚きだ。愛情という感情の大きなカタマリは、ある時は一人の男に集中することもあるが、均等に二人の男にわたることもある。三人、ということはごくまれにしかあり得ないが、二人だったらいくらでもある。片方の男から得た高揚感や喜びは、もう片方の男にも浴びせる。そして片方の男から与えられた失意や絶望の負を、もう一人の男にも味わわせることもある。女というのは、こうして感情のバランスをとっているのではないだろうか。

十二分も遅刻して智行はやってきた。

「ナッチの言い方が悪くってさ、交差点のあっち側行っちゃったじゃん」

それはトンカツ屋の方向だったので、夏帆は少しどきりとした。

「何かさ、今日、暑くね?」

座るなりビールを注文した。このカフェは外国製しか置いていないので、智行が飲むのはハイネケンだ。さっき中谷さんの飲んでいたキリンではない。夏帆は場面がさらっと変わったような気がした。

「だからさ、浜松ってどういうことよ」

「ほら、事務所から今後のこと聞かれた時にさ、オレ、ムネヤさんに相談したワケ」

芸能養成学校を出た智行は、師匠というものを持っていない。けれどもムネヤのことは大層尊敬し、あちらも何かと気にかけてくれていた。ムネヤは大御所と呼ばれる年代にはまだ早い四十代前半であるが、関西出身のタレントらしく財テクに長《た》けていた。五年前に、オムライスとハヤシライスを中心にした洋食屋を出したところ大当たりして、大阪にもう四軒の店を出しているのだ。そして五軒目を浜松に出す計画が持ち上がった。漫才をやめるならば、この店をやってみる気はないかと打診されたという。

「オレたちお笑いってさ、やめるっていったらもう道は二つだよな。家に帰って仕事継ぐか、どっかの居酒屋の店長やるか」

「他に道はないの」

「サラリーマンなんか無理に決まってるじゃん。大学出てないしさ」

「だけどこのあいだバラエティで『あの人は今』ってのやってて、どっかの営業部長やってる元タレントが出てたよ」

「ああ、リューイチさんだろ。営業部長って言ってもさ、すげえセコイ不動産会社で、あの人、人寄せパンダみたいなもんさ。ふだんは宴会でモノマネばっかりさせられて、テレビがきたときだけ、スーツにネクタイで、いかにもデキる営業マン気取るんだよな。オレ、あんな風になりたくないよな。インチキ営業部長」

智行は唇をゆがめる。少し前の彼が戻ってきていたような気がした。最近の彼ときたら、人の悪口を言う活力さえ失くしていたからである。

「ムネヤさんは言ってるワケ。最初は副店長で入ってもらうけど、いずれ、っていうか二年後くらいには店長にするって。お前のアイデアとやる気で『ムネノキ軒』を変えてくれって」

「ムネノキ軒」というのは、ムネヤが経営する洋食屋の名前である。

「オレさ、ムネヤさんに聞いたんだ。なんでオレのこと、そんなに買ってくれるんですか。オレに経営能力なかったら、どうするんですかって。そうしたらムネヤさん、何て言ったと思う。バカヤロ、洋食屋に経営能力なんかいらねえんだ。ただうまいもんコツコツつくる気持ちと根性さえあればいいって。お前はダテに売れない芸人十年やってたわけじゃないだろ。売れない芸人十年やってた奴は、間違いなく根性あるから、オレはそれを買ったんだって。それを聞いたとき、ホントに嬉しかったなー」

智行の目にあるものが、決して失意でないことに夏帆は驚いていた。中谷さんの言うとおり、夢を諦めることは勇気のいることかもしれなかった。

「それでさ、オレ、考えたんだけどさ」

ソーダのストローの袋をいじっていた夏帆の手に、彼の手が重なる。

「やっぱりナッチと一緒になるしかないなあって」

「一緒になるって……」

「そりゃ、結婚だけどさ」

照れたように言った。

「本気だから」

これは正式のプロポーズということになるが、想像していたような感動はなかった。それよりもまず困惑がくる。

「だけど、私の仕事はどうなるわけ」

「そこなんだよなぁ」

智行は大きなため息をついたが、それはいかにもわざとらしかった。

「ナッチ、ほら、会社立ち上げて結構うまくいってるみたいじゃん。それなのに、オレと一緒に浜松行こう、なんて無理かもなぁ。だけどそこを何とか」

「何とか、ってどういうこと」

「だからさ、こっちの仕事は、まあ、アレして浜松に来て欲しいんだけど」

「アレするって、会社やめにしろってこと」

「だって仕方ないだろ」

今度はふてくされたふりをしたが、彼自身、大きな迷いの中にいることはすぐにわかった。

「オレ、ナッチのこと好きだし、ナッチ以外の女なんかやっぱし考えられないんだから、結婚するしか仕方ないじゃん。だけどその結婚生活する場所が浜松じゃん。そうするとさ、東京の仕事アレしてもらって、やっぱり浜松に来てもらうしかないじゃん」

「冗談じゃないよ」

夏帆は智行の手を払いのけた。困惑の後で、こんな怒りが来ようとは思いもしなかった。

「私だって仕事好きだもん。やめるつもりなんかないもん」

「そうだよな……」

やっと素直なため息が出た。それと同時に夏帆の心の中にも、もっとやわらかくあたたかいものがあふれ出す。

「これって、まるでひと昔前のドラマみたいじゃん」

「そうだよなぁ」

「バリキャリの美人の主人公がいる」

「お前のことかよ」

「そう、そしてさ、ちょっと不甲斐ない恋人がいて、転勤になるんだよね。そしてついてきてくれって言うわけ」

「結果はどうだったっけ」

「フジのドラマは別れて、ＴＢＳはさ、北海道へ追いかけてくのよ」

夏帆は智行の目をじっと見た。

「ねえ、浜松って東京からどのくらい」

「新幹線で一時間半」

「わかった、北海道でも九州でもないよね。一時間半っていうのはオーケーだよ。私たち、ドラマの中を生きてるんじゃない。主人公にどっちか選ばせるのがドラマだけど、私はそんなこと絶対にしないもの。どっちも手に入れてみせるもの。本当に」

今度は夏帆のほうから、男の手を強くにぎった。

30

浜松に来たのは初めてだ。想像していたよりもずっと大きな街だった。新幹線の駅の構内には、ピアノが飾ってある。ここは楽器とオートバイの街なのだ。有名なヤマハの本社やホンダの製作所がここにはある。そのため新幹線の列車からは、どっとビジネスマンたちが降りてくる。

「ぜんぜん田舎じゃない。東京と同じじゃん」

迎えに来た智行に言うと、

「だろ」

と得意そうに笑った。

「住んでる人も店もわりとイケてるし。地方都市っていう感じじゃないんだよなぁ」

一ヶ月ぶりに見る彼の髪が、ぐっと短くなっていることに夏帆は気づいた。飲食店に勤める彼の決意の表れだろう。智行には前からこうした律儀《りちぎ》なところがあると、夏帆はふっとせつなく思った。

智行のマンションは、浜松駅からバスで二十分ほどのところにある。東京で彼が住んでいたところは、マンションとは名ばかりで、どう見てもアパートであったが、ここは確かにマンションだった。オートロックもあったし、エレベーターもある。智行は親指で〈5〉という数字を押す。

「オレさ、三階以上のとこに住むのは初めてかも」

「やったねー」

ふたりで顔を見合わせて微笑んだ。エレベーターの蛍光灯の下、智行の顔は白々として見える。まだふたりとも、とてもぎこちない。話したいことや聞きたいことは山のようにあるのだけれど、とにかく幸せそうにしなければと夏帆は思う。とにかく「見切り発車」をしてしまったのだ。

「ちょっと見てくれよ」

鉄の扉を押すと、明るい陽ざしが目に入った。新築ではないけれど2LDKであった。リビングルームにはテラスがついていて、一戸建ての列の向こうに緑が見える。

「なんかさ、古い大きな家があって記念館になってんだ」

「ふうーん、何の記念館」

「知らねー」

智行は持ってくれていたナイロンのビジネスバッグを床におろすと、しっかりと夏帆を抱き締めた。カーテンもまだない部屋で、長いキスをした。

「ナッチ、サンキュー」

「何が」

「決まってんじゃん。来てくれたから」

「そんなの、あたり前じゃん」

約束したんだから、という後の言葉を夏帆はなぜか発しなかった。

「だけどさ、オレたちラッキーだったよな。結婚するかもって言ったら、ムネヤさんが住宅手当を六万円にしてくれたワケ。浜松って案外家賃高いから、本当に助かったよな。六万円にプラス七万っていうのはさ、確かにちょっときついけど、ナッチもいるんだし、ちょっと気張らなきゃなって思ってさ」

リビングの次のドアを開ける。板張りの六畳ほどの部屋だった。つくりつけの本棚がある。

「ここはナッチの部屋だぜ」

智行はニヤッと笑って親指を立てた。自分の仕事部屋が欲しい、という夏帆の願いをちゃんとかなえたと言わんばかりだ。

「ここにさ、机を置けるだろ。オレさ、ニトリで、リビングテーブルと椅子を買う時、ついでにナッチのデスクを買おうと思ったんだけど、やっぱり自分で選んだほうがいいかなぁと思ってさ」

「そうだね。自分で選ぶよ。東京のを運んでもいいしさ」

驚くほど何ごともうまく運んだ。パートナーである俊に打ち明けた時は、どれほど不安な気分になっただろう。恋人と浜松に行こうと思う。今すぐではないけれど、彼が仕事に慣れたら籍を入れようと思っている。けれども俊とふたりで立ち上げた「ＮＡＴＳＵ」をやめる気もないし、これからも仕事を続けるつもりだ。そんなことは可能なのだろうかと相談してみた。

考えてみるとずいぶん身勝手な話だ。いくら優しい俊でも、

「もうやめよう。会社やめちゃおう」

と怒るかもしれないと思った。しかし俊は、いつもの冷静な様子を崩さず、まずはおめでとう、と言ってくれたのだ。

「相手はあの芸人さんだよね。まあ、ナッチが幸せになるのがいちばんだよ」

こういう時のこういう言葉がまるで皮肉に聞こえないのが、俊のいいところだ。

「それに浜松だったら、充分に東京で仕事できるよ」

「そうだよね。私もそう思ってたんだ」

夏帆はすっかり嬉しくなる。

「ナッチは浜松で今までどおり仕事して、週に二日か三日、東京に来れば大丈夫じゃないかな。浜松って東京から、えーと」

「一時間半」

夏帆は叫んだ。

「新幹線で一時間半だよ。ただし、だらだら行く『こだま』を避けて、一時間に一本の『ひかり』に乗らなきゃいけないけどさ」

「それじゃ、たぶん大丈夫だよ。もちろん前のようにはいかないかもしれないけど、肝心なのはナッチの幸せなんだから。そんな風なシフトでやるってのもアリだよ」

俊がこのように鷹揚《おうよう》なのは、もともと裕福な実家だからだ。彼が「ＮＡＴＳＵ」の経営に加わってくれたのは、いずれ母親のビジネスに、ネットを加えたいという試験的なものがあったからである。

俊だけではない。智行との結婚は、想像以上の好意と賛同があった。

反対されると覚悟していたのであるが、

「どうせ人の言うこと聞くようなコじゃないし」

と母は言ったものだ。

「ナッちゃんが、あのユータくん連れてきた時から、このコはもう、あたり前の結婚なんかできやしないって思ってたからね。智行くんにもらってもらうのがいちばんいいのよ」

父だけは、

「どうして結婚するなら、すぐに籍を入れないんだ。式をしないんだ」

と、ぶつぶつ言っていたが、格段大きな声での反対はなかった。

「あのさ、生活が落ち着くまで、籍は入れたりしないけど、いずれはウェディングドレス姿お見せしますから」

ふざけて父に言ってみて、本当にそんな日がくるんだろうかと、夏帆がいちばん疑っている。ウェディングドレスを着た自分というのがまるで想像できないのだ。

不思議でたまらない。いったいいつからこんな風に醒《さ》めた気持ちになったんだろう。

専門学校に通っていた頃、「ブライダル」という課題が出て、この時は同級生たちも夏帆も、かなりはしゃいでデザインをしたものだ。決まった恋人もいなかったあの頃、ウェディングドレスやお色直しのドレスを考えるのが本当に楽しかった。それなのに結婚が現実のものとなると、ウェディングドレスは急に遠ざかってしまったような気がする……。


ふたりで再びバスに乗り、量販店でこまごましたものを買った後、かき揚げ丼を食べた。智行は言う。浜松は海産物が豊富なところで、養殖が盛んな鰻《うなぎ》よりもおいしいものがいくらでもある。街中のイタリアンやフレンチのレベルが高くてびっくりしたそうだ。

「だからさ、結構競争厳しいんだよなぁ。ここの人は舌が肥えてるから、ちょっとでも手を抜くとすぐに客が来なくなる。それで潰れちゃった東京の有名なチェーン店、いくつもあるっていうもんなぁ」

そういう智行の顔は、すっかり食べ物屋の幹部のそれだ。芸人らしい愛嬌《あいきょう》や、はったりのアクの強さは、よく目をこらして見ないとわからない。それはもうほとんど消えかかっていて、夏帆以外の人間が見たら探し出すことはできなかっただろう。

「あのさ、私、今夜智行の働いているところに行こうかな」

「えー、マジかよ」

「うん。だってお店もちゃんと見てみたいしさ」

「それじゃさ、席つくっとくよ。本当はさ、予約できない店なんだけどさ」

そう言って智行は、マンションに荷物を置くやいなや出勤していった。レストランは六時開店で、今日の智行は三時までに出勤しなくてはいけないのだ。

夏帆は買ってきたタオルや水切りカゴ、包丁といったものをそれぞれの場所におさめた。智行は茶碗やお椀《わん》も買っていこうと言ったが、それはやめさせた。食器や小物はとことん吟味して、東京で買うつもりだ。いくら質素なスタートを切るからといって、ありあわせのもので部屋を飾るつもりはなかった。

五時になった。夏帆はデニムからカーキの綿のワンピースに着替える。これは「NATSU」の人気商品だ。春夏に秋っぽい色を使ったところが新鮮だったのか、思っていた以上のヒットとなった。シンプルなように見えて、スカートはバイアス使いにしている。これによって思わぬ動きが出てくるのだ。こういうことはパソコンやスマホの画面ではなかなか伝わらないけれども、心を込めたメッセージが効いたのか、予定していたよりも売れた。確実に「NATSU」の固定ファンはついてきているらしい。

この頃やっと夏帆と俊の給料が出るようになったところだ。いずれは服の点数も増やし、デパートやセレクトショップに置いてもらおうと意気込んでいたところであるが、夏帆の今度の浜松行きで、失速は免れないであろう。

『焦っちゃいけないと思う。だって私たち、まだ若いんだし』

おととい愛に打ったメールを思い出す。愛は新婚であるが、最近妊娠がわかった。もっと先に子どもをつくるつもりだったのだが、計画が狂ってしまったという。愛の師匠である有名スタイリストは、あきらかに嫌な顔をしていたそうだ。

『これでアシスタントを辞めなきゃいけないと思う』

　という愛の嘆きのメールに答えたものだ。

『愛もそうだと思うけど、私はずっと仕事で百パーセント幸せになろうと思ってた。そのために頑張ってた。でもね、今は仕事五十パーセント、家庭生活五十パーセントの割合でもいいかなあと思ってる。仕事だけ、愛だけで百パーセント幸せ、っていうのはすごくむずかしいことだけど、いろんなものを足して百パーセントになれば、それでいいんじゃないかなあって。これ、逃げとか諦めとかじゃなくてさ。人間の生きる知恵って感じかな。ま、私たちも大人になったんだよね』

　バスでいったん浜松駅に戻り、そして別の路線で南の方に向かった。智行に教えられたとおり五つめで降りると、オフィス街と歓楽街とが一緒になったような界隈《かいわい》だ。雑居ビルの一階に「ムネノキ軒」とあり、人気芸人でこの店のオーナーであるムネヤの似顔絵が描かれた看板があった。ここは洋食が人気なので、その顔の横にはオムライスの絵があった。

　ドアを開けたとたん、「いらっしゃいませ」とにぎやかな声がかかった。思っていたよりもずっと広い店で、厨房をとりまくようにカウンター席、そしてテーブル席がいくつか並んでいる。まだ時間が早いので、客の入りは三割といったところだろうか。

その時すばやく近づいてくる男がいた。

「ナッチ、こっち、こっち」

目立たないふたりがけの席に案内してくれた。制服を着た智行であった。

「まず何食べる？　ここ、オムライスもうまいけど、まずはメンチカツを食べなよ」

智行は他の店員と同じように、赤と白のストライプのエプロンをつけ、赤い帽子をかぶっていた。そのエプロンの真ん中にもムネヤの顔が描かれていた。

「サラダもうまいぜ。トマトサラダ、最高だから」

「うん、そうする」

智行はにっこりと笑って、厨房に近づき、

「ご新規さま、メンチカツ、オムライス、トマトサラダいただきましたぁ」

いずれは店長といわれているけれども、智行は他のバイトと同じように、一人の店員として働いているのだ。ストライプのエプロンも赤い帽子も、まるで似合ってはいなかった。上背のある智行はデニムが映える。舞台の上では、どんな派手なタキシードよりも、デニムは夏帆にとって素敵な舞台衣装に見えたものだ。

「こんなのってあり……」

どうしても智行の方を見ることができない。なんてへんてこな帽子なんだろう。なんて派手でみっともないストライプのエプロンなんだろう。こんなものを着せられる智行はあまりにも可哀想だ……。

「お客さま、お待たせしました」

わざと気取って智行が、ほかほかと湯気をたてるメンチカツを運んできた。とろりとデミグラスソースがかかっていておいしそうだ。ひと口飲み込んだとたん、夏帆は目頭が熱くなった。湯気のせいかと思ったけれども、そうではなかった。なんと夏帆は智行に同情しているのだ。

同情……。こんなことがあるだろうか。彼のことを愛したり憎んだりしたこともあったけれども、智行に同情する日がくるなんて考えたこともなかった。

夏帆はナイフとフォークを置き、水を飲むふりをしながら、浜松での生活を考えていた。

このエプロンと赤い帽子をかぶる男と、自分はここで生活するのだ。そしてあの２ＬＤＫの部屋で、彼が働いている間はせっせとデザイン画を描く。そして週に二日か三日は東京に行き、生地屋さんをまわったり、パタンナーと打ち合わせしたりする。そしてまた浜松に帰ってきて智行を待つ。

「こんなのってあるんだろうか……」

まるで現実感がない。このストライプのエプロンと赤い帽子をかぶった男とふたりで、この街で暮らすなんて。

しかしことは次第に進んでいく。夏帆の住んでいたマンションは更新が近づいていたので、あらかじめ不動産屋に来月でひきはらうと約束していた。

インターネットで見つけた引っ越し屋にも、予定の日を告げていた。来月の二十五日の火曜日。カレンダーに「友引」と書かれた日に、夏帆は浜松へ行くことになった。しかしこのことを仲間に言うつもりはなかった。

「浜松で仕事をしてると、不利になるかもしれないから、仕事関係の人にはしばらく黙っていたほうがいいと思うよ」

という俊のアドバイスに従ったのだ。

「どうして、仕事はどこでもできるって言ったのはシュンだよ」

「だけどさ、東京と浜松じゃ、やっぱり違うよ。空気が違うし、道を歩いている女の子も違うよ。僕さ、この頃、香港やソウルや上海に行くけど、やっぱり東京の女の子っておしゃれだと思うな。こんなに洋服を着こなして自分のものにしている女の子がいるのは、東京だけだと思う。アジアの他の都市は、どんなことをしても追いつけない。でももうそんなことは言わないよ。ナッチが選んだことだもの」

あの言葉が甦る。

「いろんなものを足して百パーセントになればいいんだよ」

私が望んでいたものは、本当にそうだったんだろうかと夏帆はつぶやく。

31

月があけた。新しい月がやってきた。それは夏帆にとって、まったく新しい人生の始まりとなるはずであった。

二十五日になると引っ越し業者がやってきて、夏帆はここを引き払うことになっている。そして智行の住む浜松に行くのだ。もうとうに荷物の整理をしていなくてはならないのだが、夏帆はまったく手をつけていない。引っ越し業者があらかじめダンボールを置いていってくれた。その中にまず着るものを入れたのだが、少し実家に送った方がいいのではないだろうかと悩みだしたら、またぐずぐずと元に戻してしまった。

とにかくことを進めなくてはいけないと思いながらも、体が動かない、などということは初めての経験である。

「どうしたら、いいワケ……？」

声に出して言ってみた。誰かの本に書いてあったことを思い出す。

〈男に関しては、運命に流されるというのもいいものです〉

そうだ、自分は恋人のところへ行き、共に暮らすと決めたのではないか。智行のことは好きで好きでたまらない。ちょっと不器用に見えるほどの背の高さも、短くなったために硬さがわかる髪の毛も大好きだ。それなのにあのストライプのエプロンのことを考えると心が萎《な》えてしまうのだ。

「私ってサイテーの人間かもしれない」

彼が未来に向けて頑張っている芸人だったら愛することができた。それなのに夢を諦めて洋食屋の店員になったとたん、もう以前の感情を持てないというのか。

「そんなのダメ」

自分で自分を叱る。夏帆が浜松についてくることを彼はどれほど喜んでくれただろう。何度も「ありがとう」と言った。それなのに夏帆の梱包《こんぽう》する手はまったく動かない。夏帆は呼吸を整え、自らを励ました。

「生活が変わることが、ものすごく不安なんだ。緊張しているんだ。でも大丈夫……」

私には智行がいる。いずれは結婚することになる大切な人だ。大切な人、大切な人……。

「今も？」

大きな強い声で誰かが問うた。

「泣きながらメンチカツを食べていた時、智行に同情していたよね。同情っていうのは愛するとは違うんだよ。同情するってもっと他人事なんだよ……」

誰かに相談したい。カナコならすぱっと答えてくれるだろう。けれども答えはわかっている。

「行きたければ行けば。行きたくなかったら行かなきゃいいじゃん。決めるのはナッちゃんなんだから」

だけどカナコは知らないんだ。世の中にはどうしても答えが出ないことがあるということを。浜松に行かないことは智行と別れることだ。芸人を辞めて、洋食屋に勤め始めた彼を捨てたと、夏帆は一生悔いることになるだろう。そんなことはしたくなかった。

しかし心のもやもやはおさまらず、夏帆は結局カナコにメールをうった。

『いま何してる？　私、なんだかいろいろあってかなりオチコンデルかも……』

すぐに返事があった。

『ちょうどメールしようと思ってた。ナッちゃんの送別会をそろそろしようということになった』

送別会という文字の不吉さに、夏帆はぞっとしてしまった。

『やめてよ。新幹線で一時間半の浜松だよ。それに仕事で、週に二、三回は来るよ。送別会なんて言いっこなし』

『ごめん、ごめん、だったらお祝い会か。ナッちゃんの第二のスタートを祝って』

その〝お祝い会〟という言葉も、ひどくまがまがしく見えた。

が、結局いろいろやりとりがあり、夏帆のお祝い会は来週の木曜日ということに決まった。麻布十番においしいスペイン料理店がオープンし、今大変な人気だという。

『そこの個室とっといたわ。なかなかとれないのよ。でもね、オーナーが昔っからの知り合いなの』

『中谷さんも来るの』

『あったり前じゃない。ナッちゃんのお祝いの会なんだもん』

その言葉は深く夏帆の心を刺した。中谷さんが喜んでいる。自分の旅立ちと結婚に際して、少しも嫉妬もしていないし、悲しんでもいないらしい。その時、夏帆は初めて、自分は東京を離れると実感した。


サングリアの入った水差しがテーブルをまわる。その日、店に集まったのはみんなカナコを通じて知り合った者たちばかりだ。中谷さんのほかに、雑誌編集者、映像作家、そして世界の一流ホテルを泊まり歩いて記事を書いている若い女性だ。理奈という名の彼女は夏帆とそう年が変わらないはずなのに、おそろしく金のかかった服装をしている。本来ならば仲よくなるはずもないタイプなのだけれども、あまりにもあけすけで気取りのない性格に驚いているうち、一緒に酒を飲むようになった。理奈は大金持ちの両親が離婚した後、スイスのフィニッシングスクールに預けられた。そこでいじめられて大の白人嫌いになり、ついでにクスリも覚えた、などということを平気で話す。

「ねえ、ねえ、浜松ってどこにあるんだっけ」

と理奈がぐいぐいグラスをあおりながら言う。彼女はおそろしく酒に強い。

「静岡に決まってんだろ。そんなことも知らないのか」

雑誌編集者の太田が言う。有名な男性雑誌をつくっている彼は、何でも知っている代わりに、ちょっと皮肉めいた口調になる。

「浜松っていったら、ホンダとヤマハの総本山だよ。理奈の好きな鰻だってここで養殖されてる。お前さー、ブータンとかケニアにも行ってるくせに、浜松も行ったことないのかよ」

「だって、浜松なんて面白そうじゃないんだもん」

理奈は外国人のように肩をすくめた。

「そんなこと言ったら、ナッちゃんに悪いじゃん」

いつになくカナコがとりなすと、

「ナッちゃんはいいんだよ。だって彼が待ってんでしょ。愛する人がいるんなら、私だって世界中どこにでも行くよ」

と理奈が言い、浜松の話題はそこで打ち切られた。本当にぷっつりと切られたという感じだ。みんなはもうそのことに飽きてしまった。

それからみんなの話題は、人気カメラマンのことになった。ファッションの世界で大活躍している彼は、最近発表したヌード写真で、わいせつ罪で逮捕されたのである。

「あんなのワイセツなんておかしい。タカシの写真、まるでわかってないよ」

カナコは憤慨していた。

「あのさ、裸の女の首に鎖つけたのまずかったかもしれないよな。それも黒人の女だけに鎖からまってんの、まずいよ」

「それって人種的なこと?」

カナコが語調を荒らげた。

「そんなのおかしいじゃん。アートがさ、思想で裁かれるなんて。タカシはオブジェとしてしかヌード見てないんだから、白人とか黒人とか考えてないよ」

「いや、私はさ、あの写真、なんかステレオタイプで嫌いだなぁ」

理奈が口をはさむ。

「あのさ、白人の女なんかそんなに綺麗じゃない。脱いじゃえば黒人の方がずっと綺麗。そのことを強調しようとして、あんな脚のからませ方するなんて幼稚だよ。文学でも写真でも絵でもさ、作品自体がそれについて解説するものって最低だと私は思うね。ねえ、中谷さん」

「うん、僕は彼の作品として、あれはそんなにレベルの高いもんじゃないと思ってる。

ヘアを強調してわい雑さを出そうとしているけれど、そんなの、みんなとっくにやっていたことだ」

「ピーターの真似してんのよ」

とカナコ。

「ピーター・フラミングか」

「そうよ。昔、仕事で撮ってもらったことあるの。彼はねデジタルが大っ嫌いなの。エイトバイテンで撮ってくれたけど、あれはすごく深くていい影ができるわよね。マサキもあれ使ったことある？」

「あるよ。だけど僕はやっぱりデジタルの便利さをとっちゃったかな」

皆の会話に夏帆はついていくことができない。今まではそうしながらも、ちょっとしたあいづちをうつぐらいのことはできた。それができなくても、議論を聞くのはとても楽しかった。自分の知らない話題が、すぐそばでスピードを持って渦まいている。それに触れるくらいの距離にいるのだという充実感があった。けれども今はダメだ。もうこの渦から遠く離れていくのだという思いで、胸がふさがれていく。

浜松と東京は近い、なんて嘘だ。自分はこの仲間たちから離れていく。そして永遠にここに帰ってこられないかもしれない……。

「そんなのはイヤ」

自分の中で響く声の大きさに、夏帆はハッとする。そうなのだ。やっとわかった。いや、最初からわかっていたことだ。

「私は東京から離れたくない」

そして、

「私は智行と結婚したくもない」

自分で導き出した答えの大きさに夏帆はたじろぐ。

「でも今さら、そんなこと、許されるんだろうか」

いや、いったい誰が許さないというんだろう。決めるのは夏帆自身なのだ。智行には謝らなくてはならないが、許しを乞う必要はない。

「どうしたの、ナッちゃん。急におっかない顔して」

生ハムを取り分けながら理奈がこちらを見た。

「黙りこくっちゃって……やっぱり東京離れるの淋しい？」

かなり酔った彼女は無邪気に尋ねる。東京にしかいない美しい娘。陶器のようなこの肌を保つために、どれだけの努力とお金が払われているだろうか。

「もちろん淋しいよ」

夏帆は答えた。

「すっごく淋しい。どうしていいのかわかんないくらい淋しいよ」

ちょっと失礼と、夏帆はトイレに行くふりをして個室を出た。そしてにぎやかな店を出る。地下にあるこの店は、階段の下を広くとって、そこにも椅子とテーブルを置いていた。ランチのためだけのテーブルで夜は使われていない。

夏帆はスマホの番号を押した。今は九時四十五分。

「どうか出ないで」

祈るような気分になった。もし電話に出なかったら、夏帆は智行にそのことを告げずに済むのだ。

それなのに五回もコール音がしないうちに、もしもしと智行の声がした。

「どうしたの。まだお店じゃないの。どうして出られたの」

自分からかけておいて、なじるような声になった。

「えっ？　まだ残ってるお客さんいるけど、裏でまかない食べてるとこだよ」

「ふうーん。それ、おいしい」

「わりとうまいよ。当番でつくるようにしてるから。今日は豚肉の生姜焼きと豆腐の味噌汁」

「ふうーん。おいしそうだね」

「ナッチ、元気か」

不意に智行は尋ねた。その時夏帆の中に、あのストライプのエプロンがはっきりと浮かんだ。

「もう少しだよなぁ」

あの帽子も浮かんできた。

「オレさ、おとといコーヒーメーカー買っちゃったよ。今まではインスタントだったけど、やっぱりナッチが来たら、そういうわけにいかないもんな」

「あのね……智行」

「うん」

「私、浜松へ行かない」

「えっ」

「ごめん。私、謝る。だけどやっぱり私、浜松へ行けないよ」

「それ、どういうことなんだよ」

「私ね、引っ越しの準備しようとするとね、どうしても手が動かないの。浜松に住む私が、どんなことしても想像できないの」

「ちょっと待ってくれよ」

向こう側で、智行が声をあげる。怒りはまだやってきていない。ただ驚きの声だ。

「浜松に来るって言ったのお前じゃん。仕事と両立させて、浜松に住むって言ったのそっちの方じゃん」

「だからできると思ってたんだよ」

夏帆の方が先に悲痛な声をあげた。

「私、かなうと思ってた。浜松行って、智行と暮らすつもりだった。でもダメだよ。私、東京を離れたくない。このままここで暮らしたい」

「それってよ」

彼の次の声には、既に大きな怒りが込められていた。

「それって、オレと別れるってことかよ」

「そうなるかもしれない……」

「お前さ……」

その後の言葉を聞くのが怖かった。自分への憎しみの言葉はまだ聞きたくなかった。

「後で私、謝る。後で私、ちゃんと説明する。だけど私、とにかく浜松に行かない」

スマホのボタンを押し、息を整える。そして元の部屋に戻ろうとした時だ。ドアが開いて中谷さんが出てきた。

「ナッちゃん、ごめん」

敬礼のふりをする。

「僕さ、お先に失礼するよ。うちのパソコンにさ、外国からちょっとややこしいもんが入ってくるんで、チェックしなきゃならないんだ」

「帰っちゃうんですか」

　夏帆は強く咎《とが》める声で言う。今、男と別れたばかりの昂《たかぶ》りが、夏帆を大胆にしていた。

「うん、ごめん、ごめん」

サングリアやワインをたっぷり飲んで、中谷さんの顔はいつもよりももっと柔和で近づきやすく見える。

「ナッちゃん」

中谷さんの手がふわりと、夏帆の肩に置かれた。

「ナッちゃん、元気でね。といっても別れるわけじゃないけど、ま、浜松で彼と元気でやってよ。僕もさ、浜松行った時はきっと連絡するよ」

中谷さんの言葉が腹立たしい。不当に自分が軽んじられているような気がする。

「浜松には行きません」

夏帆は自分の肩に置かれた中谷さんの手に、自分の手を重ねた。

「今、そのことを相手に言いました」

「へえーっ」

その声におどけた調子はまるでなく、夏帆は勇気をもらう。

「私、今、彼と別れました。私はやっぱり東京にいたいって思ったんです。それからずっと中谷さんといたいんです」

ドアが開いてカップルが一組出てきた。ふたりは笑い声をたてていたのであるが、夏帆と中谷さんを見るや、はっと声をとめた。ただならぬ雰囲気を感じとったのだろう。

「中谷さん」

夏帆は呼びかけた。

「私、中谷さんのせいで、今、彼と別れました。だから中谷さんは、私を受けとめてくれなきゃ困るんです。私、行くところがないんです」

薄闇の中でふたりは見つめ合う。その顔が崩れて、

「まいっちゃうな、ナッちゃん。そんな勝手な言い方、やめてくれよ」

と言うかもしれなかった。イチかバチかの勝負だ。

その時、夏帆はいきなり引き寄せられた。キスをされた。中谷さんの唇からは、さっき飲んだサングリアのさまざまな果実の味がした。

「わかったよ……」

かすれた声で言った。

「さあ、行こうか」

肩をしっかりと抱かれた。

32

飯倉のロシア大使館の坂を下りていくと、小さな公園があった。

その傍のマンションから白い光が漏れている。このあたりに多い、外国人のためにつくられた古く大きなマンションだ。その中に中谷さんは入っていく。そしてそこだけは新しくなっているオートロックのボタンを押した。ドアはゆっくりと開く。タクシーに乗っている間も、エントランスを歩く間も、中谷さんはひと言も喋らない。けれどもそれは、不機嫌さゆえでないことは夏帆にだってわかる。

「今、彼と別れたばかり。だから私の心に応えてほしい」

という夏帆の願いを、本当に受けとめるべきか考えているに違いない。

中谷さんはエレベーターのボタンを押した。〈5〉という数字だ。

「へえ……、五階に住んでるんだ……」

沈黙に耐えられなくなり、夏帆は声に出してひとりごちた。が、この言葉はエレベーターの箱の中で白々と響いた。

「住んでるわけじゃないよ」

中谷さんが静かに答えた。

「ここは仕事場に使っているんだ」

「ふうーん」

わざと蓮っ葉に言ってみる。中谷さんが自分の部屋ではなく、仕事場に連れてきたのは少なからずショックだった。さっき中谷さんが自分の肩に手を置いた時から、そういうことが起こるのを予感していた。いや、待ち望んでいたといってもいい。だけど仕事場だって……。

五階で降り右手に曲がる。ドアを開けた。まず大きな木のテーブルが目に飛び込んできた。その上にたくさんの本が積まれている。テーブルだけでなく、本棚にも床の上にもたくさんの本があった。夏帆はこんなに本を読む人を見たことがない。そして床の上に、無造作にパネルが置かれている。中谷さんの作品なのだろう。風景写真もあったが、大半は人の顔だ。外国人もいたけれど、それよりも夏帆の目を射たのは一人の老人だ。いったい幾つなのかわからないほど、顔には深い皺が横にも縦にも刻まれている。写真はその皺をわざとくっきり写し出しているように見えた。

「この人、誰なんですか……」

「画家の大友正輝じゃないか」

「有名な人なの」

「もちろん。今、日本でトップの画家だよ。九十四歳の巨匠だ」

「えっ……。九十四歳」

驚いた。皺が多いのもあたり前だ。

「九十四歳でも、絵が描けるの……」

「そうさ、確かピカソだって九十過ぎても絵を描いていたはずだよ」

長生きしたのは知っていたが、その年まで絵を描いていたとは驚きだ。

「大友正輝って気むずかしくて、めったに写真を撮らしてくれないんだ。だけど写真集に手紙を添えて何度か出したんだ。そうしたらやっとOKが出た。あの時は嬉しかったなぁ」

「ふうーん」

中谷さんが急に饒舌になったのが夏帆は悲しい。もし自分とそういうことをする気になっていたら、こんな風にとうとうと喋るものだろうか。九十四歳のお爺さんのことを。

「まずひきつけられたのは、目じゃない。この皺なんだ。まるで彼が描く山の絵みたいじゃないか。こんなに綺麗な深い皺を見たことがない。だから、思いきって光を使って影をつくってみた。それがこの写真なんだ……」

「ふうーん」

皺が綺麗、などということが夏帆にはまだ理解できない。二十五歳の自分の顔にはほとんど皺というものはないが、疲れると目の下にかすかな気配が生じる。それを夏帆はどれほど忌み嫌ったことだろう。

「この顔を見るたびに、年とることは決して悪いことじゃないって自分に言い聞かせるんだ」

「私は、やっぱり年とるなんてヤダな……」

「だけど僕やナッちゃんも、いつか年とるよ」

「そんな先のこと、考えられない」

「そりゃ、そうだよな」

中谷さんは微笑んだ。目のまわりに細い皺が寄り、とてもいい感じの笑顔だった。やっぱり夏帆はこの人のことを諦められない。

「ナッちゃん……」

中谷さんが言った。

「こっちにおいで」

手招きをした。近づいていく。九十四歳の老人のパネルの前で、ふたりは長いキスをした。

「困ったなぁ……」

唇を離した後、中谷さんがつぶやいた。

「なんで……」

「このまま、ナッちゃんとどうにかなりそうだ」

「そうなったら、嬉しい……」

中谷さんは夏帆の肩を抱いたまま、近くのドアを開けた。薄闇の中、そこにもたくさんの本があり、シーツが寝乱れたままのベッドがあった。

「ウソつき……」

夏帆は深いため息を漏らした。

「仕事場って言ってたくせに……」

後は何も言わせず、中谷さんはもう一度キスをする。


『いったいどういうことなんだ。ちゃんと説明してくれ』

智行からの七回の着信履歴と、長いメールが残っていた。

『ナッチが浜松来る、っていうからこっちだっていろいろ用意したんだ。部屋だって借りたんだ。いつもの気まぐれじゃ済まない。ちゃんと説明してくれ』

智行が本当に怒ってる。あたり前だ。智行についていく、一緒に暮らそうと言ったのは夏帆の方なのだ。ふたりの間では、落ち着いたらいずれ籍を入れよう、という話さえ持ち上がっていた。それを夏帆は破棄しようとしているのだ。

『とにかく一度浜松へ来いよ。あったり前だろ』

とメールは結ばれていた。確かにそのとおりだと思う。とはいうものの、夏帆の体は動かない。

「新幹線でたった一時間半」

と、あれこれ言っていたくせに、今は浜松がとても遠いところだと思う。そうしているうちに、智行のメールはさらに怒りを持ったものになっていく。

『お前、来るひまはないわけ？　いったいどうなってんだよ。自分でやったことのけじめつけろよ』

けじめだって……まるでコワい人みたいではないか。私はそれほど悪いことをしたんだろうか。

「人の心って変わるもんだよね。だったら仕方ないよね」

カナコに言ってみる。

「人の心が変わらないもんだったらさ、世の中に失恋とか別れ、なんてもんはないんだからさ。仕方ないよね」

「ま、それはそうかもしれないけれどさ、ナッちゃんの場合は、ルールが発生してきたかもね」

「ルール!?」

驚いた。そんな言葉を聞こうとは思ってもみなかったからだ。

「ほら、ナッちゃんたち、一緒に住もうっていうことになってさ、相手は部屋も借りたんでしょ。そうなってくるとさ、ふつうの恋愛と違うよね。相手にお金も遣わせてる。そうなるとさ、もう好きじゃない、ハイ、別れましょう、って簡単にいかなくなってくるんじゃないの」

「えー、そんなもんなの」

「あたり前じゃないの。だってさ、結婚っていう話も出てたんだったら、これはもう大人がやることだからね。大人にはルールが使われるよ」

「私……、カナコの口からルールなんて言葉、聞くとは思ってもみなかったよ」

抜群の美貌と聡明さに加え、その自由な生き方で、女の子たちのカリスマと呼ばれているカナコではないか。

「これ、私の親から言われた言葉よ」

ふっと笑った。

「あのね、私、大学出た年に婚約したことあるんだ」

「へえー、ホント」

「恋愛なんていっぱいしてたんだけど、学生じゃなくなるっていう時に、なんか急にそんな気持ちになったんだよね。〝婚約〟とか〝フィアンセ〟っていう言葉が妙に新鮮でハマっちゃったワケ」

「うん……、うん……」

「相手はちょっと年上の人でさ。誰でも知っているオーナー企業の御曹司。苗字もちょっと変わってて由緒ありげなの……」

その名を口にした。発するだけでおごそかな気持ちになるような苗字だ。

「あ、私も知ってる」

「そう、そう。私もさ、その苗字の大富豪の奥さんになってみるのもいいかなあって思ったんだけど、ふたりでイタリア旅行に行った時、すっかり懲りちゃった」

お互い我儘《わがまま》を言って、大喧嘩をしたという。相手のイヤなところもいろいろ見た。

「それで、もう結婚する気もないし別れる、って言ったら、親から言われたのよ。もうこうなったら、子どもの恋愛じゃない。ちゃんと社会的なルールが発生するってね」

その時、うちの親、かなりのお金を遣ったと思うよ、とこともなげに続けた。

「指輪返す時に、お金をつけたって聞いたし」

「ちょっと待ってよ」

夏帆は叫んだ。

「私もうちも庶民だからお金なんかないよ。お金返せ、とか言われたって困るよ」

「そんなのケースバイケースだよ。だけどさ、相手は部屋も借りたんだったら、メールでゴメンナサイじゃ済まないと思うよ。それは大人の常識だよ」

「私、大人の常識ないかな……」

「ないね」

あっさり言われた。

「ナッちゃんは欲しいものにがむしゃらに突き進む。そこはナッちゃんのすごくいいとこだと思う。だけどさ、進むのは子どもでもできる。後始末をきちんとするのが大人なんじゃないの」

いつにないカナコの厳しい言葉に、夏帆は中谷さんとのことを知っているのかなと、ちらっと思ったりする。しかし中谷さんの部屋に行ったのは、あの後一回だけだ。まだ何も気づいていないと思う。

とにかく浜松へ行き、智行ときちんと話さなくてはいけない。そんなことはカナコに言われなくてもわかる。が、本当に気がすすまない。誰だって別れ話をする時は気分がよくないし、つらい思いをする。そのうえ今度は特別なのだ。智行はいわゆる「夢破れて」いる最中なのだ。芸人になる夢をついに諦め、洋食屋の店員になっている。智行の無念さが夏帆には手にとるようにわかる。プライドが高く、負けん気もやる気もたっぷりあった智行が、どれほどの敗北感を持ち、同時にどれほどの覚悟を持ったか夏帆は手にとるようにわかった。だから浜松に行くのが怖い。今まで生きてきて、夏帆は男の本気の怒りというものに立ち向かったことがないのだ。

『浜松でどこかお店指定して』

という夏帆のメールに、

『そんなとこない。ファミレスでこんな話できないだろ。ちゃんとうちに来い』

という命令口調のメールがあった。別れ話はふたりきりのところではしない。必ず人目のあるところで、というのは女の子の常識だ。ファミレスだって構わないのにと夏帆は思った。あきらかにそれとわかるカップルを、深夜のファミレスで見たことがある。女の方が突然泣き出したり、男性が憮然と席を立ったりするのだ。まさか暴力をふるわれることはないと思うが、怒声を浴びせられることは当然あるだろう。それでも人目がある場所を選ぶべきだったかもしれないと、夏帆が悔いたのは、合鍵を使って智行の部屋に入った時だ。

テーブルの上には、朝食の跡があった。残したトーストの耳の上に、紅茶のティーバッグが置かれている。パンの耳は半分茶色に染まっていた。皿とマグカップを洗おうとしてやはりやめ、そのまま流しに置くだけにした。

「ゴメン……」

自然とその言葉が口から漏れた。しかし後戻りすることはもうできない。本当にできない。

その時、ドアが開く音がした。リビングに戻ると、デニムとTシャツ姿の智行がいた。

彼があの赤い帽子をかぶっていないことにホッとする。そんなわけがないのに、夏帆は智行があの洋食屋の制服のままここに帰ってくるような気がしていたのだ。

ふたりはしばらく黙って見つめ合う。この一ヶ月の間に、少しでも痩せていたらどうしようかと思ったが、そんなことはなかった。

「早いね……」

夏帆のその言葉に、智行は意外なほど反応した。

「お前さぁー」

口をゆがめる。

「その日のうちに東京に絶対帰りたいから、早番の日にしてくれ、って言ったのそっちだろうに。もっと自分の言葉に責任持てってつうの」

座れよ、と顎をしゃくった。新品のダイニングテーブルにふたりは向かい合って座る。

「ウーロン茶でいいか」

「うん」

バタンと冷蔵庫を開け、コップを二つ取り出して注いでくれる。その手際のよさが夏帆にはせつない。智行は少しずつ仕事に慣れていっているのだろう。

「あのさ、お前さ、自分がどういうことしてるかわかってるワケ」

「わかるよ」

「すげぇ勝手じゃん。だってさ、お前がさ、オレについてくる、一緒に住もうって言ったから広い部屋だって借りたんじゃん。それが電話でさ、行く気がなくなったってさ、それはないよなぁ」

「ごめん」

夏帆は頭を下げる。そうしながら、最終の新幹線の時間のことを思いうかべている。この嫌な時間さえ終えればいいのだ。そうすれば自分はまた東京へ帰る。そしてまた元の生活に戻れる。

「もうオレとさ、つき合う気はないってことかよ」

こっくり頷いた。

「それっておかしいじゃん。だってお前、一ヶ月前にここに来てさ、いい部屋ねぇ、浜松と東京なんてたった一時間半だもん、どうってことない、とか言ってたんだよ。それなのにどうして一ヶ月で、そんなに変われるワケ」

「だから本当にゴメン。自分でも自分の気持ちがわからないよ。このあいだ浜松に来たら、やっぱりやってけない、東京で仕事頑張ろうって思ったんだ」

「そんなのヘンだよなぁ」

智行は口をゆがめた。

「お前さ、オレがさ、もう舞台に立つ芸人じゃなくて、オムライスやカレー運んでる店員になったから、カッコ悪いってバカにしてんだよな」

「そんなことないよ」

大声を出した。真実だからこそ必死で否定しなくてはならないことが世の中にはある。そのくらいのことは自分にだってわかる。

「私、そんなんで決めたんじゃないよ」

「じゃ、男かよ」

嫌な笑いをうかべた。

「まさか」

これも打ち消す。

「たった一ヶ月で次の人ができるわけないじゃん」

「わかんないよ。ナッチって、彼氏がいるのに金持ちのオヤジとつき合ってたこともあったんだろ。愛に聞いたことある。ナッチって、ああ見えてかなりやるって。計算高いってさ」

「愛がそんなこと言うはずないっ」

夏帆はきっとして智行を睨む。

「愛はそんなコじゃないよ」

「だけどさ、オレとTATSUYAさんの前で言ったことあるよ。でも夏帆のこと許してあげてとか言われたけど、すげぇイヤな気分になったし……」

本当のことを言えば、智行と同時進行していた。愛はそのことは黙っていてくれたらしい。

「もっと言ってた。ナッチってああ見えて、目的のためには手段選ばずだって。おじさんともつき合うし、有名人大好きでどんどん中に入ってくって」

「嘘だよ。愛がそんなこと言うはずないよ」

「言ってたんだよ」

智行は唇をゆがめて笑ってみせた。初めて見るような、とても嫌な笑顔だった。

「だからさ、お前がさ、今のオレのことバカにするのもわかるよな。洋食屋の店員なんかともうつき合えないって言うんだろ」

「そんなんじゃない！」

どうやったらうまく説明できるんだろうか。突然わかってしまったのだ。智行とのこの暮らしは、自分が望んでいるものではなかったということがだ。夏帆のこれから生きていく道のりに、まるで不要なものだということがわかってしまった。欲しくないものを、両手に受けて暮らしていくことはできなかった。

「急に気持ちが変わったんだよ」

夏帆は口に出して言った。するとその言葉は、たとえようもなく軽薄で非常識なものに聞こえたのだ。

「お前さぁ……」

やりきれないように智行は言った。

「お前だって二十五歳の社会人だろ。はい、気持ちが変わりました。ぜんぶチャラにしてくださいで、ことが終わるわけないことぐらいわかるだろうが……。ちゃんと責任取れよ、責任」

「それってお金のこと？」

乾いた声が出た。

「マンション借りた費用だったら私が払う。お金払えば文句ないでしょ」

「バカヤロー！」

その時、信じられないことが起こった。左頬に激しい痛みが走ったのだ。頬を殴られた。男に……。どうして、いったい。どうして、何の権利があって、この男は私を殴ったりするんだろうか。痛い。熱いような痛さだ。夏帆は怒りのあまりしばらく息ができない。自分の身の上に、男に殴られるようなできごとが降りかかってくるとは思わなかった。その怒りには屈辱感も混じっている。どうして、どうして……。私はこの男の所有物だったのか。私はそれほど悪いことをしたんだろうか。

「今、殴ったね」

夏帆は叫んだ。

「こういうのってちゃんとした暴力で、警察にも行けるんだよ」

「バカバカしい。男と女の痴話喧嘩ってことにされるだけだよ」

智行はふんとせせら笑おうとしているがうまくいかない。その目に一瞬のひるみが起こったのを夏帆は見逃さなかった。今だ、と思う。自分を殴ったことで、あちらに大きな負い目を与えた。失点といってもいい。今だったら別れることができる。

「もう終わりだよね」

これで堂々と別れられる。夏帆は強く頬を押さえた。

「こんなことをする人とは、もう一緒にやってけない。絶対に」

そう言いながらすばやく椅子に置いたバッグを持った。後ずさりしながらドアまでの距離をはかる。

「おい、待てよ。ちょっと待てよ、オレが悪かったよ……。待ってくれよ」

意外なことに智行は近づいてこない。自分に手をあげたことで、彼の方が驚き傷ついているのだ。それを察して、夏帆はさらに狡猾にたちまわる。

「智行がこんな人だと思わなかったよ。サイテー。私、やっぱりダメだよ。絶対にさ」

そしてドアを開けた。安普請のマンションのドアはギィギィとせつなげな音をたて、そのとたん、やわらかい秋の光をどっと夏帆に浴びることになる。

俊は言った。

「ナッチ、ひとつのものを手に入れたら、ほかのものを手放さなくてはならない時だってあるよ。それが恋人や友だちなのは悲しいけど、ナッチはもうその場所に来ているのかもしれない」

しかしこういう言葉も、今の夏帆に届くものではなかった。夏帆は中谷さんのスマホにかける。今、彼はメキシコにカレンダーの写真を撮りに出かけていた。たいていは留守電になっている。しかし夏帆は語らずにはいられない。自分勝手な時間に電話をするのは恋人だけの特権であるが、夏帆はもう自分にはそれがあるような気がしていた。なぜなら先月初めて中谷さんの部屋でそういうことをしてから、四度も会っている。会えば必ずベッドに行く。食事をしてから中谷さんの部屋へ行くのは、もう自然な流れといってもいい。だからもう自分は中谷さんの恋人なのだと夏帆は考える。

「中谷さん、真夜中でもいつでもいいから電話ちょうだい。すごくいろんなことがあって、私は中谷さんの声を聞きたいの」

待ちに待った電話は、次の日の早朝にあった。

「おはよう」

はっきりした声だ。

「メキシコ、今、何時なの？」

「メキシコじゃないよ。成田だよ。今、帰ってきたところ」

「わーい、わーい」

夏帆はスマホをぎゅっと頬にあてた。

「中谷さん、今すぐ会いたいな。すっごく会いたい」

「ＯＫって言いたいところだけど、僕は今日これからスポンサーのところへ行って打ち合わせがある。夜は別のスポンサーとも会わなきゃいけないんだけど、遅くてもよかったら大丈夫だよ」

「全然ＯＫ。何時でもＯＫ」

夜の九時に飯倉のイタリア料理店で待ち合わせということになった。ここは中谷さんが常連なので、食事をしなくても前菜でワインを飲むことができる。夏帆はこの店のカプレーゼが大好きだ。水牛のチーズが他のところとまるで違っている。

このカプレーゼとイワシの冷製、スズキのカルパッチョを頼み、ふたりは白ワインで乾杯した。十日ぶりに見る中谷さんは、とても陽灼けしていた。一日中浜辺にいることもあったという。イタリアに本社がある自動車会社のカレンダーを、中谷さんはもう四年も撮っている。世界中のいろんな海にロケに行けるし、何よりもギャラがいい。コマーシャルのこの仕事があるからこそ、自分はまるで売れない写真集を出せたり、個展を開くことができるのだという。

「自分の好きな仕事をするためには、いろんな我慢をしなきゃいけないのね」

とんでもない、と中谷さんは言った。

「どの仕事も大好きだよ。ただコマーシャルの仕事は自分が王様になれない。写真集ならなれる。それだけの違いだよ。カメラ持ったら楽しくて夢中になる。カメラマンって、みんなそうじゃないのかな」

ふたりで一本の白ワインをあっという間に飲んでしまった。

「時差のおかげで目がぱっちりだよ。このあとうちでＤＶＤでも観ないか。ナッちゃんの話とやらも聞いてあげなきゃいけない」

うんと夏帆は頷く。中谷さんは白麻のシャツを着ている。喉元もよく灼けているから白襟がいっそう白く見える。細い金のチェーンがよく似合っていた。ふつう男の人のチェーンというのは気障《きざ》になるものだけれど、中谷さんの場合は、彼にひと筋の精悍《せいかん》さを添えているようだ。夏帆は中谷さんの腕に自分の腕をからませる。そうしながらロシア大使館の長い坂をゆっくりと歩く。坂の途中で中谷さんは、夏帆に軽いキスをする。

「どうしてなんだろう……。あっちにいる間も、ずっとナッちゃんのことを考えてた……」

「どうしてなんだろう……。なんて言葉嫌いだな……」

ささやいた。

「もうそういうのあたり前じゃん……」

私たちは恋人同士なんだもの、という言葉をのみこんだ。恋人という決定的な単語を口にするのはまだ少し怖い。坂を下りきると公園がある。中谷さんのマンションの入り口にある、もうなじみになった小さな公園。すべり台とブランコがあるだけだ。中谷さんはそこでまた長いキスをする。さっき食べたイワシのにおいがかすかにした、その時だ。すべり台からひとつの影が現れた。

「なんだよ」

その影は言った。

「やっぱりもう男がいたんじゃないか」

その声が智行だとわかり、夏帆は驚きと恐ろしさのあまり息が止まる。どうして彼がこんなところにいるんだろうか。

「なんだ。君は誰なんだ」

中谷さんが影のほうを向いた。しかし左手はまだ夏帆の背にある。

「君はいったい誰なんだよ」

チキショーと影がわめいたような気がした。バカにしやがってという言葉は確かに聞いた。影は夏帆に向かって突進してきた。それを中谷さんが遮る。夏帆を守るように立つ。

「やめろよ……いったい……」

言葉が途切れた。そして崩れ落ちる。うずくまる中谷さんと、後ずさりする影を同時に見た。影の右手には夜目にも光るものが握られていた。

その後のことを夏帆はよく憶えていない。自分が大きな声で叫んだので、マンションから人が出てきたこと、救急車のサイレンを聞き、誰かに車に乗せられたことだけがぼんやりと頭のどこかに残っている。病院か警察のどっちだったろう。硬い椅子に座っていた時、母親がやってきた。そしてタクシーに乗って実家に帰り、自分のベッドに横たわってしばらく眠った。起きた時に母親に告げられた。

「中谷さん、命に別条はなかった。全治三ヶ月だって」

中谷さんって誰だろう。ああそうだったと記憶が少しずつつながっていく。そのとたんとても恐ろしい質問をした。

「智行はどうなったの……」

「現行犯でその場で逮捕されたわ」

助けに行かなくてはと夏帆は思った。留置場の中でうずくまる智行の姿がはっきりと目に浮かぶ。

「どうしよう。何とかしなきゃ……」

大切なものが何なのか、手に入れたい人は誰なのか、夏帆にはまだはっきりとわかっていない。二十五年しか生きていないのだ。どうしてそんなことがわかるのだろう。決断を下すのはもっと先でもいい。とにかく目の前に、自分のために罪を犯した人間がいる。その人間を救わなくてはならないのだと、それだけははっきりしている。

「私、今から警察に行ってくる」

何言ってるのよと母親が怒鳴った。

「もうあの男にかかわり持っちゃダメよ。ナイフで人を刺した犯罪者なのよ」

夏帆は母親をまったく無視して立ち上がる。悲しみとも苦しみとも違う、あまりにも大きな感情に圧せられて思わず吐きそうになる。まだ何も決められないけれど、この心のうねりのままに生きていけば何かが見つかるような気がした。

「私はいったい何を求めているのか」

という問いにも、きっと答えられるだろうと、夏帆はひとり頷いた。

解説

中澤日菜子

真夏の強い日射しのした、群青色に光る大海原を一艘《そう》の船が渡ってゆく。真っ白な帆に、あたうるかぎり風をはらんで――。

本編の主人公、岡崎夏帆を思い浮かべるとき、わたしの脳裏にはこのような絵が浮かぶ。夏帆は弱小ブランドの若きデザイナー。さまざまな「野心」を胸に秘めながら、仕事に、恋に、つまりは「生きること」に翻弄されつつ日々をけんめいに過ごしている、そんな二十三歳である。けっして特別な女の子ではない。みなが振り向くような美人でもなければ、スタイルだってごくごくふつう。学歴や家柄にも特別なものはなにもない。

そんな「ふつうの女の子」がどうやって人生の階段を駆け上がってゆくか、ゆけるのか。多彩なエピソードをふんだんに織り込みつつ、夏帆の日々が描かれてゆく。そして夏帆に訪れるこの「エピソード」がまた、とびきり極上のエッセンスをまとっているのだ。

「(中略) ナッちゃん、今日、僕のためのワンピース選んできなよ。好きなところで好きなものを買ったらいいさ」

橋本さんはテーブルの上に、小さなチョコレートの箱を差し出した。もう封が切ってある。

「ここで封筒を差し出すと、いかにも援交オヤジだからね。さっき空にしといた。この中に十万円キャッシュで入ってるよ」

「えーっ」

「僕はさ、ナッちゃんに服買ってあげたいけど、店で女の子に服選ばせて、後ろのソファに座ってる、ああいうオヤジにはなりたくないんだ。僕はここで一時間、パソコン開けて仕事してる。ナッちゃんはその間、好きなものを選びな。そして一流の高価な洋服がどういうものか、よーく探ってきなよ。そして気に入ったものがあったら、その十万円を置いて洋服をお取り置きしてもらう。そしてここに帰ってくる。そうしたら僕が入れ違いに、その店へ行ってカードで支払ってくる。さあ、ナッちゃん、行っておいで」

なんて素敵な「事件」だろうか！　とてもじぶんには訪れっこないと思ってしまうような、まるでシンデレラの魔法の如《ごと》きできごとである。

けれどもこの幸運に恵まれるのは、シンデレラのような美女ではない。先ほど記したようにごくふつうの働く女の子なのだ。そしてその「ふつうの女の子」がいかにしてこのようなチャンスを活かしつつ成長していくか、そこにこそ作家の想いが詰まっているとわたしは思う。

単行本『フェイバリット・ワン』の帯文にはおおきくこう書かれてある。「この物語は私の、小説版〝野心のすすめ〟です。」

『野心のすすめ』は講談社現代新書から刊行されている「いかにしてじぶんの夢を実現させるか」のヒントが詰まった生き方指南書である。『フェイバリット・ワン』と読み比べてみると、帯文のことばがすとんと腑《ふ》に落ちる。『野心のすすめ』は読むもの一人ひとりに宛てた手紙であり、『フェイバリット・ワン』はおおぜいの観客に向けて作られた壮大なドラマだ。作家は『フェイバリット・ワン』で、夏帆がひとりの血の通った人間として日々を生き抜くすがたを、たんねんに、そして具体的に描いた。『野心のすすめ』では、その物語的な部分をそぎ落とし、抽象的かつ誰にでも（男性にでも）受け入れられるような「骨格」にして表現したのだ。

とはいえ『野心のすすめ』も、この『フェイバリット・ワン』も小難しい理屈などひとつも出ては来ない。夏帆を通じて読むものにこう呼びかけているのである。「ちいさくまとまるな、若者よ！　もっと野心を持て。そして日々挑戦し、自己投資を惜しまず努力を重ねなさい。そうすればきっと強運に恵まれるときがくる。誰にでも、きっと」と。

この呼びかけに、わたしも深く頷いてしまう。なぜならば同じような思いを若い世代に対して何度か抱いたことがあるからだ。

わたしの二十歳年下の女友だちが、以前ぽろっともらしたひと言を思いだす。

「わたしの人生最大の夢は、恋人と、じぶんの住む町の公園で夕陽を眺めることなんです」

その発言を聞いたときは、思わずまじまじとその子の顔を見つめてしまった。え、いいの、そんなちっちゃな夢で？　それを「人生最大の夢」って二十歳で決めちゃっていいの、と。

いやもちろん住み慣れた町で好きな人と過ごす、という夢だって素晴らしいとは思う。けれどその夢をかなえるための障害や努力はかなり低いと思われ――ある意味、いつだって、そしてすぐにでもかなえられる、そんな「夢」にしか思えなかったのである。もしくは二十歳でなくとも、七十歳でも八十歳でも実現可能な「夢」と、しか。

こういうことを書くとかならず「時代が違うんだからしかたがないでしょう」と反論

される。確かにわたしの育った時代（わたしは一九六九年生まれである）は、右肩上がりだったし、バブルの最後期の恩恵にもあずかれた。だからこそおおきなことを言えるのだ、と。ある意味その反論はただしい。じぶんひとりのちからではどうすることもできない「風」はつねに吹いている。

けれど、でも。わたしは思う。バブルが弾《はじ》けたあとも、自身の野心と努力でおおきな夢をかなえたひとたちだってたくさんいるはずだ。みずから努力するまえに「こんな時代だから」と諦め、すべてを時代のせいにするのはやはりどこか間違っているのではないだろうか。『野心のすすめ』にはこんな記述がある。

努力が報われない時代とさえ言われるいまであっても、未来の自分を想像しながら、けっして投げやりな気持ちにはならないでほしい。シビアに将来の自分の姿を見据えながらも、同時に自分を信じて、幸福な自分の未来を想像してほしい。すると、そのためには何かをしなければならないという気持ちが、自然に湧き上がってくるのです。

この「何かをしなければならないという気持ち」こそが野心であり、こればかりはどんな時代であろうとも、どんな風が吹いていようとも、みずからの意志ひとつ、こころのありかたひとつで如何《いか》ようにも生み出すことができ、そして育てることのできるものだとわたしは思う。

『フェイバリット・ワン』の主人公である夏帆も、パリコレで最高の服を見、一流のレストランで美味《おい》しいものを食べ、そして多種多様な魅力あふれる人物たちと出会うことで、「ま、身のほど知ってるから、パリコレやりたいなんて考えたこと一度もないけどさ」とちいさくまとまっていた人生観が、おおきくかわってゆくことになる。

いちど「おおきな世界」を知ってしまったら、それよりもさらに「おおきな世界」を知りたくなる。いままでじぶんが満足していた世界が、いかにちいさくて狭いものだったかを思い知ることになる。

だからこそ夏帆は、ときにひとに蔑まれ、またときにひとを傷つけ、傷つけられながらも、じぶんの住んでいた池を離れ、大海へと漕《こ》ぎ出してゆく勇気を持ち得たのだと、わたしは思う。

海を渡ることは、けっして楽な生きかたではないだろう。嵐に遭うこともあれば、座礁する危険だってつねにつきまとっているはずだ。それに比べれば波風の立たない安全な池で、平穏無事に暮らすほうがよほど幸せかもしれない。

けれども。わたしは思う。きっと戻ろうと思えば池にはすぐに戻れるだろう。広い海でもがき苦しんだあと、こころとからだを休ませるために戻ったとしてもけっして遅くはないはずだ。

やってしまったことの後悔は日々小さくなるが、やらなかったことの後悔は日々大きくなる。（『野心のすすめ』より）

この文章にわたしは深く共感する。時間は不可逆だ。「やらなかったこと」に再挑戦する機会はもう二度と訪れないかもしれない。

だから帆を張ろう。それも思いきりおおきな帆を。そして海へと漕ぎ出してみよう。漕ぎつづけていれば、いつかかならず背中を押してくれる佳《よ》い風が吹くときが来る。

その風を捕まえろ。なにがあっても逃すな。

そして信じるまま大海を渡ってゆけ。

夏帆という船に託した作家の想いがこころに響いてくる。

道に迷っているひと、すこし疲れているひと、新しいことに戸惑っているひと――そんなすべてのひとに本書を勧めたい。読めばきっと香気に満ちた風を感じることができるはずだ。そうして、あとすこしだけでもいい、頑張ってみよう、そう思えるはずだ。


（なかざわ・ひなこ　作家）

本書は、二〇一四年三月、集英社より刊行されました。

初出
「MORE」二〇一一年一月号〜一三年一〇月号

JASRAC 出 1702300-701

集英社文庫　目録（日本文学）

橋本治　幸いは降る星のごとく
橋本紡　九つの、物語
橋本紡　葉桜
橋本長道　サラの柔らかな香車
橋本長道　サラは銀の涙を探しに
馳星周　ダーク・ムーン(上)(下)
馳星周　約束の地で
馳星周　美《ちゅ》ら海、血の海
馳星周　淡雪記
馳星周　ソウルメイト
羽田圭介　御不浄バトル
畑野智美　国道沿いのファミレス
畑野智美　夏のバスプール
畑野智美　ふたつの星とタイムマシン
はた万次郎　北海道青空日記
はた万次郎　ウッシーとの日々 1
はた万次郎　ウッシーとの日々 2
はた万次郎　ウッシーとの日々 3
はた万次郎　ウッシーとの日々 4
花井良智　美しい隣人
花井良智　はやぶさ 遥かなる帰還
花村萬月　ゴッド・ブレイス物語
花村萬月　渋谷ルシファー
花村萬月　風転(上)(中)(下)
花村萬月　虹列車・雛列車
花村萬月　鏈娥哢奼《あがるた》(上)(下)
花家圭太郎　八丁堀春秋
花家圭太郎　八丁堀春秋 日暮れひぐらし
帚木蓬生　エンブリオ(上)(下)
帚木蓬生　インターセックス
帚木蓬生　賞の柩
帚木蓬生　薔薇窓の闇(上)(下)
帚木蓬生　十二年目の映像
浜辺祐一　こちら救命センター 病棟こぼれ話
浜辺祐一　救命センターからの手紙 ドクター・ファイルから
浜辺祐一　救命センター当直日誌
浜辺祐一　救命センター部長ファイル
葉室麟　冬姫
早坂茂三　政治家 田中角栄
早坂茂三　オヤジの知恵
早坂茂三　田中角栄回想録
林修　受験必要論 人生の基礎は受験で作り得る
林望　リンボウ先生の閑雅なる休日
林真理子　ファニーフェイスの死
林真理子　トーキョー国盗り物語
林真理子　東京デザート物語
林真理子　葡萄物語
林真理子　死ぬほど好き

集英社文庫　目録（日本文学）

林真理子　白蓮れんれん
林真理子　年下の女友だち
林真理子　グラビアの夜
林真理子　失恋カレンダー
林真理子　本を読む女
林真理子　女文士
林真理子　フェイバリット・ワン
早見和真　ひゃくはち
早見和真　6 シックス
原宏一　ムボガ
原宏一　かつどん協議会
原宏一　極楽カンパニー
原宏一　シャイン！
原民喜　夏の花
原田ひ香　東京ロンダリング
原田マハ　旅屋おかえり

原田マハ　ジヴェルニーの食卓
原田宗典　優しくって少しばか
原田宗典　スバラ式世界
原田宗典　しょうがない人
原田宗典　日常ええかい話
原田宗典　むむむの日々
原田宗典　元祖スバラ式世界
原田宗典　十七歳だった！
原田宗典　本家スバラ式世界
原田宗典　平成トム・ソーヤー
原田宗典　大サービス
原田宗典　すんごくスバラ式世界
原田宗典　幸福らしきもの
原田宗典　笑ってる場合
原田宗典　はらだしき村
原田宗典　大変結構、結構大変。 ハラダ九州温泉三昧の旅

原田宗典　吾輩ハ作者デアル
原田宗典　私を変えた一言
春江一也　プラハの春(上)(下)
春江一也　ベルリンの秋(上)(下)
春江一也　カリナン
春江一也　ウィーンの冬(上)(下)
春江一也　上海クライシス(上)(下)
坂東眞砂子　桜雨
坂東眞砂子　曼《まん》荼《だ》羅《ら》道《どう》
坂東眞砂子　快楽の封筒
坂東眞砂子　花の埋葬 24の夢想曲
坂東眞砂子　鬼に喰われた女 今昔千年物語
坂東眞砂子　逢はなくもあやし
坂東眞砂子　傀《く》儡《ぐつ》
坂東眞砂子　くちぬい
坂東眞理子 上野千鶴子　女は後半からがおもしろい

集英社文庫　目録（日本文学）

坂東眞砂子　朱鳥《あかみどり》の陵《みささぎ》
坂東眞砂子　眠る魚
半村良　雨やどり
半村良　かかし長屋
半村良　すべて辛抱(上)(下)
半村良　産霊山《むすびのやま》秘録《ひろく》
半村良　石の血脈
半村良　江戸群盗伝
東直子　水銀灯が消えるまで
東野圭吾　分身
東野圭吾　あの頃ぼくらはアホでした
東野圭吾　怪笑小説
東野圭吾　毒笑小説
東野圭吾　白夜行
東野圭吾　おれは非情勤
東野圭吾　幻夜

東野圭吾　黒笑小説
東野圭吾　歪笑小説
東野圭吾　マスカレード・ホテル
東野圭吾　マスカレード・イブ
東山彰良　路傍
東山彰良　ラブコメの法則
樋口一葉　たけくらべ
備瀬哲弘　精神科ER　緊急救命室
備瀬哲弘　うつノート　精神科ERに行かないために
備瀬哲弘　精神科ER　鍵のない診察室
備瀬哲弘　大人の発達障害　アスペルガー症候群、AD/HD、自閉症が楽になる本
備瀬哲弘　精神科医が教える「怒り」を消す技術
日髙敏隆　世界を、こんなふうに見てごらん
一雫ライオン　小説版　サブイボマスク
日野原重明　私が人生の旅で学んだこと
響野夏菜　ザ・藤川家族カンパニー　あなたのご遺言、代行いたします

響野夏菜　ザ・藤川家族カンパニー2　ブラック婆さんの涙
響野夏菜　ザ・藤川家族カンパニー3　漂流のうた
姫野カオルコ　みんな、どうして結婚してゆくのだろう
姫野カオルコ　ひと呼んでミツコ
姫野カオルコ　サイケ
姫野カオルコ　すべての女は痩せすぎである
姫野カオルコ　よるねこ
姫野カオルコ　ブスのくせに！　最終決定版
姫野カオルコ　結婚は人生の墓場か？
平岩弓枝　釣女　花房一平捕物夜話
平岩弓枝　女櫛　花房一平捕物夜話
平岩弓枝　女のそろばん
平岩弓枝　女と味噌汁
平松恵美子　ひまわりと子犬の7日間
平松洋子　野蛮な読書
平山夢明　他《ひ》人《と》事《ごと》

集英社文庫　目録（日本文学）

集英社文庫

フェイバリット・ワン

2017年3月25日　第1刷　　定価はカバーに表示してあります。

著者　林《はやし》　真理子《まりこ》
発行者　村田登志江
発行所　株式会社　集英社
東京都千代田区一ツ橋2-5-10　〒101-8050
電話　【編集部】03-3230-6095
【読者係】03-3230-6080
【販売部】03-3230-6393（書店専用）
印刷　大日本印刷株式会社
製本　大日本印刷株式会社

フォーマットデザイン　アリヤマデザインストア　　マークデザイン　居山浩二

造本には十分注意しておりますが、乱丁・落丁（本のページ順序の間違いや抜け落ち）の場合はお取り替え致します。ご購入先を明記のうえ集英社読者係宛にお送り下さい。送料は小社で負担致します。但し、古書店で購入されたものについてはお取り替え出来ません。

ISBN978-4-08-745552-6 C0193